El regreso de Johnny Pickup

Redbook

EL REGRESO
DE JOHNNY PICKUP

Jordi Sierra i Fabra

MA
NON
TROPPO

Un sello de Redbook Ediciones

Información bibliográfica

C/ Indústria, 11 (Pol. Ind. Buvisa)

08329 — Teià (Barcelona)

e-mail: info@redbookediciones.com

www.redbookediciones.com

Diseño de cubierta: Regina Richling
Diseño de interior: Grafime

ISBN: 978-84-947917-5-8
Depósito legal: B-3.750-2018

Impreso por Sagrafic, Plaza Urquinaona 14, 7°-3ª 08010 Barcelona
Impreso en España - *Printed in Spain*

A todos los Georges y los Johnnys del rock

PRÓLOGO
A LA EDICIÓN 2018
DE UN CLÁSICO DE 1995

A MITAD DE LOS AÑOS NOVENTA, LA MÚSICA Y SU UNIVERSO habían cambiado. Yo ya había dejado hacía mucho ese ambiente, metido de lleno en mi carrera de escritor y en mis viajes por el mundo, que me obligaban a desconectar a veces largos espacios de tiempo en los que el rock no formaba parte de mi vida. No quedaba nada de los felices sesenta, ni de los formidables setenta (al menos en su primera mitad). Después de los divertidos ochenta el disco de vinilo comenzaba a morir y se imponía el CD como soporte. Además, nacía Internet, y con la Red, sus múltiples posibilidades de comunicación global. Se palpaba en el horizonte algo más que ese cambio: se intuía el abismo, comenzando por la aparición de la piratería que mataría el mundo de la música tal y como lo habíamos conocido hasta ese momento.

La idea de "ajustar cuentas" con la industria, a modo de testamento y sana (aunque irónica) burla, junto el *break* que suponía el cambio cada vez más evidente de la esfera rockera, originó *El regreso de Johnny Pickup*.

El día 9 de octubre de 1994 tomé un vuelo con destino a Brasil, y en el mismo avión comencé a preparar el guion de la novela. Lo terminé cuatro días después, el 12, entre Salvador de Bahía y Porto Alegre. Recuerdo que me reía yo solo en el avión, en el hotel, en cualquier momento que echaba mano de mi libreta y daba forma a la historia. Cuando la escribí, entre el 7 y el 14 además del 16 de abril de 1995, me di cuenta de que era sino el mejor, si uno de mis libros más divertidos hasta la fecha. Ni que decir tiene que el protagonista, George Saw (Jordi Sierra en inglés), es un alter ego muy peculiar de mí mismo. Presenté la novela al Premio Espasa Humor. Antes del fallo me dijeron que ganara o no la editarían igual y me enviaron las galeradas (paso previo a la edición de un libro antes de la Era Digital) para que las examinara. En el copyright de la primera página vi el nombre de Adolfo Marsillach, el genial actor y director. Les dije que si tenía que ganar él, que me lo advirtieran y así dejaba de pensar en ello. Me respondieron que no, que era casual que su nombre estuviera en el copyright de las pruebas de mi libro.

En septiembre, Adolfo Marsillach ganó el premio y yo quedé segundo.

El éxito de *El regreso de Johnny Pickup*, que se editó en septiembre de 1995, eclipsó al de la novela ganadora del certamen, y con los años, al cerrar la colección Espasa Humor, mi libro acabó convertido en uno de esos clásicos inencontrables, de los que mucha gente habla pero pocos han tenido acceso. Con el tiempo, ha sido Internet el que ha sacado más y mejor tajada cuando se ha ofrecido un ejemplar de segunda mano.

La historia de *El regreso de Johnny Pickup* no acabó ahí. A las pocas semanas de publicarse el libro una compañía cinematográfica llamada Marcha Films me compró los derechos para hacer una película. Iba a llamarse *I love rock and roll*. Hicieron un guion y entre diciembre de 1996 y enero de 1997 lo supervisé y adecué. Luego, en un número de la revista *Lecturas*, la hija de Rocío Durcal y Junior dijo que ella sería la protagonista femenina. Mucho ruido y pocas nueces. Nunca pasó nada a pesar de que varias veces se me dijo que el rodaje era inminente. Años después, ya no recuerdo la fecha, los derechos pasaron a Buenavista Home Entertainment, o sea, Disney en España. Me llamaron, me pidieron que hiciera un nuevo guion, y yo, cansado, dije que ni hablar. Tanto hubiera dado: la película tampoco se hizo. Para entonces la colección Espasa Humor ya había cerrado y el libro era inencontrable. Una pena. George Saw y Johnny Pickup se me hicieron entrañables. Cada vez que estoy en una isla escribiendo, pienso en ello (aunque cuando fui a Pago Pago, en la Samoa Independiente, descubrí que no se parecía mucho a la de mi narración). A fin de cuentas siempre quise desaparecer en una isla cual Robinson literario.

Con esta reedición de la novela, veintitrés años después, recupero no solo un clásico de mi obra literaria, sino una historia a la que quiero especialmente. Lo que vas a leer a continuación es, además, el texto original, sin ningún cambio. Hubiera sido imposible adecuar la historia al presente. Y absurdo. Así era la vida, así era la música, así era todo a mitad de los años noventa. Y, como no, así era el Nueva York de la novela, tan personaje como los protagonistas humanos de ella.

Keep on rocking!

Jordi Sierra i Fabra

NOTA A ESTA EDICIÓN

Redbook ediciones y su sello Ma Non Troppo, comprometidos en la divulgación de la música como eje vertebrador de una sociedad más libre, se ha propuesto la recuperación de libros en el ámbito de la ficción que tengan como trasfondo el mundo del rock, del jazz o del blues. Obras nuevas y otras que se descatalogaron en su momento pero cuyo valor sea innegable y que merezcan la atención del lector actual, como es el caso de esta novela de culto sobre el mundo del rock, *El regreso de Johnny Pickup*, de Jordi Sierra i Fabra.

El mensaje poderoso y transformador de la música es una excelente vía para el conocimiento, que nos acerca, mediante su lenguaje universal, a los valores más profundos del ser humano. Es la respuesta a muchas preguntas y un alimento espiritual de primer orden.

Así pues, animamos a todos los autores que tengan algún original en este ámbito o que hayan recuperado los derechos sobre un libro ya publicado con anterioridad que nos lo envíen para su valoración. Es nuestro deseo recibir de los autores, originales ya terminados o bien propuestas de nuevos libros que merezcan ser publicados en la actualidad y que puedan enriquecer el panorama musical literario.

Primera parte

LOS PLANES

1

MI NOMBRE ES GEORGE SAW Y LLEVO METIDO EN ESTO DE LA música desde que nací.

No, no es que mis padres fueran artistas, ni mucho menos. Es que nací con el rock and roll. El día 12 de Abril de 1954, mientras Billy Haley y sus Cometas grababan "Rock around the clock", yo pegué el primer berrido. Ojalá mis viejos hubieran sido miembros del tinglado, porque siempre sentí una especial debilidad por dos de los tres ítems básicos de la onda: Sexo, Drogas & Rock & Roll. ¿Adivináis cuáles? Exacto, el uno y el tres. Pero no tuve suerte, mi padre era un sádico que disfrutaba acojonando a los demás mediante su trabajo como inspector de Hacienda y mi madre era enfermera. Evidentemente él se dejó sobornar por una tía rica con la que se largó a Wyoming y ella se lo hizo con un médico, un célebre cardiólogo del Cedars Sinai, con el que se montó una secta en Utah. Vistas las cosas no tiene nada de particular que yo me abriera a los dieciséis años y me buscara la vida. No me seducía apalancarme con ninguno de los dos.

¿Decía que siempre estuve metido en eso de la música? Sí, por ahí iba la cosa. Alguien me dijo una vez:

—El trabajo más fácil del mundo, chico, es el de árbitro de boxeo. Los muy hijos de puta solo necesitan saber contar hasta diez.

Yo le contesté, arrobado por una mágica lucidez:

—No, tío. Hay un trabajo aún más sencillo: músico. Arrancan siempre a la de cuatro.

One, two, three, four...

¿Qué queréis que os diga? Los Beatles y Johnny Pickup me cambiaron la vida. O Johnny Pickup y los Beatles, como prefiráis. Un buen día me di cuenta de que todo lo más grande podía encerrarse en una canción. Puedo recordar qué estaba haciendo cuando oí todas mis canciones favoritas, el día que descubrí a Bruce o el día que escuché por primera vez a Led Zeppelin. Todas mis tías tienen como asociación un tema concreto, a modo de clave. Escucho "Riders on the storm" y se me pone la carne de gallina pensando en Paula; escucho "Madman across the water" y se me empina sola soñando con Connie; escucho "Imagine" y tiemblo al recordar a Susan. ¡Joder, el rock ha sido la banda sonora de nuestras vidas! ¡El rock nos ha dado fuerza, luz, color...!

Cielos, cómo me gusta el rock.

Nunca entendí porque Johnny Pickup dejó la música en el 67. Bueno, vale, sí, el noventa por ciento de los rockeros de entonces tenían que haberla dejado después de que los Beatles sacaran *Sgt. Pepper´s*. Pero lo que son las cosas: solo él tuvo la decencia de largarse.

¡Vaya par de huevos!

—¿Otra cerveza, señor?

Un momento. Cuando pienso en la música y empiezo a recordar cosas, es como si me pegara un chute, un "trip" total. Debo controlar eso, puede acarrearme algún disgusto. Es como si ya no estuviese en el mundo. Y el jodido mundo sigue rodando, así que a la que te paras muy bien puede olvidarte, o pasarte por encima, que es peor. ¿Qué me ha preguntado la azafata?

—¿Otra cerveza, señor?

La miro. Será que ya estoy mayor o que realmente es un pedazo de mujer, pero desde luego es como para revivir aquello de *Emmanuelle*, el polvo en el avión. Ojos grandes, labios grandes, pechos grandes, sonrisa grande.

—No, gracias.

La veo alejarse con toda la gracia de su fuerza y mi fantasía correspondiente. Se nota que no estoy en el Viejo Mundo. Se nota que me acerco al Paraíso. Su piel cobriza es una antesala de lo que me espera, o por lo menos de lo que querría que me esperase. En un par de horas estaré en la Polinesia.

¿Y qué hago yo, un viejo rockero de los que nunca mueren, volando a la Polinesia, los Mares del Sur, el verdadero Paraíso terrenal en esta Tierra llena de mierdas, poluciones, guerras, catástrofes, racismo, efectos invernadero y demás historias? Pues ya veis, voy en busca de la leyenda, o mejor dicho: voy a entrar en la leyenda. Siempre he querido ser inmortal.

Voy en busca de Johnny Pickup.

¿Tiene algo que ver que mi mujer me haya dejado por mi gestor después de limpiarme lo poco que tenía, que mi hija de trece años sea miembro de la primera comuna hippy de los noventa y que mi hijo esté empeñado en ser cajero del First National Bank? Probablemente sí. Uno no se va a la Polinesia en busca de la leyenda si tiene paz, amor y tranquilidad en su casa. Pero hace unos días me di cuenta de que mi vida no tiene sentido. Nunca pude ser una rock-star, así que escribo de música y hago novelas baratas. Algo es algo. Tampoco van a darme nunca el Pulitzer o el Nobel haciendo novelas de ciencia ficción. Lo sé.

Todo empezó hace una semana, en casa, lleno de silencio y rodeado de malos augurios. Estaba ordenando mis discos después de que Mary Ann —Mary Ann es mi mujer, bueno, mi ex-mujer— arrasara con el apartamento llevándose "lo suyo", que resultó ser casi todo. Si no me hubiera puesto delante de mis discos insistiendo en que tendría que pasar por encima de mi cadáver para llevárselos, también se los hubiera llevado. Pero alguien tiene que pagar los gastos de los hijos, y Mary Ann no es tonta. Me dejó con vida, y por consiguiente, me dejó los discos. Y fue al empezar a clasificarlos, limpiarlos y ordenarlos, ahora que disponía de más espacio, cuando me puse nostálgico. Por Dios, uno no puede mirar esas portadas sin ponerse nostálgico. Empiezas a pensar, a decirte "¿es posible que de este haga ya veinte años?", a dejarte invadir por el peso de los recuerdos… Y es que ahí está todo y están todos. No falla. Dylan, Clapton, Lennon…

Y Johnny Pickup.

Puse su primer disco, el del 59. Además, lo puse a toda leche. Las paredes empezaron a temblar como temblaban en mi casa siendo niño primero y adolescente después. Me las sabía de memoria. Lo malo es que el disco estaba tan gastado, y las estrías tan planas, que la aguja apenas si se sostenía un poco en cada tramo. Pensé que tendría que comprármelo todo de nuevo, en CD. ¡Mierda de tecnología! Esas cajitas de plástico con el donut reluciente y los créditos en letra chiquitaja...

Una hora después estaba escribiendo el artículo.

"Johnny Pickup, el misterio de una leyenda."

Al día siguiente se lo dejé a mi editor en conserjería, y mi editor me llamó por la noche mostrándome todo su afecto, su entusiasmo, su interés por el tema.

—¡Coño, George! ¿Puede saberse qué te pasa? ¿No me digas que estás traumado por lo de tu mujer?

—Hola, Gordon, ¿qué hay?

Anda que lo mío con la preguntita...

—¿Qué qué hay? ¿Qué es esta mierda acerca de Pickup?

—Es un pedazo de artículo.

—¡Muy bueno, sí!, ¿y qué? La cuestión es: ¿a quién le interesa hoy Johnny Pickup?

—¿Lo dices en serio? —no podía dar crédito a mis oídos. ¿Era posible que estuviese hablando con Gordon Bush, con el mismísimo editor de *Stones & Rolling*, la más influyente revista de rock de las últimas décadas?—. ¡Las leyendas nunca mueren!

—¡Ya, por eso la mayoría huele tan mal! ¡Se pudren eternamente! ¿De veras esperas que te publique esto?

—Sí.

—¿Estás volado?

—¡No!

—Entonces es por lo de tu mujer, seguro —le oí suspirar abatido.

En el fondo me aprecia.

—No me hables de Mary Ann, Gordon. Ella no tiene nada que ver con esto. Pensé que era un buen artículo y ya está. Y ES un buen artículo.

—¿Van a editar un "Grandes éxitos" suyo con apoyo televisivo?

—No que yo sepa.

—¿Prepara una gira *revival*?

—No.

—Mira, si volviera a grabar, a sacar la jeta por algún lado, lo que fuera, entonces sí. Pero lleva un siglo enterrado y olvidado. La gente se pirra por los *comebacks*, pero los artículos nostálgicos se la sudan.

—La gente es cruel —protesté ya derrotado.

—Todo el mundo es idiota, menos uno mismo y el del espejo, ya lo sabemos, pero esto funciona así, ¿he de explicártelo? ¡Mierda, George, pero si al nº 1 de ayer ya nadie le recuerda hoy! ¡Estamos en la Era de la Rapidez, en el Momento del Consumo, en el Disparadero del Vértigo! ¡Olvídate de Johnny Pickup!

—Gordon…

—¡Y no me toques más los huevos, chico, al menos no hoy! ¡Tengo cierre!

Gritaba y gritaba, pero aún me llamaba "chico". Buen tío, aunque con ideas republicanas. Maldito Reagan y su herencia.

Sin embargo las palabras de Gordon revolotearon por mi mente durante todo el día, azuzándome la factoría de adrenalina ciertamente apagada desde hacía bastante. Y por la noche, soñé con Johnny. Estaba como en sus mejores días, actuando en el Madison, con un lleno alucinante y un público entregado, enfervorizado. Un público formado por tíos y tías como yo, y sus hijos. También había alguna embarazada formando a la próxima generación. Al final, después de cantar "Only the rock", me hacía subir al escenario y me abrazaba llorando.

¡A mí!

La gente, puesta en pie, gritaba:

—¡George Saw! ¡George Saw! ¡George Saw!

Cuando desperté lo vi todo tan claro que hasta me asusté. Las cosas simples y sencillas suelen ser las más evidentes, por eso no las ves nunca. Se te pasan. Estás absorto con el bosque y no ves ese árbol que tienes en los morros.

Johnny y yo.

Ya lo dijo Einstein: una línea, por recta que sea, siempre acaba encontrándose con su punto de partida.

Nervioso, dándome cuenta de lo que tenía entre manos, sabiendo que podía ser no solo mi salvación para volver a sentirme vivo sino también mi pasaporte al éxito, descolgué el teléfono y marqué el número de CEW Records. Por si no sabía dónde diablos había llamado, la telefonista me lo recordó amablemente:

—CEW Records, ¿dígame?

—Mortimer DeLuca, por favor.

—Un momento.

Primera espera.

—¿Sí, diga?

—Mortimer DeLuca, por favor.

—¿Quién le llama?

—George Saw.

—Un momento.

Segunda espera.

Pretender hablar con alguien que esté más arriba del puesto de mozo de los recados en una multinacional es como esperar encontrarte al de la Casa Blanca meando a tu lado en los urinarios públicos de Times Square.

Otra voz femenina.

—¿Señor Saw? El señor DeLuca está reunido y...

—Sé que está reunido —la interrumpí—. Le parieron reunido. Pero esto es *Stone & Rolling*, ¿de acuerdo? Dígale que se ponga diez segundos o me cargo a Hole In My Balls.

Ese era su más reciente lanzamiento.

—¡George! —todos los ejecutivos gritan tu nombre con entusiasmo y vehemencia. Cuanto más entusiasmo y vehemencia más debes desconfiar. De haber estado frente a él en persona me habría llenado de babas y su abrazo habría levantado volutas de polvo de mi traje—. ¿Qué es de tu vida? ¿Cuánto tiempo?

—Oye, Mortimer, estoy reunido y es algo importante —demasiada la imaginación que tengo a veces—. ¿Dónde le mandáis los royalties a Johnny Pickup?

—¿Johnny Pickup? —su voz denotó toda la extrañeza del mundo—. Ni siquiera sé si sus discos aún se venden.

—¿Puedes averiguarlo?

—Espera.

Su tono ya no era amable ni babosa su expectación. Me cortó la línea y le imaginé llamando por otra a su central administrativa. Casi podía imaginarme la pregunta: "¡Eh!, tengo aquí a un idiota preguntando por los royalties de Pickup!". Por lo menos su respuesta fue rápida.

—¿George, sigues ahí?

—Dime –ya tenía a punto pluma y papel.

—A Pagopago.

—¿Dónde está eso?

—Polinesia.

—¡Joder!

—Exacto: joder. ¿Qué te parecen Hole In My Balls?

—Eclécticos.

—¿Ah, sí?

No hay nada como soltarle una parida a un cabeza cuadrada de una compañía de discos. No saben si es un elogio o una crítica. Los árbitros de boxeo no pasan de diez y los músicos de cuatro, pero los ejecutivos lo único que interpretan son las cifras seguidas de muchos ceros. El resto no existe.

—Absolutamente eclécticos —me reafirmé bañándome en su desconcierto.

—Claro, claro. Celebro escuchar tu punto de vista.

—¿Alguna dirección en Pagopago?

—No. Un apartado de correos.

—¿Apartado de correos? ¿Ni siquiera lo transferís a una cuenta bancaria?

—Cheque al portador.

Desconcertante. Tal vez fuera para evadir impuestos allí, o para que nadie le siguiera la pista, o para…

—¿Y además de eclécticos? —Mortimer DeLuca no estaba dispuesto a que me escapara.

—Empíricos.

Esta vez le dejé completamente alucinado.

—Bueno —el *Titanic* se hundió mucho más despacio que él—, me alegra que coincidas con... el sentir de la empresa, el... instinto y el espíritu de...

—Gracias, Mortimer —me despedí como los dinosaurios de *Parque Jurásico*, lleno de elegancia y tacto—. Nos veremos en la presentación del grupo.

Colgué y miré los discos de Johnny. La historia del rock.

Así que tomé la decisión.

Allí mismo, mientras mi mano todavía descansaba sobre el auricular del teléfono.

Por esta razón estoy volando hacia la Polinesia. Por esta razón voy al encuentro de mi destino. Por esta razón y todas las razones que siempre me han hecho creer en la música, voy en busca de Johnny Pickup.

No sé si él se lo debe al mundo.

Yo me lo debo a mí mismo.

2

AL BAJAR DEL AVIÓN UNA OLEADA DE AIRE CALIENTE ME GOLPEA
el rostro. Al pie de la escalinata, *of course*, las consabidas indígenas
marca de la casa nos esperan a todos. La que me pone la guirnalda de
flores alrededor del cuello no es lo que se dice una preciosidad, pero
tiene encanto. Bajita, regordeta, con la piel brillante y ojos que muestran su aburrimiento aunque su cara expanda una sonrisa de media
luna prometedora. Me dice algo que no entiendo y yo le contesto:

—Keep on rocking!

Se ríe, y como a veces creo que nací para hacer reír a la gente, me alegro.
Lo divertido sin embargo empieza en este momento.

—¿Pagopago?

Acabo de pasar el control de aduana, han comprobado que mi cara
de yanqui se corresponda con la foto de yanqui de mi pasaporte yanqui, y ya estoy en la Polinesia. Pero evidentemente no en la que yo
ando buscando. El rostro del tipo al que acabo de preguntarle me demuestra hasta qué punto lo que acabo de preguntarle es insólito.

—¿Pagopago? —repite incrédulo.

—Sí, ¿qué pasa? Pagopago, ¡Pagopago! ¿Ha habido una erupción
volcánica y la isla se ha ido a la mierda o es que la habéis vendido entera al Holiday Inn?

—No vuelos Pagopago —me dice el empleado y empiezo a coger la
onda—. Pagopago es lejos, ¿sí? —y mueve las manos abiertas hacia un
lado, como si apartara algo de su proximidad.

—Oye no te enrolles —le detengo haciendo valer mi habitual superioridad yanqui, que además es lo que todos esperan de un yanqui—, ¿cómo puedo llegar?

Pero por muy yanqui que sea, debo tener una pinta de lo más... Hace un calor de narices, llevo un traje correspondiente al tiempo de Nueva York, que ahora no es precisamente cálido, me siento sucio y sudado después de diecisiete horas de vuelo y encima con las guirnaldas...

—Allí —me señala el tipo.

"Allí" es una oficina de información. Lo pone bastante claro: "Información". Por lo menos la aborigen que la defiende es mucho más armónica y (como diría Huxley) neumática que la del pie del avión, y también más simpática y servicial que el empleado. Eso sí, la palabra Pagopago obra el milagro ya repetido de que me mire como si fuera E.T. preguntando la hora del primer vuelo para regresar "a casa".

—¿Quiere ir de verdad a Pagopago, señor?

Estoy por decirle que si me sugiere algo mejor, que la incluya a ella o a una prima hermana, me quedo. Pero soy tozudo. Siempre lo fui. Mi tozudez era lo que Mary Ann admiraba más de mí antes.

—Soy de Greenpeace. Estoy haciendo un estudio sobre la extinción de la *Araucaria Bestialis*. Lo último que queda está en Pagopago.

—¿Ah, sí?

No sabe si creerme, pero me he quedado con ella. Coge un plano, lo abre interponiéndolo entre los dos y veo un montón de islas de todos los tamaños rodeando a las principales. Un dedo índice coronado por una uña larga y roja recorre la superficie sólida del mar entre ellas hasta detenerse en una minúscula porción de tierra, o al menos lo parece, en el extremo más alejado del archipiélago. Ni siquiera yo estoy seguro de que sea una arruga del plano o una mancha.

—Pagopago —me confirma la bella.

Johnny Pickup no podía haber ido más lejos.

—¿Cómo puedo llegar?

—En barco tardará cinco días. En avión media hora.

—¿Avión?

—Un hidro, claro.

—Claro.

El plano desaparece y en su lugar ella me da una tarjeta. Es de una compañía local de transporte interinsular, Hungun & Co. Mi presupuesto no es lo que se dice ilimitado teniendo en cuenta que el que paga la aventura soy yo mismo, pero al salir de Nueva York ya había decidido jugar hasta el final, y es lo que estoy haciendo. Un taxi me lleva a través del Paraíso hacia el embarcadero, aunque el trozo de Paraíso que estoy viendo, Papeete, no se diferencia mucho de Los Angeles o Miami. Calor, coches, turistas, horteras, polución, color local. En alguna parte deben estar las playas de arenas blancas, aguas verdes y transparentes y cocoteros dando sombra. Y también las indígenas con faldas de hierbas y dos medios cocos en lugar del "wonderbrá".

Después de todo, tal vez pueda quedarme unos días.

Especialmente si Johnny me dice que no, para llorar mi fracaso.

No quiero ni pensar en ello. El taxi llega a Hungun & Co. en diez minutos y nada más entrar en la oficina un hombre con todos los dientes fuera de la boca me sonríe de oreja a oreja. Supongo que los tiene amarillos de tanto sacarlos a tomar el sol. Cuando le digo lo que pretendo ya estoy preparado para su cara de incredulidad, su mirada escéptica y su sospecha. Pero esta vez me equivoco.

—Doscientos dólares —me dice sin perder ni un ápice de su alegre sonrisa.

Comprendo por qué se ríe. Yo también me reiría si le pidiera a alguien doscientos pavos por media hora de vuelo.

—No quiero comprar el hidro —le aclaro—. Solo volar en él.

—Ya. Doscientos dólares.

—¿Me dejará en el agua, junto a la orilla, o tendré que tirarme en paracaídas? No pienso comprarle el paracaídas.

—¿Americano?

—Sí, ¿por qué? —me pongo a la defensiva. Cuando alguien pregunta eso en alguna parte del planeta que no sea Estados Unidos, puedes esperar lo peor, todo ese rollo de "yanquis go home" o que te secuestre un grupo terrorista de los que primero se te cargan a ti y luego a los demás.

—Buena gente —me dice él.

No me extraña. Si todos pagamos doscientos dólares...

Por lo menos es rápido. Me pregunta mis datos, me hace una ficha, desea saber si quiero un seguro de vuelo mediante el cual por veinte dólares extra le aseguran cien mil a los míos en caso de accidente—a lo cual yo pienso que pueden darle mucho por ahí a los míos—, me pilla los doscientos dólares, los mira al trasluz desconfiado y ya satisfecho me coge la bolsa de viaje y me hace pasar por la derecha del mostrador hacia la parte de atrás. Salimos fuera y a menos de veinte metros veo mi medio de transporte, un bello pájaro que flota en el agua, metálico, de hélice. Es la hora de la resignación.

—¿Vamos?

Vamos.

Habréis adivinado de paso quién es el piloto, claro.

—Mi nombre es Hungun.

—Yo me llamo Springsteen, Bruce Springsteen.

—Born in the USA.

Me pilla desconcertado, pero no es momento de mucho más. Nunca he volado en un hidro, y la experiencia tiene su morbo. Sentado en el asiento del copiloto, viendo lo bien que se maneja Hungun con los mandos, empiezo a pensar que mi viaje toca a su fin, y que estoy a media hora de Johnny. Media hora más lo que tarde en dar con él en la isla, aunque siendo tan pequeña...

Desde el aire todo es distinto.

Y la dichosa melancolía...

No puedo dejarme arrastrar por la nostalgia. No. He de ser fuerte. He de luchar. No puedo caer en mis obnubilaciones...

Lo malo es que soy TAN débil.

¿Por qué se fue Johnny? Sí, por *Sgt. Pepper´s*, ya lo he dicho. Él sí tenía dignidad. Pero otros que también se largaron, acabaron volviendo, hasta Elvis. ¿Y si por alguna extraña razón, que no dijo entonces ni tal vez quiere que se sepa ahora, se sintió fracasado? ¿Puede un fracasado rescatar a otro? Desde que se me ocurrió ir a por él y llevarle de vuelta al mundo de los vivos, a la esfera del rock, no he dejado de preguntarme qué pasará tanto si dice que no como si dice que sí. Para él puede que sea la oportunidad de volver a la gloria, de recuperar su puesto en la historia, y de trincar un montón de pasta. Pero yo... Ni siquiera he pensado en la pasta. Sigo siendo un jodido hippy idealista. ¿Realmente quiero un baño de gloria?

Puede que Mary Ann tenga razón.

—Eres un imbécil, George.

Eso es exactamente lo que siempre ha dicho Mary Ann.

Bueno, al comienzo no. Fue después de los dos o tres primeros años. ¿O sería después de las dos o tres primeras semanas?

Hungun no es muy hablador. Me alegro porque a un tío que me acaba de levantar doscientos dólares no tengo muchas ganas de contarle nada. Por otra parte, lo que veo es tan extasiante que no quiero estropearlo. ¡Qué maravilla! Estoy por preguntarme para qué querrá Johnny dejar esto y volver a Nueva York, al Gran Mundo. Ahí abajo seguro que la vida es diferente. Islas, islas, desiertas, pequeñas, mágicas.

Parecen haber pasado diez minutos o menos cuando Hungun señala hacia abajo y al frente y, arrancándome de mis abstracciones mentales, me dice:

—Pagopago.

Y la veo por primera vez, tan diminuta que parece una cagada de mosca en mitad del cielo. Digo esto porque el mar es tan azul a su alrededor que parece flotar en el firmamento y no en las aguas del Pacífico. Mi viaje de la hostia de horas toca a su fin. Para rizar el rizo Hungun pica el hidro de morro y el final es de infarto, pero el pedazo de cabrón ameriza con elegancia. Ya flotando en el agua, sin que cientos de piraguas llenas de nativas se acerquen a mí como en las pelis de Marlon Brando, nos aproximamos a tierra, al embarcadero de lo que desde las alturas parece ser el único pueblo de la isla, apenas una docena de casas de madera y paja.

—¿Querrá que le espere?

No había pensado en eso, maldición.

—No, he de quedarme.

—Cuando quiera regresar, llámeme.

—¿Los doscientos dólares eran por la ida y la vuelta?

—Día completo.

—¿Y cuando le llame…?

—Doscientos dólares.

No tenía que haber preguntado.

Piso tierra firme ante la mirada mitad curiosa mitad indiferente de un grupo de hombres. En todas partes siempre hay tíos que parecen no hacer nada, que están ahí y nada más. Uno se pregunta de qué diablos viven. Claro que uno es de Nueva York. Mientras Hungun y su hidro inician el regreso me acerco al que tengo más próximo.

El momento decisivo.

—¿Conoce a Johnny Pickup?

—¿Quién?

—Johnny Pickup.

—No.

Casi estoy a punto de gritarle a Hungun que espere, por si las moscas. Pero el cochino se ha dado buena maña en alejarse. Ya está haciendo tronar el motor para volver a despegar. Pienso en Mortimer DeLuca y en la madre que le parió. ¿Eclécticos los Hole In My Balls? ¡Anda que como me haya enviado al culo del mundo por el recuerdo de alguna mala crítica!

—Es… un hombre blanco, como yo, mayor…cincuenta y pico de años…

Ya ni se digna contestar. Saco la última fotografía que existe de Johnny, de comienzos de los setenta, se la muestro. Eso despierta su interés. Primero pone cara de póquer, después, poco a poco, la va cambiando como si tuviera un ful y se le escapara la impresión. Hungun era todo dientes, pero lo que es este es todo vacío. El primer indicio de que voy por buen camino llega finalmente.

—¡Sí, Gran Gurú! —suspira. Y agrega—: Cambiado.

Yo también suspiro. ¿Gran Gurú? A mi espalda el hidro se levanta de las aguas como un dios alado. Estoy solo.

—¿Le conoce? ¿Puede llevarme hasta él?

—¿Americano?

—Sí.

—Diez dólares.

¡Coño, alguna vez diré que soy suizo, o búlgaro, o español, a ver qué pasa!

Entiendo lo de los diez dólares, por lo menos. En la isla no hay taxis. Bueno, por no haber, tampoco hay carreteras, solo una senda umbría y selvática. Por lo visto Johnny vive al otro lado. Mi guía me lleva en una vieja y desvencijada moto con sidecar. Última etapa. Desde el aire parecía más pequeña, y lo es, pero no tanto como para que el trayecto dure sus buenos diez minutos, entre subidas y bajadas constantes. Tengo unas ganas locas de tomar una ducha, ponerme algo adecuado, beberme una piña colada... Cuando nos detenemos, al borde de un acantilado desde el cual se divisa una vista de impresión, como esas de las postales, mi acompañante me señala una playa al pie del mismo. Una playa de arenas blancas bañada por una apacible agua transparente que va tornándose azul primero y verde después a medida que se aleja de la orilla. Por Dios...

—Gran Gurú.

—¿Ahí... abajo?

No veo nada. Tal vez su mansión esté oculta por las palmeras. Puede que esté hecha en la misma roca. Las estrellas del rock tienen gustos caros. Mi guía hace lo mismo que Hungun y su hidro: subirse a la moto y marcharse. Estoy solo. Solo en un pedazo de tierra llamado Pagopago y a menos de cien metros —en vertical— de Johnny Pickup. No es el momento de andarse con remilgos. Cargo con la bolsa de viaje y busco la senda que conduce a la playa. Es como para andarse con mucho cuidado. De vez en cuando tiene algún escalón, pero por lo general no, y es estrechita, muy estrechita, y peligrosa, muy peligrosa. Apuesto que a Johnny tiene un ascensor en alguna parte.

Maldito cabrón.

—No, perdona —lo digo en voz alta, igual que si mis pensamientos pudieran escucharse en mitad de tanto silencio.

¿Cómo puedo insultar al tío que...?

Llego abajo, jadeando y más sudado que Axl Rose después de un concierto, y la primera sorpresa es evidente. La única casa que hay es una cabaña hecha con hojas de palmera. Ninguna mansión. Tampoco hay helipuerto ni embarcadero, aunque sí una vieja barca escorada bajo unas palmeras. No parece haber nadie, y mitad desfallecido, mitad intrigado, dejo caer mi bolsa y avanzo unos pocos pasos. Creo que estoy a punto de decir eso tan típico de "ya no puedo más". Pero sí puedo.

Puedo morirme, por ejemplo.

Hasta que de pronto...

Risas. Oigo risas. Risas y voces procedentes de algún lugar, a mi izquierda. Me siento lo mismo que un náufrago en mitad del desierto a la vista de un oasis. Ni la sensación de hallarme en un paraíso de verdad, auténtico, me consuela. Unos pocos pasos más, casi arrastrando los pies, me conducen hasta el epílogo.

Así es como veo a tres diosas, tres mujeres, tres maravillas con todos los dones de la naturaleza, jóvenes, desnudas, alucinantes, una estirando los brazos con pereza, otra llevando un coco partido por la mitad y otra abanicando a un hombre tan desnudo como ellas y tumbado en una hamaca tendida entre dos palmeras.

Viendo a las tres hijas del paraíso y mientras aún me pregunto si sufro una alucinación, tardo en darme cuenta de quién es él.

Pero me doy, me doy.

Johnny Pickup.

3

—**¿DE VERDAD SE ME HA ECHADO DE MENOS...?**

—George —le recuerdo—. George Saw.

—Disculpa. Hace tanto tiempo que no veo a nadie del mundo real.

Miro a las tres negritas, tumbadas a nuestros pies, con sus pechos pequeños y duros, sus labios grandes, sus hermosas melenas rizadas de color azabache, sus sexos oscuros y llenos de sugerencias.

—A mí esto me parece de lo más real —y para que no crea que solo hablo de ellas, muevo la mano abarcándolo todo, la playa, las palmeras...

—Esto es un sueño, amigo. Y los sueños nunca son reales. No tengo ni idea de lo que esté pasando por ahí, pero imagino que las cosas seguirán igual, o peor.

—¿En serio no sabes nada de nada? —me asombro.

—¿Crees que me hace falta saber algo?

Vuelvo a mirar a las tres chicas. El muy...

—No, yo diría que no.

—Entonces, ¿para qué quieres que vuelva?

—Se lo debes a tu público.

—¿Mi público? —y vuelve a la primera pregunta, cargada de triste solemnidad—. ¿De verdad se me ha echado de menos?

Esa es mi esperanza: el eterno ego de un artista. Lo que nunca muere.

—Los de entonces aún tenemos tus pósters pegados en las paredes, y se organizan festivales en recuerdo de tus mejores canciones. Los periódicos siempre están con aquello de "hoy hace treinta años que se editó el gran éxito de Johnny Pickup" o "se cumple el vigésimo quinto aniversario de su célebre aparición en el festival de Newport". Pero no somos únicamente nosotros. Nuestros hijos han heredado la antorcha.

—¿Una nueva generación? —los ojos le brillan.

—Una nueva generación —repito yo—. Por supuesto que existen los nuevos ídolos, pero los chicos y las chicas de hoy son más listos, más... inteligentes, y están mejor preparados. No se conforman con escuchar lo que marca la moda. Después, profundizan en la historia, van a las raíces.

Solo alguien como él, retirado de la circulación desde 1967, se tragaría algo así. Pero se lo traga, se lo traga.

—Vaya, al fin y al cabo sí parece que hicimos un mundo mejor, y que el rock sirvió para cambiar las cosas — suspira.

—Todo es diferente ahora.

—¿Cómo están aquellos muchachos?

—¿Quiénes?

—Los de *Sgt. Pepper´s*.

—Lo dejaron en el 70, como tú.

—Siempre fueron honestos.

—Y que lo digas.

—¿Qué han hecho después?

Me lo pienso. ¿Le digo que Paul se ha metido en rollos clásicos y ha hecho un Oratorio? ¿Y que Ringo es actor de cine mientras que George se dedicó a producir películas?

—John murió en el 80 —echo balones fuera.

—¿Elvis?

—En el 77.

—¿Morrison?

—En el 71, y Janis y Jimi en el 70 —se lo suelto de una vez, para que no nos dé la llantera—. Solo quedan los Stones.

—Buen chico aquel tal Jagger. Solía hacer una estupenda versión de mi "Fool for the rock".

—Aún la hace —miento.

—Bien.

Su suspiro lo envuelve todo, y por unos segundos dejo que se arrope en él. Desde que he llegado y me he presentado, las cosas no han podido ir mejor. Un coco refrescante, un baño en la playa, una exquisita cortesía pese a decirle de buenas a primeras que soy periodista y que estoy metido en el tinglado. Lo único que no me ha ofrecido es a una de sus tres acompañantes, Naya, Agoe y Mia. Las tres viven con él, comparten sus horas, sus días y sus noches. Y le adoran. Me los imagino a los cuatro cada anochecer en su fiesta particular, él tocando la guitarra y cantando, y ellas bailando. Bien mirado, no hay ninguna prisa en volver. Podría quedarme aquí digamos… una semana, un mes.

Un año.

Cierro los ojos. No, no es que me imagine nada. Es que una de ellas está abierta de piernas delante mío y no puedo resistirlo. Desde que Mary Ann se largó no he tenido demasiadas emociones íntimas. Bueno, y antes tampoco. Mary Ann nunca fue lo que se dice una mujer voluptuosa y entregada.

—Tú eras auténtico, Johnny —recupero el hilo de la normalidad, aunque me cuesta, vaya si me cuesta—. Tenías ese poder, ese carisma, esa fuerza que solo han tenido unos pocos. Te bastaba con salir a escena y quedarte allí, quieto, para que todo el mundo sintiera algo especial. Luego te ponías a cantar y… ¡zum!, ¿entiendes lo que te digo?

—Claro, George, por supuesto. Estaba allí.

—Pero tal vez no te dabas cuentas. Eras muy joven. Triunfaste con diecinueve años y te largaste con veintisiete. Fueron ocho años arrolladores.

—No me lo recuerdes —bromea.

—Ahora es distinto. Gente como tú representa lo que le falta a la música de hoy: honradez. Hay un mundo mejor —le insisto para que no se desanime—, pero muchos de los que aparecen día a día no son más que gilipollas que buscan dinero fácil, follarse a la mayor cantidad de tías posibles si son tíos, y a la mayor cantidad de tíos si son tías. Quieren un nº1 rápido, trincar pasta. Los de los sesenta en cambio aún siguen siendo la élite: Rollings, Pink Floyd, Dylan…

—El viejo Bob.

—El viejo Bob —afirmo.

—Ya era viejo entonces, así que ahora…

—Vuelve, Johnny.

Es la primera vez que se lo digo directa y abiertamente.

—¿Para qué?

—Para todo. Para recuperar tu trono, para cerrar dignamente tu historia y que no parezca que huiste, para agradecer a tus fans que no te hayan olvidado, para arrasar de nuevo.

—A veces lo he pensado —reconoce.

—¿Y qué te decidió a no hacerlo?

—No lo sé. Supongo que el miedo.

—¿Miedo a qué?

—A que nadie se acordara de mí.

—Eso no sucederá. Ahora ya tienes un punto de arranque. Y me tendrías a mí.

—Sigo teniendo miedo. Aquello fue una locura, ¿sabes? Durante ocho años no paré, me metí en muchos problemas, y la cagué muchas veces. Ahora ya no tengo diecinueve años para aguantar aquello.

—No me digas que en ocasiones no has echado en falta el calor del público, el aroma de un estudio de grabación, el halago de la adoración.

—En ocasiones, sí —asiente.

—Entonces, ¿por qué no lo intentas? No tienes nada que perder.

—El éxito y el fracaso son dos caras de la misma moneda —filosofa—. Siempre te puede caer de un lado o de otro. He vivido muchos años con los buenos recuerdos, olvidando los malos. ¿Crees que si tuviera éxito ahora, tanto como si fracasara, podría volver aquí como si tal cosa?

Miro a Naya, Agoe y Mia de nuevo —lo cierto es que me cuesta mucho apartar mis ojos de ellas—. Yo desde luego volvía, aunque solo fuera a pasar una semanita al año.

—Date una oportunidad —es mi última palabra.

—El rock es como una mujer posesiva. Si te divorcias de ella, sabes que te engañará con otro al día siguiente, y que ya no tendrás nada más que hacer. Ha pasado demasiado tiempo como para que esa mujer, siempre joven, pueda acogerme en sus brazos.

—Eres un condenado sentimental.

—Soy feliz aquí. Me siento descontaminado. ¿Recuerdas mi biografía? Nací en una granja de Kentucky, y el vecino más próximo estaba a veinte millas. La primera vez que metí el nabo en un agujero caliente tenía doce años y ella se llamaba Sara. Era la oveja más rechoncha de todas. Estaba solo. Pero un día mi padre trajo una tele, en Navidad del 55, y unos días después vi a Elvis en aquel *show*. ¡Joder, George! Eso cambió mi vida. Un mes más tarde conseguí mi primera guitarra.

—Y en tres años apareciste como un cometa, justo para tomar el relevo de Elvis, y de Holly, y de todos los demás.

—Mi padre decía que hay un tiempo para cada cosa, y mi tiempo en el rock ha pasado.

—¡Y una mierda!

Las tres chicas se echan a reír ante mi vehemencia. Les hago gracia. Al menos eso.

— Eres una tentación, amigo —parece resignarse él—. Pero no creo que fuera una buena idea. Te entiendo, comprendo lo que me dices, y sé que eres honrado y sincero. Si algo he aprendido aquí es a valorar a los seres humanos. Me basta con mirarles a los ojos para saber de qué color es su alma. Sin embargo sigo pensando que no funcionaría. Y no lo digo por el posible éxito, sino por mí.

¿Se ha vuelto un profeta? Tal vez sí. ¿Qué es todo eso de que le basta con mirar a los ojos a un menda para...? ¡Si aquí no hay ni Dios! Probablemente se lo ha creído. La dichosa soledad. ¿Cómo le llaman? El Gran Gurú.

Jooodeeer...

Y yo de fracaso. Lo que me faltaba.

—Piénsatelo, Johnny. Esta noche.

—Está bien.

—Pero no lo veas con los ojos del hombre retirado que un día se comió el mundo y quedó harto, sino con los del niño inocente y ávido de sensaciones que llevas dentro.

—Eso ha sido precioso, George.

—Lo sé —a veces me sorprendo a mí mismo.

—Te quedarás aquí esta noche, ¿verdad? No hay forma de que puedas volver al pueblo.

—No quisiera ser una molestia.

—Vamos, amigo. Cenaremos, recordaremos historias del pasado, y podrás contarme qué ha sido de mis viejos camaradas. Será una buena noche.

Y podría serlo más si me prestara a una de sus tres chicas.

Me he convertido en un separado salido.

Johnny me muestra la casa para que me instale. No está mal. No es la mansión que esperaba, pero tampoco es una simple cabaña de pescadores. Algún lujo sí tiene, y es grande, espaciosa, y también fresca. Mi cama está en un rincón, aunque podría dormir en una hamaca si no tuviera miedo de despertarme hecho una media luna anquilosada. Hay un generador para la luz, un frigorífico repleto, un tocadiscos y un montón de discos de los sesenta, algunos más hechos polvo que los míos, cinco o seis guitarras, dos magnetófonos de bobina y un cassette. Pero ningún aparato de radio, ninguna televisión, ningún periódico. Johnny Pickup es realmente un náufrago social del siglo xx.

Increíble.

—Chorch.

Me giro. Creo que es Naya. Hablan muy bien mi lengua pero el acento aún es especial. De cualquier forma eso de "Chorch" en sus labios suena a miel. No es que quiera levantarle una de las novias a Johnny pero... Su piel brilla y sus pezones, orlados sobre sendos rosetones salidos, me miran tan fijamente como sus grandes ojos oscuros. Eso es porque tiene los pechos más altos, más vivos, y más desafiantes que jamás haya visto. Cualquier se perdería entre esos cuatro ojos, y más yo.

—¿Qué?

—Ponte esto. Más cómodo.

Señala mis calzoncillos. Mis espantosos calzoncillos blancos con topos rosa. Regalo de Mary Ann. Iba a quedarme en pelotas después del baño, como ellos, pero al ritmo de una erección por minuto, cada vez que las miraba, no hubiera estado bien visto. Para no ofender mi "dignidad" me ofrece un taparrabos a lo Tarzán. Es demasiado.

—Gracias.

Me envuelve en una sonrisa tan cálida como tierna. Otra erección. Demasiado evidente para disimularla, así que me quedo como el niño pillado *in fraganti* mientras se masturba, con esa carita pétrea de no saber qué carita poner a continuación.

—Yo también te saludo —me dice Naya.

Un minuto después vuelvo a estar en el agua, y no porque necesite aprovechar mi dosis de Paraíso.

4

LA PRIMERA SENSACIÓN CUANDO ABRO LOS OJOS AL DESPERTAR es de paz suprema, de silencio absoluto. ¿Cuánto hacía que no dormía así? Probablemente desde la niñez. Dormir en Nueva York es como pretender ir al psiquiatra sin tener concertada una entrevista tres meses antes. Aún en el piso setenta de un rascacielos, las sirenas de los coches de la policía y las ambulancias llegan hasta ti. Ya puedes tener las ventanas protegidas con cristales dobles. Da lo mismo. Han fabricado las sirenas para que las oigas, y las oyes. Encima, después de mi viaje, y de mi derrota, estaba hecho polvo.

Mi derrota.

Me incorporo en la cama mientras evoco las escenas de la noche anterior, hasta la salida del sol. ¡Qué amanecer! El último amanecer que recordaba lo vi con Mary Ann y...

Debo dejar de pensar en Mary Ann. Con la diferencia horaria, seguro que en este momento se lo está montando con mi gestor, sacando todo lo que no sacó conmigo.

Decía que evoco las escenas de la noche anterior. Tal y como me imaginaba: Johnny cantando bellas baladas de amor, las tres mulatas encandiladas, el fuego en la playa arrancando destellos rojizos al ébano de sus pieles, el agua besando suavemente la orilla, y yo empalmado y bañándome a cada momento. Me duele todo. En medio de este idilio —tortura para mí—, los recuerdos meciéndonos. Johnny me parece la inocencia pura, algo extraordinario si tenemos en cuenta que en sus años de actividad fue un golferas de mucho cuidado, y coleccionó tías y matrimonios con generosa prodigalidad, como la mayoría. La carne es débil y en el rock hay mucha carne, aunque no para todos.

Al salir el sol, los cinco con nuestros ojos fijos en él, le había dicho a mi ídolo infantil y juvenil:

—Vuelve y tendrás el mundo a tus pies.

Y él me contestó:

—Ya lo tengo, George. El sol sale para mí todos los días.

Lo supe en ese momento: no iba a regresar. Mi viaje de extremo a extremo del planeta no había servido de nada. Bueno, salvo para incrementar la cuenta de Hungun & Co. y para enamorarme salvaje y selváticamente de Naya, Agoe y Mia. Parte de mis escasos ahorros esquilmados con la separación dilapidados, y sin nada en las manos. Gordon Bush, mi editor, ni siquiera me publicaría el artículo de Johnny. Mi única salida era escribir un *best seller*, y no tengo ni puta idea de cómo se hace eso.

Me levanto y paso de ponerme el taparrabos, ¿qué más da? Salgo de la cabaña y lo primero que noto es la falta de la barca dormida bajo las palmeras. ¿Dónde está todo el mundo? Un baño me arregla parte de los problemas, pero solo parte. Mientras floto en la calma de las aguas veo a Mia bajando por el sendero del acantilado. Lleva un cesto en la cabeza, milagrosamente equilibrado sobre ella sin necesidad de sujetarlo con las manos. Hasta que no llega a mi nivel no veo que contiene una gran variedad de frutas. No sé si Dios provee, pero la selva sí. Agita una mano y me da los buenos días.

—Hola, Chorch.

Salgo tras ella, para preguntarle por el resto de la breve manada, cuando aparecen Agoe y Naya, una por cada lado. La primera va cargada con una docena de cocos. La segunda lleva un par de langostas vivas. ¿Hace falta decir que siguen tal cual llegaron al mundo? Es la primera vez que me ven desnudo y las tres muestran interés por lo que anoche les oculté. Me parece que sonríen.

—Me he dado un baño —les aclaro por si mi piel chorreante no es lo bastante explícita.

—¿Desayunas, Chorch?

—Gracias, ¿dónde está Johnny?

Sus tres manos, sus tres dedos índices, apuntan al mar al unísono.

—¿Qué hace?

—Pesca —responde Agoe.

—Ama la soledad —agrega Naya.

—Se siente pequeño en la inmensidad —concluye Mia.

Ya sé diferenciarlas. Naya es la que tiene los pechos más bonitos, Agoe la que tiene los labios más hermosos y Mia la que tiene el sexo más… bueno, tampoco es necesario entrar en detalles. Sus palabras van entrando en mi confuso cerebro. Es muy difícil concentrarse en estas condiciones ambientales.

—¿Cuándo volverá?

—No lo sabemos. A veces tarda.

—Un día, dos.

—Tu visita le ha hecho pensar.

Las miro a las tres, esta vez a los ojos.

—¿Y yo?

—Puedes quedarte aquí —me ofrece Naya.

—Eres amigo de Johnny. A él le gustará —me dice Agoe.

—Ningún problema —afirma Mia.

No, ningún problema, qué va. ¡Ellas son el problema! Y además, Johnny Pickup no va a regresar al mundo, al rock. Se queda. Está claro.

Yo también me quedaría, aunque solo fuera un par de días, pero no quiero acabar loco, que es como terminaré a un promedio de sesenta erecciones por hora viento en popa a toda vela.

—No quiero molestar —me busco la excusa más estúpida posible.

—No molestas —afirma Agoe.

—Johnny ha estado feliz de que tu hayas venido —me aclara Mia.

—Isla es de Johnny. Su casa, tu casa —explica Naya.

—¿La isla es de… Johnny?

No me lo puedo creer.

—Sí —afirman las tres con un movimiento de cabeza.

Me lo creo.

Esto ya es demasiado para mí. Hasta mis más sólidos principios empiezan a temblar. Yo, que soy carne de asfalto, semilla de polución, decibelio rockero... Entro en la cabaña, seguido por ellas, su cesto de frutas, sus cocos y sus langostas. Empiezo a meter mis cosas en la bolsa de viaje.

—¿Estás enfadado? —los ojos de Naya me demuestran su extrañeza.

—No.

—Quédate en Pagopago —me propone Mia—. Hablarás con Johnny, todas las noches.

—Yo tengo una hermana —añade la guinda Agoe—. Te gustará.

Esto es demasiado. Voy en busca de Johnny Pickup y aún resultará que el que se va a plantear quedarse soy yo. Aparto de mi mente esa punzada. Me siento muy débil. Total, para lo que me espera en Nueva York... No quiero ser padre de un cajero de banco ni de la última hippy loca del siglo xx. Ni quiero pensar en Mary Ann todas las noches. Ni en el rock, envolviéndome en nostalgias. Pero mi sitio está allí. Mi sitio es...

—¿Cómo puedo volver al pueblo?

—Tenemos una bicicleta. Llévatela.

—¿Una bicicleta?

No es coña. Y total, para huir, lo mismo da, aunque sé que va a ser un infierno eso de pedalear por el sendero que cruza la isla. Mientras quemo mis últimas naves, agradeciendo el desayuno que me preparan mis tres sirenas, y hago oídos sordos a sus cantos negándome a ser otro Ulises, trato de ser realista. Quizás pueda escribir un reportaje al fin y al cabo. Aunque sin fotos... ¿Por qué no me llevaría la máquina? Unas fotos de Johnny en su retiro, en la cabaña, con las tres chicas, valdrían un pico.

Me siento sucio, traidor. ¿Cómo podría hacerle esto al tío que, junto a los Beatles, cambió mi vida?

¡A la mierda la ética, y los sentimientos! ¿No me la cambió una vez? Pues ahora podría cambiármela de nuevo. Necesito pasta.

Cuando me despido de Naya, Agoe y Mia, en lo alto del acantilado, siento algo muy amargo en la boca del estómago. Es como si dejara algo que ya me pertenece, aunque solo sea un poquito. Además, ahora que ya hay confianza, las tres me abrazan, una a una, y como son tan naturales como la vida misma, no están maleadas ni estropeadas por la civilización, me estampillan tres besos cálidos en los labios que me ponen el cerebro del revés. Tocarlas es como acariciar la seda. Las rodillas se me doblan. Lo idóneo para empezar a pedalear.

—Que los vientos te sean propicios, Chorch —me desean.

—Que las aguas del mar besen eternamente vuestros cuerpos —les deseo yo para estar a la par.

Les gusta.

Y yo les doy la espalda, dando la primera pedalada, suplicando a todos los dioses habidos y por haber no caerme delante de ellas, cosa que los dioses me conceden, aunque al precio de darme el primer leñazo justo al doblar el primer recodo.

El trayecto hasta el pueblo es eterno, dantesco, horrible y funesto. Me caigo dos docenas de veces, la bici no lleva frenos y en las bajadas es como un potro salvaje mientras que en las subidas son mis piernas las que no están para chorradas y he de poner pie en tierra para hacerlo a lo natural. El calor es pegajoso, la humedad del cien por cien, y no me he llevado ningún coco para refrescarme. Para diez minutos… Pero se convierten en una hora. Estoy tentado de meterme en la selva, nada, unos metros, para ver si localizo un coco, pero no me atrevo. Soy de Nueva York. Esa es otra historia. No quiero ser el primer idiota que se pierde en una minúscula islita.

Mi llegada final al pueblo, bueno, al grupo de casas del otro extremo de Pagopago es saludada por la expectación de los aborígenes. Me parece que están todos tal cual les dejé, en los mismos sitios. Las posibles mamás de Naya, Agoe y Mia, orondas y discretamente vestidas, me observan sin emoción. Estoy hecho una facha, sudado, empapádo, con la ropa sucia y rota. Mientras me meto en una especie de cantina, pido que llamen a Hungun & Co. para que venga a buscarme. Doscientos dólares obran el milagro repetido de que Hungun se ponga en marcha. Menos mal. Temía que estuviese en otra parte y finalmente me viese obligado a quedarme aquí. La verdad es que no sé por qué quiero irme tan aprisa, zumbado.

Espero el hidro en el embarcadero, mirando las apacibles aguas. Imagino que de vez en cuando les azotará un huracán, o un ciclón, o un tifón de nada, pero eso es una minucia, algo que rompe la monotonía. El tiempo se ha detenido y eso es todo lo que cuenta. Casi me da por pensar que en lugar de haber estado un par de días fuera, he pasado un año, como en las películas de ciencia ficción o en mis novelas.

—¡Ah, Johnny, hubiera podido ser tan grande! —suspiro en el momento en que el ronroneo del hidro me despierta de mi abstracción.

Es Hungun. Le veo picar de morro, enfilar las aguas, recuperarse y amerizar con elegancia en la superficie del océano. Luego se acerca al embarcadero. Pendiente de la maniobra apenas si me doy cuenta de que una barca ha doblado el grupo de rocas que forma la bahía a mi izquierda. Alguien me hace una seña. Después, oigo una voz.

—¡George!

Casi no puedo creerlo. Es él.

Johnny.

El hidro y la barca llegan al mismo tiempo, pero yo me olvido de Hungun. La esperanza renace en mí. Una lucecita divina ilumina la oscuridad tenebrosa de mis pensamientos. Es asombroso. Johnny ni siquiera abandona su bote. Sentado en él y con el motorcito recién apagado, me mira con cariño y yo apenas si tengo fuerzas para hablar. Me da en la nariz que es un momento histórico, esa clase de momento que recordaré con nostalgia dentro de otros veinte años, o antes, si Hollywood me compra los derechos del regreso de Johnny Pickup para hacer una película.

—George —el tono del rockero es suave—, ¿puedo preguntarte algo, amigo mío?

—Lo que quieras, Johnny.

—¿Las chicas aún se mean en los conciertos?

No quiero mentirle, pero he de hacerlo. Sé por donde van los tiros.

—Sí.

—Nunca podré olvidar ese olor, ¿sabes? Es el auténtico aroma del rock. Hacían colas durante horas, se sentaban en sus asientos, en esos teatros de madera con pendiente hacia el escenario, y entonces salía yo, se ponían a chillar como locas, y se meaban encima, todas. ¿Recuerdas ese olor a madera y pipi, George? La orina caliente y burbujeante formaba un lago a mis pies. Eso era lo que yo les daba, lo que les producía. ¿Hay algo más natural?

Podía alquilar veinte, cincuenta, cien meonas. Lo que hiciera falta.

Lo que no sé es si aún existían teatros como los de los años sesenta. Todo ha cambiado tanto. Hoy se canta en estadios.

—Algo más, George.

—Dime, Johnny.

—En aquellos años el mundo estaba muy mal, con lo de la Guerra fría y todo eso.

—Ya no hay Guerra fría, colega. Ganamos. El comunismo se acabó.

—¿En serio? —parece no creerme—. ¿Y contra quién luchamos ahora?

—Contra los árabes, pero está chupado.

—¿Por qué contra ellos?

—Quieren que las mujeres lleven velo y no follen.

Aún puede creerlo menos, se le nota.

Sus ojos se pierden en el mar, y luego en la isla, su isla. A lo mejor piensa en Naya, Agoe y Mia. Cuando los vuelve a fijar en mi percibo la orla de su rendición.

Soy su última tentación.

—Tengo más de quinientas canciones, ¿sabes? No he dejado de componer en todos estos años.

—Perfecto.

—Solo una cosa más.

—¿Qué es?

—¿Estarás conmigo?

—Claro, Johnny. No me separaré de tu lado. Uña y carne.

Es la respuesta definitiva.

—Está bien —suspira—: volveré.

Es el instante mágico y preciso en el que creo que mi vida, al fin y al cabo, es cojonuda.

5

LO PRIMERO QUE HAGO AL ENTRAR EN MI VACÍO APARTAMENTO
es ir a buscar una enciclopedia de rock. Me la sé de memoria, la escribí yo hace diez años, pero eso no importa. Quiero leerlo. Quiero saber que es verdad, que está ahí. Si algo bueno tienen las cosas escritas
es que de alguna forma te dan la constancia y la seguridad de que han
sucedido, que han sido reales. La memoria puede fallarte, distorsionar
la verdad. La palabra escrita, tanto como la imagen, no. También tengo las películas que rodó Johnny, pero eso me lo guardo para después.

Tumbado de cualquier forma sobre mi saco especialmente comprado para apalancarme, junto a la ventana desde la cual se ve la jungla de
asfalto, cristal y acero, empiezo a leer:

«Pickup, Johnny — Ídolo y estandarte del rock and roll blanco junto a Elvis Presley, Buddy Holly y Jerry Lee Lewis. Nacido en Kentucky, compra su primera guitarra en 1956 y en 1957 llega a Nashville,
con apenas diecisiete años. Trabaja en infinidad de cosas y se casa por
primera vez con una camarera llamada Mary Lou, diez años mayor
que él. Divorciado en 1959, poco antes de editarse su primer disco, se
casa por segunda vez cuando ya es una estrella con la cantante coun-
try Angie Ellimore. Divorciado en 1963 después de un fallido disco
de ambos, se casa por tercera y última vez en 1967 con una secretaria
llamada Carolyn. Johnny se divorcia de ella a los tres meses, y en oto-
ño de ese mismo año anuncia su retiro del mundo de la música, des-
apareciendo durante los años siguientes sin que llegue a conocer a su

única hija, Carol, nacida de su tercer enlace. El misterio rodea desde entonces la figura y la leyenda del carismático rockero que cambió la onda del rock and roll y sirvió de puente entre los pioneros y los Beatles. Johnny Pickup consiguió solo en Estados Unidos y entre 1959 y 1967 siete números uno en singles y cinco en álbumes. Ningún otro artista salvo los Beatles y ...»

Dejo de leer. Sigue la relación de sus hits, año por año, y de sus películas, con detalles y más detalles. Evidentemente no se habla de Sara, su oveja. Tampoco voy a contarlo. Hay cosas que el público no tiene por qué saber. Lo importante es que un chaval de diecinueve años puso el mundo patas arriba, y lo dejó todavía patas arriba, en pleno éxito, ocho años más tarde. Esa es la historia.

Y ahora yo voy a entrar en ella.

El tío que devolvió a Johnny Pickup al mundo de la música.

Mi nombre se escribirá al lado de los de Brian Epstein, el coronel Tom Parker, Jon Landau...

Estoy temblando.

No me lo puedo creer, ¡lo he conseguido! Por primera vez soy consciente de que lo he conseguido. ¡Sí!, tenía que estar en casa, en Nueva York, lejos de aquella paz polinésica, para darme cuenta de la realidad. La sensación es maravillosa. Es como tener delante a la tía más fantástica del mundo, y saber que vas a tirártela, y verla desnudarse, para ti, mientras sus ojos te desean... sí, sí, ¡sí!

Voy a llamar a CEW Records cuando suena el timbre de la puerta. Desde luego, estoy en casa. Suspiro resignado. La felicidad plena no existe. ¿Quién dice que Nueva York es la isla de la soledad? ¡Y un cuerno! Estoy preparado para lo peor aunque reconozco que me cuesta. ¿Mary Ann volviendo a por algo que se ha dejado? ¿Mary Ann volviendo con todo porque al cabrón del gestor no se le levanta sino le pone por delante una declaración de impuestos? ¿Mi hija Lizzy con su comuna hippy? ¿Mi hijo Patrick finalmente recuperado tras haber robado el banco? ¿Algún asesino dispuesto a jorobarme los planes?

No. Es mi vecina Maggie.

¿Aún no os he hablado de Maggie? Me parece que no, que entre unas cosas y otras no me ha dado tiempo. Tiene veintitrés años y unas ganas terribles de follar. Sí, eso mismo: F-o-l-l-a-r. Vale, sé lo que estaréis pensando: que cualquiera daría algo por tener una vecina así, y más estando libre como estoy. Pero no conocéis a Maggie. El nombre es lo mejor que tiene, como la canción, "Maggie may". Es alta, lleva el cabello al uno o al dos, tiene ojos de besugo, labios rectos y desnutridos, más que delgados diríanse extrafinos, y también es extraplana y planoculona. No tiene nada. Nada salvo unas ganas tremendas de que la amen, la deseen, la posean y, supongo, ya en plan sado, que la humillen. Estudia arte y desde que llegó, por eso de que estoy en el mundo de la música, me ha ido detrás, pero no para que le presente a una estrella. Me quiere a mí. Se conforma con poco.

Me pregunto si llegaré a estar tan desesperado como para...

—George, has vuelto.

Me recuerda a Naya, Agoe y Mia por la forma de decir mi nombre, pero solo por eso. Lleva una especie de túnica-vestido de pies a cabeza, con lo cual parece un espárrago, y sus ojos dan la sensación de estar más abesugados. Está tan delgada que puedo percibir como se le mueve el corazón, atrapado en tan angosto espacio. Y late por mí.

Vale, debería sentirme mínimamente contento.

—Sí, he vuelto.

—No te despediste. Pensaba que...

—Viajo bastante, Maggie.

—Ya, pero en tu estado, víctima de un shock post-traumático...

—No tengo ningún shock post-traumático.

—Lo tienes.

—No, no lo tengo.

—Lo tienes, aunque eres fuerte y estás dispuesto a superarlo. Eso es lo que más me gusta de ti. Lo malo es que crees que podrás hacerlo tú solo.

—Lo llevo bastante bien.

—Mary Ann era una zorra.

—Eso sí, ves.

—¿Has cenado?

—No.

Demasiado tarde. A veces soy idiota.

—Ven. Te prepararé algo y hablaremos. Después...

Eso es lo peor, el "después". Y más con ella, que no se va por las ramas. El día que se empeñó en consolarme tras una pelea con Mary Ann, fue dantesco. Se me puso tal cual, desnuda, y me dijo que era un bálsamo. Menos mal que me puse a llorar diciéndole que no podría engañar a Mary Ann, a pesar de todo. Me creyó. Valoró mucho mi integridad. Pero ahora yo soy un separado más. Carne de cañón para las depredadoras.

—Acabo de llegar de un largo viaje, Maggie, y estoy hecho polvo. Además, he de hacer unas llamadas. Me temo que si no gano algo de pasta pronto acabaré como cualquier *homeless*.

—Mi casa es tuya —se ofrece.

—Gracias, Maggie, lo tendré en cuenta —inicio el cierre de la puerta. Como se me cuele dentro, no la saco, apuesto a que no la saco. Pero es buena chica. A los veintitrés años puede que aún no esté desesperada del todo, por más que le guste el rollo.

Lo último que veo son sus ojos implorantes.

Lo último que escucho es su voz, grave, profunda, como la de Hal, el cerebro de la nave de *2001, una odisea espacial*, en el momento de ser desconectado.

—George...

Suena "Gggeooorrrrggg..."

—Te llamaré si necesito sal, o azúcar, Maggie.

Lo he conseguido. Sé que no es una victoria total, pero al menos sí es un aplazamiento. El día que le diga que no es mi tipo es capaz de hacerme vudú, herida, o acabar demostrándome que sí está colada por mí, lo cual sería esperpéntico. ¿Y si me la tiro y la dejo insatisfecha? No, luego se hace famosa, escribe sus memorias y me deja a la altura de un escupitajo. La dignidad es lo último que debe perderse.

Vuelvo junto al teléfono, para hacer la llamada que tenía pendiente en el instante de aparecer Maggie. Me resigno a pasar de nuevo el ritual típico. Y lo paso. Esta vez los controles preceptivos no son tres, sino cuatro, pero para mi pasmo y asombro, Mortimer DeLuca no está reunido. A lo mejor es que ha mirado en el diccionario lo que significa "ecléctico" y me está agradecido. Mañana mismo puedo comprar *Billboard* —tengo la suscripción cancelada— y ver una página de publicidad de los Hole In My Balls con el lema "el grupo de rock más ecléctico del mundo". Y sin cobrar derechos de autor.

—George, dos veces en una semana, qué sorpresa.

Su tono no es de agradecimiento, más bien todo lo contrario. Como si Hole In My Balls no hubiera arrancado bien. Esta gente, cuando en lugar de vender un millón de discos vende novecientos cincuenta mil, ya se cabrean. No tienen clase.

Así que decido soltárselo de golpe.

—Mortimer, tengo a Johnny Pickup.

—¿Qué?

—Que tengo a Johnny Pickup.

—¿Cómo que tienes a Johnny Pickup?

Les cuesta entender lo simple. Y eso que él antes no fue músico. One, two, three, four...

—Va a volver, soy su *manager*.

Tener la conversación en el Polo Norte no habría sido más frío.

—¿De qué estás hablando?

—Estás impactado, ¿eh? —suelto una risita sardónica, pero más de apoyo a mí mismo ante lo que intuyo que para impresionarle a él—. Johnny Pickup vuelve a la vida, deja su retiro, tiene un montón de temas acojonantes y, después de grabarlos, hará su primera gira en la tira de años. Eso es lo que hay, ¿lo coges?

—Lo cojo y lo suelto. ¿Para decirme eso me llamas? ¿Qué pasa contigo, te aburres? Me han dicho que tu prójima ha cogido el autobús.

Las noticias vuelan. Pero de autobús nada. Se ha llevado el coche.

—Mortimer, ¿me tomas el pelo o qué? Johnny Pickup hizo grande a CEW Records. La compañía era una mierda cuando le contrató, y en un año ya competía con las majors. Tú eras muy joven entonces, como yo, pero coño, estamos hablando de la leyenda.

—¿Pero puede saberse que perra te ha entrado a ti con Johnny Pickup? ¿Eres marica o qué?

—¡Te estoy diciendo que el tío más grande que ha parido madre en esto del rock después de los Beatles y de Elvis va a volver, y que yo muevo el pastel!

—¡Joder, vale, está bien, reeditaremos un "Grandes éxitos"!, ¿es esto? Igual vendemos unos miles y todos contentos.

—¡No quiero que reeditéis un recopilatorio! —casi nunca grito. No es mi estilo. Y más teniendo a Maggie pegada a la pared. Pero cuando grito, grito—. ¡Te lo estoy ofreciendo! ¡CEW lo tuvo antes y debe tenerlo ahora!

—¿Ahora? —ya no hay duda. Su tono es de alucine—. ¿Pero puede saberse por quién nos tomas? ¡Ese tío debe ir en silla de ruedas!

—¿De qué vas, listillo? —ya me estoy cabreando, y cuando me cabreo, me cabreo. Como lo de gritar—. ¡Está mejor que nunca!

—¡Pero lleva fuera de esto una eternidad! ¿No lo dejó en los sesenta? ¡La hostia! ¿Es que no sabes que en música diez años es una vida, veinte la prehistoria y treinta es como si no hubiera existido?

—¡Y una leche! ¡Tiene más o menos los mismos años que todos, Jagger, Clapton, McCartney…!

—Está bien, ¡está bien! —sé que no es una victoria, sino mero cansancio, y ganas de quitarme de encima. Pero aún así no espero sus siguientes palabras—: Mándame una maqueta.

La sangre desparece de mis venas.

—¿Qué? —no puedo creerlo. Sencillamente no puedo creerlo. ¿Una maqueta?—. ¿Una maqueta? ¿Te crees que es un jodido principiante?

—Es un jodido olvidado, que es peor. O maqueta o nada.

Mi padre, antes de escaparse con la tía rica, solía decírmelo: "Cuenta hasta diez, hijo. Cuenta siempre hasta diez". A veces pienso que tal vez en su juventud, en lugar de ser candidato a hijo de puta inspector de Hacienda, había sido árbitro de boxeo.

Lo malo es que ni llego al siete. No puedo.

—Mortimer —digo despacio, sereno, tranquilo.

—¿Qué? —musita él, cansado, aburrido, superior.

—Vete a la mierda.

—Oye…

—Y además, Hole In My Balls son un peñazo, una redomada mierda, un cruce de Twisted Sisters y Abba con la Madonna y el Jackson de solistas, ¿vale?

El teléfono me quema. Tal vez es que Mortimer DeLuca se ha puesto rojo, cárdeno, aunque esos de las multinacionales tienen la piel forrada y el estómago del revés. Me da lo mismo. Cuelgo con toda la ira que me invade. Ni cuando Mary Ann me dijo lo suyo con mi gestor me sentí igual. En el fondo, cuando Mary Ann me lo soltó, pensé en las tragaderas de mi gestor. Un gesto reflexivo de lo más natural.

—¡Habrase visto…!

Lo he visto, y lo he oído. El primer atisbo de fracaso en la rutilante orgía de mis sentidos. Sé que no debo preocuparme. Sé que no debo atribularme. Sé que no debo asustarme por ello. ¿CEW? ¡A tomar por el culo CEW!

Todavía queda una hora de jornada laboral, así que vuelvo a descolgar el teléfono.

6

SON LAS TRES DE LA MADRUGADA Y ESTOY PASEANDO SOLO POR la calle.

Lo sé, lo sé: hay formas mejores de suicidarse en Nueva York, pero es que prefería hacerlo aquí que no en mi apartamento. ¿Y si Maggie entra, me salva la vida con un boca a boca frenético, y mientras, inconsciente, la embarazo?

Nada. Un paseo tranquilo y relajante. El aire aún fresco del comienzo de primavera me despeja.

¿Será posible? ¡Lo de CEW aún se entiende, con retrasados mentales como Mortimer DeLuca en plantilla, pero lo de CBS, Capitol, WEA, Polygram y todos los demás…!

Nadie, ¡nadie!

—¿Johnny Pickup? ¿No fue una estrella de cuando los discos aún eran de piedra?

—¿Johnny Pickup? ¿No murió hace unos años de sida?

—¿Johnny Pickup? ¿Sabes la de pasta que haría falta para promocionarle y relanzarle?

¡Nadie quiere a Johnny Pickup!

¡Tengo a una estrella de narices, al tío más grande que aún vive, y esa mierda de industria le da la espalda! ¡La hostia!

¿Y qué le digo yo ahora?

Es como para echarse a temblar. Lo imagino en Pagopago recogiendo sus canciones, haciendo ya las maletas, despidiéndose de Naya,

Agoe y Mia aunque quedamos en que nos llamaríamos antes. Yo quería que unas pocas miles de fans fueran a recibirle al aeropuerto. ¡Era mi regalo sorpresa!

Ahora no tengo nada.

He conseguido lo más difícil y no tengo nada.

—¡Joder!

Oigo el suave frenazo, muy cerca, a mi lado. Al girar la cabeza me encuentro el coche de la poli, y a uno de uniforme observándome con curiosidad. No sabe si estoy loco o borracho, o las dos cosas a la vez.

—¿Algún problema, señor?

—No, ninguno, agente.

—¿Sabe la hora que es?

—Sí —miro mi reloj—. Las tres y siete minutos.

—Sé que son las tres y siete minutos, señor —contesta el poli—. Mi pregunta estaba encaminada a cerciorarme de que usted conocía la hora.

—Pues ya ve, la sé.

Estoy peleón, me siento rebelde. Y es raro que no hayan bajado ya los dos, para mostrarme un poco de su "amabilidad" y buen celo profesional. Siempre me ha hecho mucha gracia ese lema de la ley que dice: "Para protegerle y servirle". En Nueva York primero disparan y luego preguntan, o sea, primero se protegen ellos y luego se sirven darte una oportunidad para que hables. Claro que yo no tengo pinta de negro, ni de portorriqueño, ni de chicano, ni de nada. Soy un WASP, ciento por ciento auténtico y puro.

—¿Algún problema, señor?

Estoy cansado de que hagan preguntas. Y tampoco quiero acabar en la comisaría de la 57. Le digo lo primero que sé que entenderá.

—Mi mujer se ha ido con mi gestor.

Lo entiende.

—La mía se largo con un cantante de folk. Por eso odio la música.

—Yo también odio la música, agente.

—Tenga cuidado, ¿de acuerdo? Las calles son peligrosas.

Me saluda y les veo alejarse, siguiendo su ronda. Vuelvo a estar solo y lo agradezco, aunque no consigo apartar de mi mente las conversaciones con todas las *majors*. Y aún menos la llamada de Instant Karma Records, cuando ya salía de mi apartamento.

¡Instant Karma Records, una maldita independiente!

—¿George Saw?

—Sí, soy yo, ¿quién es?

—Graham Lord, de Instant Karma Records. No nos conocemos, pero suelo leerte. Me gusta tu estilo.

—Y a mí tus discos.

Hombre, no están mal. Algunos tienen gracia. Y consiguieron un top-10 hace un par de años con una banda grunge de Niágara Falls llamada Marilyn In The Water.

—He oído decir que tienes a Johnny Pickup.

¡Me encanta la industria! ¡Nadie quería a Johnny pero algún soplón de las gordas ya le había pasado el informe a las enanas!

—Tengo a Johnny Pickup, sí —he admitido.

—¿Eres su *manager*?

—Sí.

—¿Y va a volver?

—Disco y gira. Será demasiado.

—¿Podríamos hablar de ello? Tal vez nos interesase.

—Bueno, están CEW, WEA, CBS, Capitol… —le he soltado demasiado prematuramente, como si fuese un pardillo.

Que esté en una independiente no significa que sea un recién llegado, al contrario. Muy al contrario.

—George —me ha interrumpido—, somos pequeños, no idiotas.

—Pero estamos hablando de mucha pasta, y eso…

—Solo se necesita imaginación —ha vuelto a interrumpirme—. Justo lo que les falta a las demás, sobre todo a las multinacionales, y nos sobra a nosotros.

—Bueno, Graham… déjame que lo piense. ¿Me das tu teléfono?

Primera máxima del rock: no te crees enemigos. El capullo de hoy puede ser el jefe de promoción mañana. El ejecutivo borde de hoy puede estar en la dirección mañana. La secretaria boba de hoy puede ser mañana la mujer —o la amante— del mandamás de turno. El tinglado tiene sus reglas no escritas, y pobre del que las ignore. En un círculo tan pequeño, y tan vertiginosamente cambiante...

—No me llames cuando las demás te hayan dicho que no, George.

Iba a llegar. Este iba a llegar.

He colgado y me he ido del apartamento. Pero ahora la calle sí está muy solitaria. Demasiado. Y las conversaciones telefónicas repican en mi mente. Lo que necesito está muy claro.

Algo caliente, húmedo, negro.

No, no es café.

El teléfono está en la esquina de la Quinta con la 52, como yo. Y ella vive en la Primera con la 29. Pero en taxi son cinco minutos. Me decido, lo descuelgo, me aseguro de que funcione e introduzco mi moneda. Ella es Priscilla —no, la del Elvis, no, esa ya tiene la cosa hecha "agarrando como puede" al Leslie—, Priscilla Smith. Es un bombón, aunque un poco golfa. Solía tener experiencias con ella antes de casarme con Mary Ann. Y después de casarme con Mary Ann me di cuenta de que la echaba de menos. Esta es la noche perfecta para un bis a bis sexual.

—¿S-s-sí?

—Priscilla, cariño, soy yo, George.

—¿George? —debía estar muy dormida, con dos o tres valiums en el cuerpo—. ¿George Green, George Harris, George Marcus, George Upton, George Zemeckis, George...?

—George Saw —freno su listado porque no tengo más que unas pocas monedas—. Estoy aquí cerca, ¿sabes? Y tengo tantas ganas de verte.

—George, cariño, lo dejé.

—¿Que dejaste qué?

Oigo una voz, femenina, y no es la tele. Claramente escucho la frase "¡Cuelga ya, coño, que mañana hay que madrugar!".

—El sexo con tíos, cariño —me lo acaba de aclarar ella.

—No jodas.

—De eso se trata, cielo, de no joder. Llegué a un punto en el que ya no tenía nada, ¿entiendes?, nada. Los jóvenes se corren en seguida y los que son como tú, con esa mierda del sida, solo quieren sexo oral.

El último que me hizo gritar hasta volverme loca se murió, aunque no me extraña, porque se ponía... Y el último que me pegó siete en una noche ahora trabaja en un porno. Dice que le abrí los ojos. Una mujer es distinta, y he encontrado la felicidad.

—Yo aún lo hago a la vieja usanza, a lo clásico. A lo mejor te abro los ojos yo a ti y te reconvierto.

—¡Hay, George, eres un encanto! ¡Siempre me hiciste reír!

Ya empezamos.

—Priscilla...

—Adiós, cielo. Cuídate.

Cuelgo el teléfono después de hacerlo ella. Y es el momento.

¿No decía que hay métodos mejores de suicidarse que caminar solo de noche por Nueva York?

—Hola, tío.

Son tres, y negros, muy negros, pero nada que ver con Naya, Agoe y Mia. Ya sé que parezco racista, pero ¡coño, si son negros que voy a hacerle! Si fueran chinos lo contaría igual, bueno, si me dejan con vida. Uno lleva un Magnum de dos pares de cojones. Otro una navaja como las del Rambo, de esas para sobrevivir, con comida, condón y una maquinilla de afeitar en la empuñadura. El tercero no lleva nada. Alguno tiene que arramblar con todo lo que llevo encima, naturalmente.

Bueno estoy yo para cachondeos.

—¿Conocéis a Johnny Pickup?

Se miran dudosos. No tengo pinta de ir colgado, así que calculan si me estoy quedando con ellos.

Pero que sean unos chorizos, asesinos y cabrones no significa que además sean burros.

—Era muy bueno el tío —contesta el de la Magnum—, y legal. Buen rollo el suyo.

—Two Live Crew hace una versión de un tema suyo, "My girl is a pretty lady", con la letra un poco cambiada, claro —apunta el del cuchillo.

—Claro —digo yo por si acaso, aunque no tenía ni idea.

Odio a los Two Live Crew.

—Si Pickup estuviera aquí, haría rap, seguro —opina el que no lleva nada en las manos mientras se ocupa de irlas llenando con mis cosas, reloj, cartera...

—No se me había ocurrido.

Jódete, "hermano". Cinco dólares. Y el reloj es barato. ¿O te crees que uno sale a pasear de noche solo por Nueva York llevando doscientos dólares como los que se gana Hungun con sus paseos y con un Rolex de oro?

—¿Eso es todo? —parece mosquearse.

—Este mes no me ha llegado el cheque de la Seguridad Social.

—Coño, tú, ni a nosotros.

—Son una panda de maricones.

—Así nos va.

—Y que lo digáis —me solidarizo con ellos a pesar de todo, y de paso aprovecho para preguntar—: ¿Puedo irme?

—Oh, sí, claro. Ningún problema —asiente el del Magnum.

—Y ándate con cuidado —me advierte el del cuchillo—. Si te vuelven a robar y no llevas nada, igual se mosquean. Esto es Nueva York.

Buena noticia.

—Paz, hermano.

—Paz, tíos.

Les veo alejarse, sin prisa, comentando lo majo que soy y discutiendo acerca de Two Live Crew y Johnny Pickup. ¿Dónde esta el coche de la pasma ahora? ¿Y mi amigo el agente "preguntas"? Bueno, mejor que no hayan aparecido. Se hubiera liado una ensalada de tiros, y yo en medio. Por menos se ha quedado uno sin colgantes con una bala perdida.

Así que regreso a casa abortando de raíz el pensamiento de llamar a Maggie.

7

NO SUELO COMPRAR MUCHOS DISCOS EN EL TOWERS, PERO DE todas formas me conocen. Pequeñas ventajas de publicar artículos en *Stone & Rolling*. Les extraña verme entrar, pero más aún ir a dónde los cascos para oír música con un CD de los Two Live Crew. Tienen buena memoria y recuerdan que una vez me cisqué en ellos. Apuesto algo a que si los tres "hermanos" de la noche anterior llegan a saberlo, uno me mete el Magnum por la boca y el otro el cuchillo por el agujero de atrás, por más apretado que lo tuviese.

—¿Cambiando de estilo?

—Es una curiosidad —me defiendo.

Escucho "My girl is a pretty lady", y hasta tengo el valor de acabarlo. ¿Una versión? ¡Malditos cerdos! ¿La letra "algo cambiada"? ¡Soplapollas descerebrados! ¡Como me los vuelva a encontrar les robo yo a ellos, sin necesidad de arsenal bélico! ¿A esto se ha visto reducida la música en los 90? ¿Dónde está el espíritu del rock? ¿Cómo puede destrozarse alevosamente una joya musical sin que tiemblen las estructuras?

¿Y aún dicen en CEW que el regreso de Johnny Pickup no es necesario?

—¿Se encuentra bien, George?

—Sí, creo que sí.

—Se ha puesto pálido de golpe.

—No me extraña. ¿se vende esto?

—Mucho.

—Radicales negros, claro.

—Oh, no, la policía.

—¿La poli? —ahora sí que no entiendo nada. Two Live Crew es lo más anárquico, obsceno, guarro, anti-sistema y proselitista que conozco. Pura apología del terrorismo. Ice Cube y Ice T. son unos santos cantando eso de que hay que matar a los polis comparados con ellos. Y que conste que no actúo como censor, sino como defensor de la buena música.

—Creo que forma parte de su entrenamiento —me informa la chica—. Lo escuchan una docena de veces sin parar, encerrados en una habitación, y luego salen a la calle dispuestos a lo que sea. Ayer vino por aquí el sargento Buchanan, no sé si lo conoce, uno que está en la Sexta. Se llevó este mismo CD y esta misma noche he oído decir que se ha cepillado a tres.

—¿Tres qué? —me alerto.

—Tres ladrones, en plena Quinta Avenida.

—¿A qué hora?

—A eso de las tres y cuarto o tres y media. Parece que ellos estaban distraídos hablando de música. Les ha vaciado el cargador en la puta cara.

Quizás deba ir a recuperar mi reloj. O quizás no.

A veces Nueva York me supera.

—¿Se venden muchos discos de Johnny Pickup? —trato de recuperar el hilo de la normalidad.

—Pocos. Si estuvieran en CD… Ya sabe que el plástico está fuera de onda.

—¿No hay ni uno en compact? —me asombro.

—Sí, dos recopilatorios, uno de ellos doble, en ediciones de bajo precio, ya sabe. Ni siquiera las editó su discográfica habitual, sino una de esas que compra derechos. Pero… —su gesto es expresivo.

—Pásamelos, Bertha.

Sé su nombre porque lo lleva escrito en una placa, en la blusa.

Mientras espero, y aunque trato de no caer en ello, sufro una de mis habituales abstracciones. ¿Se ha vuelto loco el mundo? Los Beatles venden como antes, o más. Y Elvis, y tantos otros. ¿Y las leyendas del rock? Está claro que hay que seguir en la brecha, como los dinosaurios de los sesenta. Dinosaurios. ¡Ja! Todavía les dan mil vueltas a la mayoría. En cuanto Johnny reaparezca…

Quizás me compre el Towers. Desterraré los discos de Two Live Crew, aunque toda la pasma de Nueva York se manifieste en defensa de sus derechos.

Salgo a la calle un minuto después con treinta dólares menos y me encuentro con Norton Lettering. Ya no lleva el cabello largo ni viste de rockero juvenil. Lleva traje y corbata, el pelo corto, y luce unas correctas gafas a lo Lennon. Como yo voy todavía abstraído, luchando contra la nostalgia que me posee, es él quien me detiene a mí. En Nueva York cuando alguien te para por la calle solo es por dos razones: porque le va bien, mejor que a ti, o porque le va fatal y quiere pedirte algo, un dólar o trabajo. A Norton Lettering le iba bien, muy bien.

—¡George, qué sorpresa!

—Norton, ¿qué es de tu vida?

Como si no lo supiera. Me habían dicho que se acababa de casar con la hija de uno de los Macys, y que ya era prácticamente el dueño de la KRNY. "Los 40 chorras" sonando todo el día. Bueno, podía serme útil.

—Sigues al pie del cañón, ¿eh? ¡Joder, tú si eres un auténtico! ¡Llevas el rock en la sangre! Que conste que me compro cada semana *Stone & Rolling* por tus artículos, ¿O.K.? Lo demás ya no vale la pena.

—Voy a dejarlo —le informo.

—¿Qué me dices? —hasta parece sincero, pero es más bien curiosidad. A mí con esas.

—Me paso al otro lado. A donde está el verdadero germen, la adrenalina.

—¿Te haces productor?

—No, *manager*.

—¿Has descubierto una estrella? —se extraña él.

—Johnny Pickup.

—¿Johnny….? —es lento, pero acaba cogiéndolo. Incluso grita, pero sin entusiasmo. Es solo inercia. En el rock cuando alguien dice un nombre es bueno repetirlo en voz alta, aumentando el tono—. ¡Johnny Pickup! ¿Qué dices?

—Está en plena forma, con ganas de volver, y tiene un montón de canciones acojonantes. Ríete del "Boss". Va a ser una sensación.

—¿Cuanto llevaba fuera de onda?

—Desde el 67.

La cara le traiciona. No creo que sumar y restar sea lo suyo pero hace un esfuerzo mental. Lo que le sale debe resultarle demasiado.

—George —me dice con otra expresión—, eso es MUCHO tiempo.

—Tú espera y verás.

¿Por qué será que cuando quiero impresionar a alguien, cuando más seguro debo parecer, cuando más necesito una oleada de admiración balsámica, es cuando menos obtengo resultados? ¿Tendrá razón Mary Ann cuando dice que soy transparente?

Si yo soy transparente ella es opaca, la muy puta…

Ni me enteré de que me la pegaba con el otro.

—¿Vas a arriesgar mucha pasta en la operación? —tantea Norton.

—Nada. Él vuelve y yo lo manejo, eso es todo.

Suspira aliviado. No creo que sufra por mi economía. Más bien debe ser por la suya. Cuando un amigo va mal, cabe la posibilidad de que no espere a encontrarte por la calle —en Nueva York es difícil— y te vaya a pedir directamente.

—Tenme informado, ¿de acuerdo? Si la discográfica cuenta con nosotros, la KRNY contará con él. Incluso podríamos montar una buena movida, 24 horas con la música de Johnny o algo así, ¿qué dices?

—Genial.

Ese es el espíritu: todos van a sacar algo.

—¡Me ha encantado verte, George, y te deseo toda la suerte del mundo!

Otra ventaja de encontrarte a alguien por la calle es que el encuentro dura poco. Todo Dios tiene prisa por estar en otra parte. Una palmada en la espalda, una sonrisa final y… ¡zas! El tiempo es oro. Pero mientras Norton Lettering se va y contemplo su espalda perdiéndose a lo lejos, me huelo lo que ha querido destilar con sus últimas palabras.

No en el sentido literal, sino en el trasfondo, debidamente acompañado por su mirada. Creo que huelen el fracaso más que la mierda. Y no me gusta.

De todas formas lo que ha dicho acerca del "contar" ha sido lo de más sentido desde que he llegado a la ciudad. Con pasta todo es posible. Un número uno tiene un precio, lo mismo que una publicidad total o una promoción natural. Hasta los Beatles se rascaron el bolsillo cuando aterrizaron en Estados Unidos. Buen cirio se montó Brian Epstein metiendo a 30.000 fans en el aeropuerto. Y sin embargo... ¿dónde están los días en que un éxito se hacía solo, únicamente porque a la gente le motivaba lo que oía? Antes la música entraba por el oído y por la piel. Ahora entra por los ojos. La gente ve un vídeo y deciden si les gusta o no una canción.

¿Es eso el progreso?

Vale, me siento fatal, lo reconozco.

De camino a casa, y pese a estar absorto en mis pensamientos, paso por delante de una tienda de material audiovisual. No me habría detenido por nada del mundo, y menos para hacer el hortera delante de una docena de televisores encendidos, pero la imagen de mi reloj me despierta la conciencia. Está ahí, en primer plano, en la muñeca de alguien. Cuando la cámara retrocede veo a mis tres colegas nocturnos en el suelo. Eran feos, pero ahora, sin cara, lo son aún más. De pronto en la pequeña pantalla aparece la rubicunda faz de un poli pelirrojo. El hermano gemelo de Porky. En Nueva York hay de todo menos neoyorquinos hijos de neoyorquinos y nietos de neoyorquinos. Hay chinos, portorriqueños, japoneses, polacos, pakistaníes, alemanes, chicanos, italianos (como Mortimer DeLuca), irlandeses (como ese sargento Buchanan) y muchos más. Pero no neoyorquinos de más de tres generaciones. Bueno, sí, las ratas son neoyorquinas.

Y puestos a verlo así, ni siquiera yo soy neoyorquino. Una bisabuela mía era española. De ahí me sale la casta.

El sargento Buchanan sonríe. Menudo baboso, el muy hijo de puta. Tiene más morro que pecas. Y van a darle una medalla, seguro. Debe estar contando de qué heroica forma se cepilló a los tres negratas.

Diablos, esos tres desgraciados tenían un gusto horrible con lo de Two Live Crew pero al menos conocían y respetaban a Johnny.

Sigo caminando.

Lo primero que hago al llegar al apartamento —amén de entrar sin hacer ruido para no alertar a Maggie—, es poner los CD's de Johnny. Menos mal que tengo un reproductor. No lo quería. Anhelaba ser "el último rockero auténtico con discos de vinilo". Desde luego el sonido se agradece. Ya no me importa que Maggie sepa que estoy en casa, porque aunque llame, no voy a abrir la puerta. La voz, la fuerza, la descarga decibélica del más genuino Pickup Sound me sepulta. He de reconocer que con los discos tan cascados, hacía años que no oía a mi ídolo así. ¿Y aún hay quien duda de que su vuelta será sonada? ¡Que les den mucho a todos!

Media hora después de que la última canción haya expandido sus ecos finales por el apartamento, aún estoy sentado en mi saco, conmocionado y de nuevo atrapado por la nostalgia. Una vez pasé así dos días.

Esta vez suena el teléfono. De no ser porque espero que CEW, WEA, CBS, Capitol, Polygram y las demás hayan cambiado de idea, no lo cogería. Pero lo hago. Mi fe es ilimitada.

—¿George? ¿Me oyes, George?

Johnny.

—¡Te oigo! ¿Dónde estás?

—Estoy en la ciudad, en Papeete, y me vuelvo a mi isla con Hungun. Acabo de mandarte unas cintas, cincuenta canciones, para que vayas eligiendo. Prefiero no acelerar las cosas, ¿sabes? Ninguna precipitación. Esto hay que hacerlo bien.

—Estoy de acuerdo, nada de precipitaciones —me apresuro en decirle, por si le da el ataque y se presenta en Nueva York—. Has de regresar cuando todo esté a punto y tengamos ya cosas para firmar, con la discográfica, con…

—Esa es mi idea. Vendré para grabar, escoger y seleccionar a la gente para la banda y planificar la gira, no antes. Esto es demasiado importante para cometer errores de principiante. ¡Ah, George, si tuviera a mis músicos!

—¿Tus músicos? ¡Por Dios, Johnny, si eran mayores ya entonces! ¡Estarán criando malvas o cuidando nietos!

—Pero como sonaban, hijo. En un par de horas teníamos un LP a punto. Llegar, soltarnos y ya está.

Oh, Dios.

—Johnny, Johnny... Me parece que no hablamos mucho de cómo es el tinglado ahora.

—¿Ha cambiado algo?

Es la pregunta más inocente que me han hecho jamás. Bueno, esa y la de si a Kennedy le mató el pirado del Oswald solito, por un quítame allá esa gracia. Creo que me fui demasiado rápido de Pagopago. Debía haberme quedado otra semana. Pero en el embarcadero, con el hidro esperando... Encima Hungun me hubiera cobrado los doscientos dólares del viaje igual.

Otra semana. Suficiente de cualquier forma. Y a lo mejor una de las tres negras se habría apiadado de mis erecciones.

—¿Has oído hablar de los asesores de imagen, los videoclips, el rap o gente como Two Live Crew?

—No, ¿y qué? Yo soy un rockero, George. Lo nuestro es la base, lo verdadero, lo auténtico. Solo es rock and roll, pero me gusta.

¿Dónde he oído yo eso antes, querido Jagger?

—Johnny, quizás debieras saber que...

—Vamos, George, que esto es una conferencia.

—Es que... —me pregunto si es el momento de ser sincero.

—Confío en ti, hijo —se despide sin dejarme hablar más—. Ahora debo irme.

—¡Johnny, espera!

Al otro lado del mundo, la línea se ha cortado.

¿Confiar?

A estas alturas y uno aún puede tropezar con una palabra nueva en el universo de la música.

8

CREO EN DIOS.

Oh, sí, a veces creo en Dios. No siempre, solo muy de tanto en tanto. Soy ateo, agnóstico, apolítico, amoral —bueno, esto último más por vocación que por práctica— y muchas más cosas que empiezan por A, pero, insisto, a veces creo en Dios.

Hoy es uno de esos días.

Estoy esperando las cintas de Johnny. Estoy nervioso. Es como si esperase a que el médico me hubiera hecho una prueba para ver si tengo cáncer, sida y leucemia, todo junto, y el veredicto fuese inmediato. En mi apartamento no me siento a gusto, por la soledad y por Maggie, que está dispuesta a conseguirme —y temo que lo logre— ahora que estoy libre. En la calle no me siento a gusto —han desaparecido mis tres amigos pero queda libre el sargento Buchanan—. Es como si no tuviera nada, y mucho menos un lugar a donde ir. En cuánto lleguen las cintas, podré ponerme en marcha. Antes no.

Y esta mañana…

Eileen Kowalski.

Tiene un nombre estúpido, lo sé. Y no lo digo por lo de Kowalski, que a fin de cuentas es polaco y tiene empaque, sino por lo de Eileen. Suena a personaje de novela de época, *Mujercitas* y todo ese rollo. Pero ella no tiene nada que ver con el nombre, ni siquiera con las polacas, al menos las que he visto en cine —claro que las únicas polacas que recuerdo haber visto en el cine salían todas en campos de exterminio nazi, tipo Auschwitz—. Eileen es rotunda, un pedazo de mujer —y que conste que digo mujer, no tía buena ni maciza ni nada de eso—, sin la flexible y evanescente magia de las tres amigas de Johnny, pero con todo lo que una mujer debe tener superados los treinta. Es alta, cabello pelirrojo natural —y por lo tanto, siempre lo había imaginado, vello púbico pelirrojo natural—, dos pechos perfectos sin necesidad de silicona, unas piernas modeladas y duras, unas manos preciosas y cuidadas, una boca sugerente y unos ojos lánguidos. Oh, sí, los ojos de Eileen han sido siempre lo que más me ha seducido de ella.

La conocí casualmente, un día que acompañé a Madonna a una clase de aerobic. Eileen era la instructora. Me insinué, o más bien le pedí que saliera conmigo, y me preguntó si estaba casado. Le dije que sí y suspiró llena de pesar.

—Nunca salgo con hombres casados, querido —me dijo mirándome con sus intensos ojos lánguidos—, al menos en el plan que todos los hombres queréis salir, es decir, para acabar en la cama. Por esta razón apenas salgo con nadie. Una chica soltera de treinta años y con principios, lo tiene mal. Podemos ser amigos.

Fuimos amigos. Y de vez en cuando me lo decía:

—George, es una pena que estés casado.

Me daban ganas de divorciarme de Mary Ann temporalmente solo para ver cómo me lo montaba con Eileen.

Y ahora estaba separado, en vías de divorcio consumado, y curiosamente no había pensado en Eileen.

Me hacía falta una amiga, alguien con quien hablar, en quien confiar. Y ella es perfecta para eso. Otras mujeres, con sus "razones", serían mucho más crudas, seguras de sí mismas. Eileen no. Su único problema es que resulta odiosamente ingenua, directa.

—Eres un cerdo, George.

Me sorprende su comentario. Yo diría que he estado realmente bien. No me parece que haya gemido solo para darme la alegría. Y hasta ha puesto los ojos en blanco en el momento supremo, el clímax mayestático, el orgasmo final.

—¿Yo? ¿Por qué soy un cerdo AHORA?

—Deberías estar llamando a tu mujer, para que volviera.

—¿*Tu quoque*, Eileen?

—No me hables en italiano. Ya sabes que no sé italiano. Sabes incluso que no soporto a los italianos, siempre comiendo pasta y matando a la gente.

—No era italiano, era latín.

—¿Sabes latín?

—Sé muchas cosas.

—Pues yo solo sé que todos los tíos sois iguales.

—No es cierto. Yo soy diferente.

—Tú eres como todos. El lado de la cama correspondiente a tu mujer aún está caliente, y ya estás haciendo el golfo. Claro que mientras haya tontas como yo, que traguen.

—Siempre me dijiste que el día que no estuviese casado, lo haríamos. Has sido una mujer de palabra.

Esa es la clave.

Al despertar me ha venido a la cabeza, como un *flash*, y me he abalanzado sobre el teléfono, solo para darme cuenta de que no, que nada de llamarla. Me he pasado la mañana ideando un plan, una táctica, y finalmente por la tarde he salido disparado para ir a esperarla a su lugar de trabajo. Han salido dos docenas de chicas y señoras creyendo en milagros, todas radiantes después de pasarse una hora dando brincos al compás de cualquier música hortera, y después ha aparecido ella. Mi flor amarilla —es su color— y la cajita de bombones —le pirran los bombones— han hecho el milagro. Pero sin duda lo que más le ha influido ha sido verme llorar.

Una cebolla debidamente protegida con papel de estaño e introducida en mi pañuelo, ha bastado para arrancarme un par de lágrimas. En cuanto las ha visto me ha cogido de la mano y entonces le he recordado su promesa. Le he dicho que me sentía solo y que únicamente la tenía a ella. Eileen ni siquiera ha pestañeado.

—Claro, George —me ha dicho—. Siempre me has gustado y ahora que eres libre me encantará hacerlo contigo.

Hemos ido a su apartamento, nos hemos desnudado, he comprobado que ciertamente su vello púbico es pelirrojo, de un tono parecido al de la puesta de sol en Pagopago, y luego lo hemos hecho. Lo malo de esas cosas es que siempre, al acabar, si no te duermes rápido, te pones a hablar y pasa lo que pasa.

Ha sido el momento en que me ha soltado la parida de que yo era un cerdo.

Lo jodido es que me gusta de verdad, y tirármela ha sido como certificarlo.

—Te necesito, Eileen.

—Todo el mundo necesita a alguien.

Título de una canción.

—Lo digo en serio. Tengo algo muy grande entre manos y necesito a alguien a mi lado. El éxito no significa nada si no tienes a alguien con quien compartirlo.

Título de otra canción.

—Estoy a tu lado, cariño —ni siquiera me pregunta qué es lo que tengo entre manos. Ella es así.

—¿Por qué no nos casamos?

Consigo interesarla. Por lo menos se incorpora, se pone de lado y me mira con incredulidad. La mayoría de mujeres cuando hacen eso se desequilibran, o sea, sus pechos se caen en vertical y como ellas están más o menos horizontales o en diagonal, como en este caso, el efecto es bastante traumático. En Eileen esto no pasa. Sus pechos se mantienen prácticamente igual. Me gusta.

—Estás loco —me dice.

—¿Por qué he de estar loco?

—No podría casarme contigo.

—Pero, ¿por qué?

—Estás metido en ESO.

—ESO, ¿qué?

—El rock —sentencia como si hubiera mentado una plaga bíblica—. Te ves con la Streisand, y con el "Boss", y con Michael Jackson, y con el Brooks.

—No, con ese no.

—Los que sean. Yo no encajo en toda esa mierda.

—No es una mierda. El rock es cojonudo.

—Es un mundo de locos —insiste—. Yo solo soy una chica normal y corriente adicta al zen.

—No mes lo recuerdes.

—Deberías hacer zen.

—Eileen...

—Elevaría tu visión de la realidad, tu percepción del mundo. Te haría conectar con los poderes cósmicos y con todas las fuerzas del universo.

—Yo lo único que quiero es conectar con CEW, con CBS o con WEA.

—¿Qué?

—Nada, olvídalo.

Se me acerca y me besa. Es un beso dulce, femenino, cargado de ternura, mientras la mano libre me acaricia la mejilla. Al terminar apenas se aparta unos centímetros.

—Mírate, George —me dice—. Ya has pasado de los cuarenta, y sigues viviendo a lomos de una canción, vistiendo como un adolescente, inmerso en un montón de mierda y falsedad, hablando con gente que está realmente zumbada, ¿y que es lo que tienes? Te lo diré: nada. Es como si el festival de Woodstock del 69 para ti no hubiera durado tres días, sino toda la vida. Esto sigue en Woodstock, cielo —y pone su dedo índice en mi frente.

—Tú no estuviste en Woodstock, yo sí. Con quince años. Me escape para entrar en la leyenda.

Se siente derrotada, pero no del todo. Es una mujer fuerte dentro de su fragilidad.

—John Lennon se hizo adicto al zen, y cambió mucho.

—Exacto, cuando se hizo adicto al zen dejó de cantar y de grabar, y estuvo tres años fuera de órbita. Cuando volvió aquel cabrón hijo de puta le acribilló.

—No era un cabrón hijo de puta. Era un pobre diablo enloquecido por el rock.

—Eileen, eso ni en broma —me pongo serio.

Cada año, la noche del 8 al 9 de diciembre, yo voy al Edificio Dakota y canto "Imagine". Es como una peregrinación. Y no estoy solo.

Puedo dejar a la tía más inmensa del mundo si...

—De acuerdo, perdona —suspira Eileen volviendo a tenderse en la cama.

Ahora soy yo el que se incorpora de medio lado para mirarla ella.

—¿Te hace el zen sentir un orgasmo más fuerte, intenso o brutal?

—Me hace sentir en paz.

—Ah —no estoy muy seguro de lo que significa eso.

—Incluso creo que podríamos intentarlo.

—¿El qué?

—Estar juntos, al menos una temporada —me revela.

—¿Una temporada? ¿Hasta cuándo?

—No lo sé. No creo en el amor eterno. La vida es cambio constante. Las potencias del Universo juegan con nuestros karmas como Dios a los dados en el entramado cósmico. Mientras nuestros espíritus viajen juntos, será hermoso.

Joder, solo me acabo de tirar a una tía, nada más. Lo juro.

Y aún así, se lo suelto. Me quema.

—Eileen, ¿te suena de algo el nombre de Johnny Pickup?

—Sí, claro. Era un cantante.

—¿Te gustaba?

—Me quedé con Strawinsky, cielo. Escuchando "La consagración de la primavera" tuve mi primer orgasmo.

—¿Qué me dirías si te dijera que yo tengo a Johnny Pickup?

—¿Cómo que le tienes?

—Va a volver a cantar. Lleva retirado desde el 67, nadie sabía nada de él, ni donde estaba, y yo lo he encontrado y le he convencido para que vuelva.

—¿Por qué les has convencido? Su pobre mujer y sus hijos van a...

—No tiene a nadie, está solo. Vive en una isla sin siquiera televisor.

Eso le produce un shock. Aún y con zen, Eileen es realista, y encima de Nueva York. Sabe que la tele es la Biblia. No puede imaginarse a nadie civilizado sin un aparato cerca.

—Oh —trata de hacer un esfuerzo y comprender la profundidad del tema.

—Fue una leyenda, y simplemente desapareció. Puede ser algo… tan grande como la formación de una supernova. Ese tío era muy fuerte, Eileen. Tenía esto —chasqueo los dedos como símbolo y lo capta—. Su regreso puede ser lo más importante de la historia del rock desde que Dylan reapareció en el 74 tras ocho años de silencio.

—Y es muy importante para ti, ¿verdad, cariño?

—Eileen… ¿importante? —no sé cómo decírselo, aunque creo que en mis ojos es capaz de verlo todo, como lo vio antes cuando entendió que la necesitaba—. En la vida de todo ser humano hay un momento, algo que… o atrapas como sea, o te deja tirado en la cuneta y hecho una mierda, y para eso no hay zen que valga —la detengo antes de que me lo suelte—. Puedes ser feliz con poco, toda tu existencia, pero yo siempre pensé que había algo más, en mí o en el mundo. Llámame inocente o imbécil, llámame ingenuo o estúpido, llámame sentimental o incongruencia del siglo XX, pero es lo que siento, y lo que he sentido toda mi vida. He estado toda la vida esperando ese algo más, a veces creyendo que eran ilusiones, y otras… casi rozándolo con las manos, como un ciego que tantea su entorno. La música le dio alas a mi imaginación, es cierto, y tengo el don de poder encadenar palabras y crear historias o redactar un artículo que interese a los demás. Pero… no era suficiente. Nunca fue suficiente. Ahora sin embargo sé qué estoy haciendo, qué hago aquí, quién soy. Ahora tengo algo que puede hacer cambiar la vida de millones de personas. ¿Te das cuenta, Eileen? ¿Entiendes cómo me siento? Pocas personas pueden coger algo de la nada y crear un sueño, y yo encima he cogido mi pasado y lo he puesto en el futuro. ¡Me siento grande!

La respuesta de Eileen no necesita palabras, pero sus labios expresan exactamente lo que sus lánguidos ojos me están gritando.

—¡Oh, George, vamos a hacer el amor otra vez!

9

LAS CANCIONES DE JOHNNY LLEGAN TRES DÍAS DESPUÉS. Milagrosamente estoy en casa, aunque las piernas aún se me doblan por la falta de fuerzas. Una tía que es capaz de pasarse el día dando clases de aerobic es porque tiene un aguante de dos pares de narices. Hasta yo tengo un límite.

Resulta que Eileen es prácticamente ninfómana.

Digo prácticamente porque solo se dispara cuando tiene a un tío al lado y ha superado el primer orgasmo. Es como los cocos: cáscara dura, en apariencia impenetrable, pero en cuanto la has roto... dentro está todo lo bueno, el agua y la pulpa.

El cartero ni siquiera sabe lo que tiene en las manos. Si lo supiera ya habría hecho un alto en su reparto para piratear las cintas y venderlas luego por una millonada. Claro que eso también puedo hacerlo yo. Son los originales de las canciones, y como me dijo Johnny, hay cincuenta. Van a sobrar más de treinta. Una editora pirata pagaría por este tesoro... y más cuando Johnny sea nº1 en los *rankings*...

Aparto esos malos pensamientos de mi cabeza. No, el entramado del rock, la podrida industria, aún no ha podido conmigo, ni podrá. Juego limpio. No solo por Johnny, sino por mí.

Confiar.

La jodida palabra que pronunció por teléfono la última vez que hablamos.

Le firmo al cartero el recibo y mis manos tiemblan al tocar el paquete. He de recordarlo todo, al detalle, para cuando se haga la película, *El regreso de Johnny Pickup*. Si se hiciera antes de cinco años, a lo mejor yo podría encarnarme a mí mismo. Con Michelle Pfeiffer en el papel de Eileen y Demi Moore en el de Mary Ann. ¿O mejor al revés? Da lo mismo. Podrían hacerse *flashbacks* en los que yo recuerdo mi vida de casado. Mi vida de casado en la cama, por supuesto. Johnny ya tendría bastante con sus tres negras imponentes y juveniles.

Lo malo de los momentos de éxtasis es que te dejan paralizado. Todavía estoy en la puerta de mi apartamento, con el paquete temblando en ellas, cuando se abre la puerta vecina y por ella asoma Maggie.

—George…

Esta vez, ni ella puede amargarme lo que siento.

—Ah, hola Maggie.

—Has recibido un paquete —me informa.

—Estoy siguiendo un cursillo de celibato por correspondencia. Este es el primer envío, el cilicio y el braguero de púas.

No sabe si creerme, pero mira el paquete con dolor.

—Necesitas una mujer, George.

—No sé, Maggie, no sé —trato de parecer austero, como si hubiera superado esas banalidades humanas—. Las heridas aún están abiertas. Puede verme los huesos, las vísceras, el…

—Mira, George.

Se ha subido la larga falda. Primero veo dos piernas tan delgadas que parecen zuecos, con dos nudosidades centrales que resultan ser las rodillas. Luego veo su sexo, negro y peludo, rasurado en forma de corazón. Todo un detalle. Reconozco que aún tratándose de Maggie la nuez me sube y baja en el cuello al tragar saliva aparatosamente.

No es todo, hay algo aún más nuevo que el rasurado: tiene un tatuaje en forma de serpiente reptante que le va del ombligo al corazón —el del sexo, no el de arriba—. Una serpiente de color rojo, con la boca abierta y una larga lengua bífida.

Mudo. Me quedo mudo.

—Puedo hacerte feliz, George.

—Maggie, verás… no quiero romperte el corazón.

Y nunca mejor dicho.

—No me importa. Me gusta sufrir.

—No soy bueno —recuerdo las palabras de Eileen—. Soy un maldito rockero, ¿recuerdas?

Sigue con la falda subida, y yo que, pese a todo, no puedo apartar mis ojos del centro de su palpitar. ¿Húmedo, cálido y negro? Todos lo son cuando hay ganas, ¿no? Y ella está que echa humo.

Pero yo tengo las cintas de Johnny en las manos.

—Te llamaré si esto no funciona, ¿de acuerdo? —señalo el paquete.

La falda cae. Vuelvo a mirarla a los ojos. Está decepcionada, y triste. Pero no derrotada. Si estudia arte en Nueva York es porque tiene unas tragaderas, un optimismo, una paciencia y una voluntad a prueba de tifones. La ciudad está llena de artistas.

—Hazlo, George. No te arrepentirás.

Desaparezco de su vista dejando atrás una sonrisa final y cierro la puerta. Está claro que esta parte no irá en la película. No hay ninguna actriz famosa ni no famosa que se parezca a Maggie. Y si encima el productor o el director pone a... digamos Winona Ryder en su papel, ¿cómo voy a quedar yo? ¡Como un impotente! Todo el mundo querría cepillarse a una vecina que se pareciera a Winona.

Las cintas y yo, solos.

Preparo el ambiente, desconecto el teléfono, me sirvo una copa, acomodo el saco justo en mitad de los dos altavoces, limpio los cabezales del *cassette* y finalmente abro la Caja de Pandora. Son dos cintas debidamente protegidas. Tanto que ni un elefante las hubiera mellado. Me siento reverente, trascendente, importante cuando pongo la primera cinta y me siento. El mando a distancia espera mi orden. Bebo un sorbo de mi vaso y respiro a fondo. Son las... trece y veintisiete. La hora en que un nuevo orden sónico va a nacer sobre la faz de la Tierra. Ya ni siquiera estoy agotado por los escarceos sexuales con Eileen ni pienso en el sexo rasurado en forma de corazón de Maggie. La primera canción, según el listado de la cajita, se titula "Friday night", "Noche de viernes".

Pulso el dígito de arranque y cierro los ojos.

Al instante una guitarra primitiva, cáustica, desnuda, sin artificios ni el maquillaje propio de los estudios de grabación, se expande por el ambiente. No hay ni siquiera un prólogo excesivo. A los cinco segundos aparece la voz.

Es Johnny Pickup.

Y le oigo cantar:

Mi chica vive en Mobile, Alabama
Cada viernes, al salir de la fundición
Cojo mi Buick y petardeo feliz hacia ella
Todos los caminos me llevan a Mobile, Alabama
Oh, qué dulce es la noche del viernes
Cuando los dos rockanroleamos juntos
Y vemos amanecer en Mobile, Alabama

Mi chica se llama Candy Sue
Mi hermano Peter está en la cárcel
Mi madre trabaja en un sex-shop
Mi padre se largó cuando nací yo
No hay escaleras al cielo en Tucson, Arizona
Pero sé que la vida es corta
Y todos los viernes son nuestros, cariño

Mi chica vive en Mobile, Alabama
De la fundición a sus brazos hay dos horas
Pero mi Buick petardea en la autopista
Porque ella me espera en Mobile, Alabama
Todos los días deberían ser viernes noche
Para rocanrolear una y otra vez
Hasta ver nacer el sol en Mobile, Alabama

Dos horas después, cuarenta y nueve canciones después, sigo sentado, inmóvil, con los ojos cerrados, aunque hace ya mucho que las lágrimas no corren por mis mejillas, y sin necesidad de cebolla. Por mí, como si el tiempo deja de existir.

Como si se hunde el mundo.

Jooodeeer… Me obligo a abrir los ojos. Más que nada para asegurarme de un pequeño detalle. Lo compruebo y lo confirmo. No, no hemos vuelto hacia atrás en el tiempo. No estamos en los cincuenta ni en los sesenta. Estamos en los noventa. Por lo menos yo sí estoy en los noventa.

Johnny Pickup no.

Johnny Pickup sigue viviendo en la misma onda del día que decidió dejarlo todo. Incluso puede que menos.

Ya no tiene ni onda.

Sus canciones son malas.

¿He dicho malas? Horribles.

¿He dicho horribles? Asquerosas.

¿He dicho asquerosas? ¡Son una mierda!

Es evidente que Johnny no conoce a Springsteen. En los setenta Bruce ya cantó todo lo que tenía que cantar y más acerca de las fábricas, las carreteras y todo ese rollo *On the road*. Y el rock and roll puro, el de los cincuenta, ya solo se lleva en los programas nostálgicos. Johnny Pickup está… ¡Oh, Dios! Me siento como si hubiera creado un nuevo monstruo de Frankenstein, como el de Branagh y DeNiro, el que le dice a su creador: "¿Qué me has hecho, cabrón? Me has dado la vida pero no me has dicho qué debo hacer con ella". Eso es lo que me dirá Johnny: "Me has hecho volver pero no me has dicho para qué, porque desde luego, nadie me espera y mis canciones no tienen nada que ver con las de hoy". ¡Por supuesto! ¿Qué esperaba yo? ¿Qué podía esperar de un tío que lleva tantos años fuera de órbita? Son las mismas canciones que en los cincuenta y en los sesenta hubieran arrasado, tienen todo el espíritu, la fuerza, la convicción rockera de entonces. Son AUTÉNTICAS.

Pero viejas, muy viejas, y trasnochadas, muy trasnochadas.

Aunque con un buen arreglo, un poco de marcha actual, dos o tres guitarras, un par de tías haciendo coros, un productor hábil, un buen vídeo de apoyo y pasta, mucha pasta…

Tengo dos alternativas. La ventana o Maggie. Por la ventana es mucho más rápido, pero probablemente más doloroso también. Con Maggie lo malo es que, tal y como estoy, a lo peor acaba gustándome y todo, y me engancho a ella en plan masoca, como si fuera mi "crack" particular. Trato de pensar. Mary Ann, que es práctica, siempre me decía que "hay una tercera vía".

¿Cuál?

A veces Mary Ann tiene razón.

Sí hay una tercera vía.

Aún en el jodido mundo del rock.

Descuelgo el teléfono y lleno los pulmones de aire. Necesito parecer optimista, decidido, cargado de energía. Si no soy convincente mi última esperanza morirá, y con ella…

¿Por qué pienso en Johnny y no en mí? ¡Él puede seguir allí, en su isla, pero yo…!

Yo seré el gilipollas que quiso devolver al mundo de los vivos un feliz cadáver llamado Johnny Pickup.

—¿Graham?

—Sí, ¿quién es?

La ventaja de las independientes es que no hay que pasar filtros. Y cuanto más independientes son, menos personal se gastan. No me extrañaría nada que en Instant Karma Records no trabajara nadie más que Graham Lord.

—George Saw.

Silencio. Casi percibo un fondo de expectación.

—¿Cómo estás, George?

—He hablado con Johnny. No quiere ningún montaje típico de las multinacionales.

—Me alegro.

—Además, en CEW le deben pasta.

—Típico.

—¿Cuánto?

En el mundo del rock no has de andarte mucho por las ramas. El follaje puede hacerte perder perspectiva y acabar no sabiendo si te vas a dar un leñazo por llegar al extremo y partirse o si por el contrario estás cerca del tronco, que es la seguridad.

—Es prematuro hablar de cifras. Antes me gustaría oír algo.

—¿Qué? —ahora trato de parecer muy ofendido, pero lo que estoy es acojonado—.¡Vamos, Graham! ¡Es Johnny Pickup!

—¿Y qué?

—¡Cuando Lennon volvió, Geffen le contrató sin que hubiera hecho una simple maqueta!

—Yo no soy Geffen, Pickup no es Lennon, y aunque volviera Cat Stevens reconvertido y cantando el Corán en verso, me gustaría saber donde pongo la pasta.

¿He dicho que odio el tinglado por dentro?

—¡Coño, Graham, me parece… ofensivo! ¿Te recuerdo que me llamaste tú, interesado en el tema?

—George, ¿a qué juegas? Claro que me interesa, y por mierda que sea lo que esté haciendo ahora, probablemente lo editaré, siempre y cuando no te creas que tienes al mismísimo Elvis redivivo. ¡Me gustaba Johnny, como a ti! ¡Es puro idealismo, macho! ¡A veces esto puede ser así, y que funcione! De niño ese tío y los Beatles me cambiaron la vida.

Ya somos dos.

—Te llamaré, Graham.

—No tardes, porque las noticias vuelan y como te quedes solo…

—Vale, vale.

Cuelgo y mentalmente envío a la mierda a Mary Ann. Ella y sus terceras vías…

¿Qué hago yo ahora?

¿Cómo le digo a Johnny Pickup la verdad?

¿Qué…?

Nueva York es la ciudad más asquerosa del mundo cuando te sientes fracasado. Ya lo dijo Jim Morrison: "Nadie te hace caso cuando estás abajo".

Probablemente por eso no quiso jugar más, se murió y nos envió a tomar por el culo a todos.

10

DOS DÍAS SIN SALIR DE CASA. DOS DÍAS SIN ENFRENTARME AL
mundo. Dos días sin hacer otra cosa que pensar en la serpiente ram-
pante y la lengua bífida dispuesta a zamparse el corazón peludo de
Maggie. Dos días descolgando el teléfono para llamar a Eileen para
colgar a continuación sin ganas de hacerlo. A veces ni siquiera un polvo arregla nada. Y que conste que eso suele suceder muy poco a menudo, porque un polvo lo arregla casi todo siempre. Pero esta es una
de ellas. No hago otra cosa que darle vueltas al tema y no consigo nada.
   Salvo tener un dolor de cabeza de campeonato.
   Se acerca la noche, y me entran todas las angustias del mundo.
   La noche es mala para la soledad, máxime cuando tienes insomnio
y los fantasmas te azuzan implacables. La anterior oí gemir a Maggie, y
me consta que no tenía compañía masculina. Su corazón vaginal debía
estar celebrando una orgía privada, a base de dedos, un consolador o
algo más adecuado, como una zanahoria o una vela con cera amonto-
nada en el extremo —en plan castigo— robada de San Patricio. Se ha
puesto de moda robar velas enormes para masturbaciones celestiales.
Nueva York, claro. Esta noche no sé que voy a hacer. Puede que acabe
llamando a Eileen de una vez.
   Cada vez que veo las cintas de Johnny me deprimo aún más. Y no
hace falta que las esconda. Sé que están ahí. No he vuelto a oírlas, no
hace falta. Tampoco he puesto sus viejos discos reciclados en CD. Mi
única compañía es la televisión. Me he tragado toda la mierda que dan

en la tele sin parar, haciendo *zapping* a veces. Es una forma como otra cualquiera de acabar zumbado. Ah, he vuelto a ver al sargento Buchanan. Se ha cepillado a cuatro más, él solito. En esta ocasión le he oído la voz. El muy capullo habla como un *cockney*. Decía que los cuatro mendas querían abrirle en canal, pero que él ha sido más rápido, ha sacado su arma reglamentaria —y un huevo, eso tenía pinta de ser un cañón—, y les ha frito. Está orgulloso de su puntería, porque les ha vuelto a abrir un tercer ojo a cada uno y de paso les ha dejado mucho más guapos. Un detalle: no eran negros, sino portorriqueños. La locutora, una tal Cyndi McNamara, que opina que van a darle otra medalla, le ha preguntado muy astutamente si se siente Harry El Sucio. El sargento Buchanan le ha contestado, con una sonrisa de falsa modestia, que él no es Clint Eastwood, pero que ya le gustaría ver a Harry El Sucio en Nueva York y no en una ciudad tan amariconada como San Francisco. Toma ya.

Ahora están dando un programa-concurso. El súmmum de la idiotez. A la gente le dan un pirulí de menta y ya se pone a chillar como si tuviera un millón de dólares en las manos. Pero lo estoy aguantando. Quiero estar seguro de que hay tíos y tías que están peor que yo, y que si estoy loco no es porque sí, sino porque el mundo entero está loco.

Aguanto, aguanto, aguanto, pero me cuesta, me cuesta, me cuesta.

Hasta que el timbre de la puerta me libera.

¿Otra vez Maggie? No, por favor, Señor, no. Que sea Eileen. O la modelo del piso treinta y siete. O el mismísimo sargento Buchanan, para protegerme y servirme.

¿Quién coño…?

—¿Sí? —pregunto desde mi lado de la puerta con voz quejumbrosa dispuesto a hacerme el enfermo de viruela picada.

—Abre, papá. Soy yo.

¿Lizzy?

Lo digo en voz alta, y sin tono cadavérico, solo para estar seguro.

—¿Lizzy?

—¡Que sí, papá!

Abro la puerta. No sé por qué pero espero encontrármela embarazada, o vistiendo una túnica como las de Maggie, con el cabello lleno de flores, el símbolo hippy y los dedos índice y medio de la mano hacia arriba mientras me sonríe y me dice: "Paz". Pero no. Más bien lleva unos vaqueros ajustados y rotos, unos zapatones negros y una blusa de colores pálidos, ceñida, que resalta sus encantos. Y los tiene. Hoy en día las chicas de trece años están bien alimentadas. Además, sin ser guapa, porque ha salido a mí y no a su madre, es resultona. Lleva el cabello largo, negro, y tiene esa mirada directa y fija de Mary Ann cuando se le mete algo en la cabeza.

No va sola.

La acompaña un lechuguino espigado, candidato a base del equipo de su futura universidad, porque no tiene más de diecisiete años, con el cabello corto, orejas a lo Clark Gable y vistiendo una camiseta negra, espantosa, en la que leo el nombre de una banda de trash-metal que está de moda "All The World is Fuck!". Genial.

Pongo cara de no entender muy bien la visita. Si quiere pasta, va dada.

—Hola, papá —me saluda Lizzy sin excesivo entusiasmo—. ¿Estás solo?

—Pues claro.

Se encoge de hombros y pasa. El lechuguino la sigue sin dirigirme ni siquiera una sonrisa de cortesía. Más bien rehúye mi mirada. Les sigo hasta la sala en la que he morado estos dos días. En la tele una señora está dando saltos de alegría porque ha ganado cincuenta dólares.

—Este es Lester —mi hija me presenta a su amigo.

—Hola, Lester.

Creo que emite un gruñido, no estoy seguro. Paso de él.

—¿Cómo estás, cariño?

—Bien.

—Ah.

—Tenías razón, papá. Lo de la comuna ha sido un rollo.

—Me alegro, cariño.

—¿En los sesenta y comienzos de los setenta también se apuntaba todo el mundo por lo del amor libre?

—No, cielo. Entonces teníamos ideales.

—Ya.

Capto el tono de "Así os fue", pero para una vez que mi hija viene a visitarme, no voy a estropearlo.

—¿Cómo está tu madre?

—Insoportable.

—Creía que estaba reviviendo una segunda juventud.

—¿Con tu gestor? —se ríe graciosa aunque maliciosamente—. ¿Por qué te crees que estoy aquí?

—Ah, no sé.

—Mamá no nos deja pasar la noche juntos en casa —apunta a Lester, que anda despistado, como si la cosa no fuera con él, revolviendo mis discos—. Y no ya la noche, sino una hora en mi habitación con la puerta cerrada y la música alta, para que no nos oiga.

Coño.

—No… entiendo —aunque sí entienda, vaya si entiendo.

—Tu gestor es un carca, y a mamá no le hace falta mucho para que le salga la vena republicana. ¿En qué siglo se cree que estamos? ¡Joder, vosotros lo hacíais ya a los doce años!, ¿no?

¡No! ¡Las ganas!

—¿Es que has venido a…?

—¿Vas a dejarme o no? Porque yo puedo hacerlo en la parte de atrás de un coche, claro, pero también puede pasar una pandilla callejera y violarme en serie mientras a Lester le cortan lo que le cuelga y se hacen una cartera de piel.

Recuerdo que de niño, lo máximo que podía hacer sonrojar a mi padre era que le preguntara por qué muchas mañanas me despertaba mojado pero satisfecho.

Y solo han pasado unos años.

—Cariño, yo…

¿Qué hago, pierdo a mi hija diciéndole que no lo hará bajo mi techo —por ella, no porque yo no tenga una rosca decente que comerme—, o cedo vilmente y de paso me hago el padre progre?

—Papá, no me leas la cartilla.

—¿Y el sida?

—¿Pero me tomas por idiota o qué? ¡A los diez años ya llevaba preservativos en el bolsillo!

—¿A los diez años ya…?

Mi dulce nenita, mi ángel, mi corazoncito, la niña de mis ojos, mi tesoro, mi alegría, mi luz.

¡La muy guarra!

Miro a Lester. Ni ha abierto la boca. El anuncio de los Lewis, ese que hacían con un tío que le vendía un condón a un chico, y luego resultaba que el chico iba a buscar a su hija, se queda corto con lo mío. Como si yo no estuviera. Ni vergüenza ni nada, pasa de mí. A su edad, si yo me hubiera ido a tirar a una chica, hubiera estado ya babeando, bizco, y más empalmado que… Lester en cambio está igual que en la cola del cine dispuesto a ver *Bambi*.

Y yo, repito, como si no estuviera.

—No quiero que estés en la calle —claudico haciéndome el digno salvador de su integridad—. No lo apruebo, pero… podéis quedaros aquí.

—Gracias papá.

¡Oh, cuánto entusiasmo! Por lo menos se acerca, me da un beso en la mejilla y queda bien. Sin perder un instante mira alrededor suyo con ojo crítico.

—¿La única cama que mamá te dejó sigue en tu habitación?

—¿Vas a hacerlo en mi cama?

—¿Tienes una de más?

—Tu madre se lo llevó todo.

—Pues entonces.

De alucine. Como el picha fría del Lester no atine igual me pringa las sábanas.

—Está ahí, donde siempre ha estado—me rindo.

—¡Lester!

La sigue, como un perrito fiel. Entran en mi habitación y cierran la puerta. Menos mal. Me da por parpadear todavía estremecido y asombrado. Si Mary Ann se entera de esto es capaz de arrancarme los ojos, y mi gestor, por si aún no me hubiera jodido del todo, es capaz además de denunciarme al Tío Sam para que me empuren.

Me dejo caer en el saco, tan agotado como después de hacérmelo con Eileen, y subo el volumen de la tele. No me gustaría oír a mi propia hija gimiendo mientras Lester se la tira. ¿Pero qué he hecho yo para merecer esto, Dios mío?

¿Y para qué le pregunto nada a Dios si ha quedado claro que paso de eso?

No puedo seguir con el concurso. No mientras mi hija de trece años está a menos de tres metros de mi abierta de piernas sirviendo de potro a un tío con cara de lechuguino con un nombre tan absurdo como el de Lester. El *zapping* me lleva a la turbulencia de la MTV y subo el volumen. Es la hora de los vídeos retros, los que no son de rabiosa actualidad. Trato de concentrarme en ellos pero es difícil.

Y eso que de entrada veo a mis amados Led Zeppelin en un fragmento de su última actuación en Knebworth.

Un vídeo. Dos vídeos. Tres vídeos.

Bueno, el tercero ni llega a pasar entero. Se abre la puerta de mi habitación y sale Lizzy, en bragas y sostenes. Camina como si tal cosa en dirección al cuarto de baño. Ni me mira, y no por pudor. Ella va a lo suyo. Por el hueco que deja al salir de mi dormitorio y antes de volver a cerrar, veo a Lester apoyado en el respaldo de la cama, con los brazos detrás de la cabeza, cara de éxtasis y expresión de haber tocado el cielo con las manos.

Miro el reloj: han pasado diez minutos.

¡La hostia con los chicos de hoy!

¿Tocar el cielo con las manos? ¡Pero si ni lo habrá rozado! ¿Ya está? ¿Y mi hija pasa por eso? Tendré que hablar con ella. A Lester que lo empuren, pero a mi hija no. Ya decía yo que, pese a los vídeos, no oía nada. Si por no respetar, no se respeta ni el sexo, ¿hacia dónde vamos, eh?

En la MTV sale Madonna cantando "Like a virgin".

Y en ese momento vuelven a llamar a la puerta.

No quiero abrir, ¡no quiero abrir! Apuesto algo a que es Mary Ann, y de esta me asesina. Luego el tribunal la absolverá, seguro. Y si no es Mary Ann será Maggie, ya directamente desnuda, para abalanzarse sobre mí y poseerme.

—¡Espera, Lizzy!

Demasiado tarde. Como está al lado, sale del baño aún en bragas y sostenes y abre la puerta. Si hubiera estado desnuda lo habría hecho igual. A fin de cuentas…

Para mi alivio no es Mary Ann, ni tampoco Maggie.

Es Eileen.

Mi visitante y mi hija se miran. No puedo verle la cara a Lizzy, pero sí a Eileen. Yo también estoy petrificado. Me levanto lo más rápido que puedo, aunque no lo suficientemente rápido.

—¿Quién eres tú? —chilla Eileen.

—Lizzy, ¿y tú?

Eileen me ve acercarse. Ni todas las prácticas zen del universo habrían logrado calmarla.

—¿Te estás tirando a una cría? —me grita—. ¿Te estás follando a una menor, so crápula? ¡Y yo que venía dispuesta a pasar la noche contigo transgrediendo todos mis principios acerca de que es el hombre el que debe insistir! ¡Eres un capullo!

—Eileen, por Dios, que es mi hija.

No parezco haberlo arreglado mucho.

—¿Te estás tirando a tu hija? —aúlla para que así, todo el edificio se entere.

—¿Te estás tirando a este pedo, papá? —contribuye a poner paz Lizzy.

—¿Pedo? ¿Me llamas pedo A MÍ, enana sifilítica? ¡Deberías hacerte un implante de silicona en el cerebro, niña!

Por lo menos entra, agresiva, torrencial, cerrando la puerta tras de sí. Ya ni me digno a meter baza. No puedo más. Las dejo gritándose la una a la otra en mitad de la sala. Que se maten. Incluso sale Lester, asustado y como si no estuviera. Bueno, estar, estar, lo que se dice estar, no está. A no ser que en los diez minutos en que ha estado la puerta cerrada haya hecho algo DE VERDAD.

Miro el televisor. Ojalá pudiera meterme dentro.

Y entonces les veo.

No les oigo, porque Eileen y Lizzy gritan como Motorhead en sus mejores tiempos, pero eso es lo de menos. Conozco la canción, y les conozco a ellos. Don Frank y el Rey de Irlanda, Sinatra y Bono. "I´ve got you under my skin". La grabaron sin siquiera verse el uno al otro, cada cual haciendo su parte vocal a un lado del océano. El dúo más inmoral y antiestético de la historia de la música. Pero funcionó. Dos generaciones unidas por el más clásico de los clásicos de Cole Porter.

Sinatra y Bono.

Pickup y...

—¡Coño, claro!

Y es tal mi entusiasmo, mi vehemencia, mi resurgir a la vida, que hasta Eileen y Lizzy dejan de gritarse dispuestas a arrancarse los ojos para mirarme, súbitamente quietas.

11

EL TIMBRE TELEFÓNICO SUENA SOLO UNA VEZ. LOS INGLESES en esto de la música son mucho más profesionales que nosotros. Por eso un día conquistaron el mundo: allí estaban ellos antes que nadie pudiera poner pie en tierra o abrir la boca. Nosotros, los yanquis, primero ponemos la banderita, luego cara de solemnidad, y para cuando decimos algo ya nos han botado. Así nos va. La última banderita que pusimos sigue más tiesa que un palo en la Luna.

—¿Gordon Matthew Sumner Enterprises Limited & Company, dígame?

¡Huf, la pobre! Como tenga que repetir todo esto cada vez que descuelga el auricular…

—¿Sting, por favor?

—Sir Sting no está, ¿quién le llama?

¿Ya le han hecho Sir? Ni idea.

—George Saw, desde Nueva York.

—Me temo que el señor Sting tardará un mes en regresar, señor Saw, pero si puedo ayudarle en algo.

No sé por qué pero siempre me imagino a las telefonistas inglesas como simples Monipenys jamesbondianas.

—¿Podría darme su teléfono de contacto? —mi amabilidad es exquisita—. Sé que lleva un localizador.

—Lo siento pero…

—Mire en el listado A, se lo ruego. Verá que mi nombre está en él.

Cruzo los dedos. Como Sting me haya quitado del listado A, el de las personas de máxima confianza... Yo diría que la crítica de su último disco era bastante ajustada, aunque tal y como es Gordon Matthew Sumner.

Diez segundos de espera.

Y máxima eficiencia británica.

—¿Señor Saw? Tome nota por favor.

Tomo nota.

—Ha sido verdaderamente amable, gracias —le digo por si acaso, aunque sé que si no llego a estar en esa lista nada la habría hecho ceder.

—Debo informarle que el señor Sting está en el Amazonas, señor Saw. Puede que tenga alguna dificultad para ponerse en contacto con él.

En el Amazonas. Otra vez. Mira que es numerero. Con lo a parir de un burro que le pusieron los yanomani después de su primera experiencia de fines de los ochenta, y aún con ganas de marcha.

Marco el número. Prodigios de la tecnología. Yo tan tranquilo en mi apartamento de Nueva York, y a unos miles de millas de distancia Sting que abre la línea en plena selva, o en pleno río, o en plena orgía con una docena de aborígenes como las de Johnny en Pagopago. Y es él, no hay duda. Parece jadeante.

—¿Sí?

—¡Gordon, tío, soy yo, George Saw!

—¡Joder!, ¿qué pasa?

—¡Eso digo yo! ¿Interrumpo algo?

—No, me estaba bañando aquí, al lado de la canoa, y venía un cocodrilo. Como soy de Greenpeace no he podido pegarle un tiro al muy cabrón, así que me he subido rápido, por si acaso.

—¿Qué coño haces en el Amazonas otra vez?

—Les llevo un cargamento de parabólicas a las tribus, para que vayan progresando. Y todas con sintonizador de MTV, por supuesto. Dentro de un par de meses sale mi nuevo single. Vamos a rodar el vídeo aquí mismo. Se les va a caer la baba cuando se vean.

—Genial, Gordon, ¿y cuándo vuelves?

—Dentro de un par de semanas, ¿por qué?

—¿Recuerdas a Johnny Pickup?

—Naturalmente.

—¿Te gustaba?

—Hombre, vaya pregunta. Fue uno de mis dioses en cuanto le di al bajo.

—¿Te gustaría hacer un dueto con él?

—¿Con Johnny Pickup? Pero… ¿no estaba retirado?

—Va a volver, y necesita de la ayuda de la amistad. Ya sabes: unos cuantos amigos. Tú, Bruce, Peter, los buenos colegas de verdad.

—Por Johnny Pi… —se escucha un ruido sordo, algo parecido a un chasquido, y a continuación, con dos segundos de intervalo, algo aún más parecido a un disparo. Después vuelve Sting—. ¿Sigues ahí, George?

—¿Qué ha sido eso?

—El cabrón del cocodrilo. Tenía el brazo fuera de la canoa y se ha pensado que podía intentarlo. Ni Greenpeace ni hostias, tú: le he largado un tiro en la boca y ahora se lo están zampando sus parientes —deja de hablarme a mí y grita—: ¡Masala, rema más fuerte, joder, que me están salpicando el kit de sangre! —vuelve inmediatamente a lo nuestro—. ¿Dónde estábamos, George?

—En lo de Johnny Pickup.

—¡Ah, sí! ¡O.K., cuenta conmigo! ¿Cuándo he dicho yo que no a un dueto? Si grabé con ese tío español de los cojones… ¿cómo se llamaba? Bueno, da lo mismo. Supongo que las condiciones serán las de siempre, ¿no? Ochenta por ciento para mí y veinte por ciento para él. Llama a mis abogados y que vayan preparando los contratos, y cuando quieras me mandas las bases, pongo la voz a mi aire y listos. ¿Algo más?

Da gusto hacer negocios con un profesional. Y más si está cargado de hijos y necesita pasta para ellos y para comprarles parabólicas a los indios amazónicos.

—Gracias, Gordon.

—A mandar, George.

Cuelgo y busco el siguiente número. Me empiezo a sentir bien. Lo único pesado de esto es dar con ellos y ellas, pero en cuanto lo consigues… El mundo del rock para estos rollos es maravilloso, cojonudo.

Existe una solidaridad que no hay en otros campos. Todos estamos juntos, unidos, sin envidias ni chorradas. Cualquier causa justa cuenta con los más importantes, ya sea para un festival como el "Live Aid" de 1985 destinado a llevar comida al Sahel africano o ya sea para recaudar fondos con destino a la lucha contra el sida. Y no digamos homenajes o cuestiones de dignidad como ésta: devolver a Johnny Pickup al mundo del rock. Estoy entusiasmado.

Qué digo entusiasmado: estoy emocionado.

—¿Quién es?

Su voz, inconfundible, sugerente, enigmática, perezosa a esta hora de la mañana. Tal vez es demasiado pronto para ella. Ya es tarde para echarse atrás. Puede que en cinco minutos se largue al otro lado del mundo, y esta no lleva nunca teléfono encima.

—¿Louise?

—¡Oh, papá!, ¿qué quieres ahora, joder?

—Soy George Saw, querida.

No le cambia mucho el tono. Madonna es implacable con los tíos.

—¿George? —me reconoce—. Vamos, cielo, no insistas. No me acostaré contigo. No eres mi tipo.

—No te llamaba para esto, aunque tú te lo pierdes —la vacilo.

—Tienes veinte segundos. No creo que resista más con este medio ojo abierto —acaba de inundarse de mala uva—. ¿Qué hora es? ¡Pero si todavía no se ha puesto el sol, cabrón hijo de puta!

Veinte segundos.

—Quiero que grabes un dueto con Johnny Pickup, el rockero. Va a volver, fue una leyenda, y te necesita. Será como unir el pasado y el presente, la historia de extremo a extremo. Ese tío lleva tres décadas fuera de órbita, y ha vivido en una isla desierta estos años. Te juro que...

—George, corta, ¿de acuerdo?

—¿Qué dices?

—Haré lo que quieras, pero cuelga y déjame dormir. Llama a mi representante, ¿vale? Me encantaba Johnny. ¿Será necesario montar un romance?

—Pues... no, no creo, aunque eso es cosa tuya.

—Lo pensaré. Adiós capullo.

—Gracias, cariño, te…

Ha cortado, pero ya la tengo. La mismísima Madonna Louise Ciccone. Es demasiado.

En unas horas hasta el mundo puede cambiar y mostrarte su mejor cara.

Tercera llamada. De nuevo Inglaterra. Y de la eficiencia de una secretaria británica a la no menos eficiencia de un mayordomo británico. Percival es una joya, solemne y estirado, pero encantador al fin y al cabo. Le conocí la última vez que cené en la mansión. Linda estaba hecha una mierda, con caca de vaca hasta en las cejas porque Michael, el ternero, había parido, y a ella le gusta ocuparse de todo. Y como todos son vegetarianos, y encima Linda se ha sacado de la manga eso de los productos congelados con los que se está forrando, de noche no tuve más remedio que intentar un asalto a la despensa, por si encontraba algo más sólido que unas acelgas. No lo encontré, pero encontré a Percival y él me hizo un par de huevos y un estupendo bistec en sus habitaciones. Y gratis. Desde entonces le tengo en gran estima. Es un cachondo.

—¿Percival? Soy George Saw, desde Nueva York.

—Oh, señor Saw. ¿Qué tal esa decadente Babel?

—Esperando un nuevo desembarco británico, Percival. Por aquí hay demasiados irlandeses. ¿Está Paul?

—El señor McCartney está cazando el zorro, señor.

—¡Oh, lo había olvidado! ¿Es temporada?

—Sí, señor. La flor y nata de la aristocracia está ahora mismo trotando por la granja en pos del pobre Foxxy.

—¿Todavía tenéis al mismo zorro?

—Todavía. Y no ha aprendido aún a dejarse coger rápido para que le dejen en paz. Claro que es un zorro escocés, señor.

—¿Paul no llevará un inalámbrico encima, verdad?

—Me temo que no, señor. Le espantaría la caza.

—Dile que me llame. Avánzale que se trata de Johnny Pickup, la leyenda del rock and roll. Ha aparecido y quiere hacer un dueto con él. ¿Lo recordarás?

—Señor Saw, soy inglés, pero adoraba a Johnny Pickup.

Sorprendente. Cuando sea millonario llamaré a Percival. Tiene golpes ocultos. Cada vez más entusiasmado marco mi cuarto número. Pagaré una fortuna a la telefónica pero ahora ya no importa. Dios, ¿cómo no se me ocurriría antes?

—¿Está Bob?

—¿Bob? ¿Qué Bob?

¿Cómo que qué Bob? ¡Vaya pregunta!

—Bob Dylan, naturalmente. ¿Con quién hablo?

—Maurice Mallacourt. Soy el consejero legal, administrador y gestor del señor Robert Zimmerman.

¿Ha vuelto a cambiar de credo y nombre sin avisar? Bob no había vuelto a llamarse Robert Zimmerman desde que dejó Duluth, Minnesota, y se vino a Nueva York. No sé porque quiero tanto a este judío errante con voz de regadera. Pero le quiero.

Bueno, yo quiero a todo el mundo. Soy así.

—Dígale que se ponga un momento al aparato. Soy George Saw.

—Estamos en plena revisión de contrato con CBS, señor Saw, no sé si…

—¿Pero no le vence dentro de tres años?

—Exactamente. Ya sabe que el señor Zimmerman no deja estas cosas para última hora. Precisamente hemos iniciado las conversaciones esta semana para discutir los acuerdos.

Este Bob es demasiado.

—Voy a darle a ganar pasta, señor Mallacourt.

—Un momento.

No tengo tiempo ni de contar hasta diez.

—¿George? ¿Desde cuándo andas en negocios? ¿Te has vuelto promotor o algo así?

—Casi. Tengo a Johnny Pickup y quiero que cantes con él una canción.

—¿El viejo Johnny? —pone voz de respeto—. Era un tío legal, como yo. Lo dejó en el mismo año en que yo me partí la jeta con el accidente de moto y también lo dejé.

—Pero tú volviste en el 74, amigo.

No digo que, casualmente, su vuelta de enero de ese año coincidió con lo de la cuarta guerra árabe-israelí desatada poco antes, y que se dijo que Bob necesitaba efectivo para enviar a Israel. Canciones por balas. Aunque yo no lo crea. No de él. Calumnias.

—¿Johnny me quiere a mí?

—Johnny te quiere a ti.

—¿Una canción suya o mía?

—Hombre… suya. Material nuevo.

—Bueno —transige revestido de amabilidad—. Se editará en single. ¿está claro?

—Dalo por hecho —miento descarado.

—Dale un abrazo a ese viejo cabrón, George.

— Bob, espera, no cuelgues —qué caramba, es mi amigo, y los amigos están para esto—. ¿Ese tío con el que he hablado, tu gestor, es… de fiar?

—Legal.

—No me refería a lo económico. Vigila a tu chica.

—¿Hablas en serio?

—Los gestores están de moda, te lo digo yo.

Parece mirarse a Maurice Mallacourt, porque sobrevienen unos segundos de silencio. Luego oigo un grito:

—¿Dónde vas con ese bikini, joder?

Y a continuación una voz femenina, gritando. Creo que le llama "moro". Apuesto a que no le hará ninguna gracia. Llamar "moro" a un judío es como… como… bueno, no sé, qué más da.

—Gracias, George —se despide Bob antes de cortar sin dejarme tiempo para nada más.

Ni siquiera sé si lo ha dicho por lo de Johnny o por el consejo.

Marco mi nuevo número. Es el de David Bowie. Y aún me faltan Eric Clapton, Peter Gabriel, Prince, Phil Collins y media docena más. Tengo para todo el día, pero si los consigo a todos esto va a ser…

Ahora sí que estoy haciendo historia.

—¿Ssssiii? —me reclama la voz insinuante y cargada de eróticas connotaciones de Imán.

12

ESTOY AGOTADO, VERDADERAMENTE AGOTADO. NUNCA HABÍA pasado un día entero hablando por teléfono, persiguiendo a tantas estrellas del rock. Ni siquiera cuando conocí a Petula, aquella *groupie* de Arkansas, una de las tías más inmensas que he conocido, y que me prometió un polvo por cada cantante que le presentara. Ella se los cepilló a todos —lo sé porque luego público ese libro, *De doce centímetros a veintisiete*, todo un *best seller*—, pero yo me puse las botas durante tres meses.

Está anocheciendo.

Una hermosa noche aleteando sobre la Gran Manzana.

Me siento tan bien que hasta haría de flecha atravesando el corazón de Maggie.

No, no, no nos pasemos. Mis entusiasmos suelen reportarme más de un disgusto. No se puede ir por ahí en plan de santo. Las alegrías de hoy son las penas del mañana.

Me queda Bruce.

Comunica.

Curioso: el primero que comunica.

Espero unos segundos, y decido ir al cuarto de baño, porque no he pegado ni siquiera una meada en todo el día. Pero no puedo levantarme. Suena el timbre telefónico y para mi sorpresa, ya que no esperaba que realmente me llamara él, escucho la voz nasal de Paul McCartney.

—¡George!

—Hombre, Paul, ¿cómo ha ido la cacería?

—He atrapado al zorro.

—¡Faltaría más!

Lo digo porque Foxxy está muy bien enseñado. Como se deje atrapar por otro que no sea su dueño, ni vegetarianos ni nada: lo fríen. Paul es el tipo que nunca pierde. Y que conste que lo digo con envidia, con mucha envidia. John era más bruto, más noble, más directo. Retazos de genialidad. Paul en cambio es listo. Estoy seguro de que cuando estire la pata ya no quedarán récords en la historia de la música. Los tendrá todos él. Y por los siglos de los siglos, amén.

—Percival me ha dicho lo de Johnny Pickup.

—¿Y?

—¿Cómo que "y"? ¡Puedes contar conmigo, hombre! ¿Lo dudabas? ¡Pero si Johnny es...!

—Lo más grande.

—Por lo menos antes de los Beatles —me aclara.

Coexistió con ellos todavía unos años pero... qué caramba, tiene razón. Los Beatles son los Beatles.

—Gracias Paul.

—Será formidable. No hacía un dueto desde lo de Stevie y Michael. Primer tema del disco, ¿no?

—Claro.

—Vídeo de categoría, ¿no?

—Naturalmente.

—Ningún dueto más en todo el álbum, ¿no?

¡Glups!

—Bueno, a lo mejor Clapton toca un poco la guitarra, y Sting y Madonna hacen unos "u-uhs" de coro... Nada importante. No sé, aún está todo tan en pañales que...

—Ningún problema. Por Johnny, lo que haga falta. ¡Menuda juerga nos corrimos en el 66, en nuestra última gira americana, aquella en la que el Ku Klux Klan quería quemarnos y nos boicotearon en todas partes por la tontería de John acerca de que éramos más grandes que Jesucristo! ¡Qué días!

—Sí, Johnny me habló de eso —sigo mintiendo como un bellaco—. Fue genial.

—¿Te habló de... eso?

—Bueno —¿por qué no cerraré la boca, maldita sea?—. Fue solo un comentario, ya sabes.

Menos mal que Linda lo arregla. Oigo su voz atiplada a lo lejos.

—Paul, las gallinas siguen sin poner.

—¿Les has puesto canciones de Garth Brooks, querida?

—Ni así.

—Habrá que cambiar a Nirvana otra vez, les iba más.

Sigo imaginándome a Linda McCartney llena de mierda de pies a cabeza, haciendo de granjera. Es la típica neoyorquina que en cuanto descubrió los placeres del campo se volvió loca. Y Paul que le da cuerda...

—Bueno, George —es Paul que vuelve a mí—. ¿Todo claro? Cuando estén hechas las bases me dais opciones, ¿de acuerdo? Me gustaría oir algunos temas y escoger junto con Johnny. ¡Ah, esto será grande!

—Y que lo digas, amigo.

Llamar "amigo" a un Beatle. ¡Quién me lo habría dicho de niño!

Ahora sí voy a mear. Nada más colgar el aparato llevo MI aparato al baño. Yo creo que hasta el chorro me sale más vivo, más caliente, más impetuoso. Es la adrenalina. Si me abren en canal me sacan adrenalina por un tubo. Me estoy cerrando la bragueta cuando oigo abrirse la puerta. Son Lizzy y Eileen. Ayer mucho gritarse y luego resulta que se hicieron amigas. La gente pasa del odio al amor y del amor al odio en un abrir y cerrar de ojos. Ahora resulta que para Eileen, Lizzy es la hija que nunca ha tenido, y para Lizzy, Eileen es la madre que la habría gustado tener. Además está el zen. La hostia. Lizzy piensa que necesita algo "más espiritual" para vivir —más que Lester seguro—, y Eileen me ha dicho esta mañana que soy un gran tipo y un gran padre por dejar a mi hija enrollarse con su maromo en mi apartamento. Opina que he roto todas las barreras generacionales. Ya. Habrá que comprar otra cama, o al menos otro colchón.

—Hola, George.

—Hola, papá.

Paso de ellas. Una tía sola es una mujer, y existe para un tío. Dos tías son dos amigas, y es el tío el que no existe para ellas. Vuelvo al teléfono porque ya es tarde y como Bruce haya ido a cenar por ahí con Patti me va a quedar menos impactante la cosa. El regreso discográfico de Johnny quedaría cojo sin el "Boss".

Esta vez no comunican. Alguien descuelga el teléfono y, al instante, un follón de mil demonios me golpea mi desprevenido oído. Es como si me hubiera equivocado y la llamada acabase de ir a parar a una guardería infantil. Pero no, no me he equivocado. Desde que a Bruce le ha dado por ser padre...

—¡Queréis callaros de una vez, joder! ¡Os voy a dar más palos que a una estera!

Patti.

La primera mujer de Bruce era un helado de vainilla, un cromo, una tía buena y nada más. Quería ser actriz y se la jugó. Patti tiene lo que hay que tener, es una rockera, con los ovarios bien puestos. Me lo demuestra cuando también me grita a mí:

—¿Sí, quién coño es?

—George Saw, querida, no te enfades. ¿Está Bruce?

—Ya se ha largado a trabajar —me espeta con más delicadeza pero aún en un tono bastante agresivo.

—¿A... trabajar?

—Está con su camión dando vueltas por ahí.

Me parece que no le pillo la onda. O será que me he perdido algo. ¿Bruce Springsteen "trabajando", con "un camión"...?

—Patti, cariño...

—Anda que estás al día tú, joder —suelta ella—. Se ha comprado un camión, uno de esos enormes, de quince metros, y cada noche va a recorrer las calles y las autopistas, para captar ambiente y hacer canciones auténticas, "Streets of Philadelphia", "Thunder road", "Badlands" y todo eso. ¡Y yo me quedo aquí con las fieras! ¡La madre que le parió!

—Caramba, Patti...

—¿Qué, me vas a dar la tabarra tú también? ¿Quieres el número de portátil o llamas mañana? ¡Venga, decídete, que tengo trabajo!

—Dame el número, dame el número.

Me lo da y colgamos. Vaya con Patti. Por inercia miro a Eileen y Lizzy. Parlotean de teorías cósmicas como quien habla de hamburguesas. Y a mi hija le brillan los ojos. Malo. De hippy a gurú. Tendré que hablar con Eileen.

—¿Sí?

Se oye fatal, hay mucho ruido de fondo, pero es él.

—¿Bruce? ¡Soy George Saw! ¿Me oyes?

—Claro que te oigo, tío, no hace falta que grites tanto. ¿Cómo te va?

—Muy bien, quería…

—Espera, espera —me detiene.

Espero. Le oigo murmurar algo, pero no le entiendo. Vuelve en menos de un minuto.

—¿George? Estaba grabando una cosa. ¡Tío, deberías ver este cacharro, es alucinante! Tengo un estudio ahí atrás, ¿sabes? Y desde la cabina puedo cantar lo que quiera como me venga la onda en plena autopista. ¡Esto es la mismísima vida, tío! No sé cómo no se me había ocurrido antes. El mundo se ve en su verdadera dimensión desde aquí.

—No me digas.

—¿Sabes qué estoy viendo? A cinco polis negros apalizándo a un blanco que se ha saltado un stop. ¿Qué me dices?

—Tienes razón, Bruce: real como la vida misma.

—Voy a hacer una canción con eso. Un chico que trabaja en la fábrica, se larga, va a buscar a su chica, le pilla el sheriff del condado, le revienta la cara a hostias, consigue llegar aunque está hecho una mierda y pese a todo su chica le ama y se larga con él. La llamaré "The river 2".

¿Dónde he oído yo esa historia?

—Fantástico, Bruce.

—Yo no soy como la mayoría de rockeros, ya sabes. Todos se hacen ricos cantando sobre las desgracias ajenas, luego se quedan en casa, pierden el contacto con la realidad y se vuelven paranoicos. Yo de eso nada, no señor. Hay que pisar las calles, tío. Hay que… ¡joder!

Se oye un estruendo.

—¿Qué pasa?

—Un momento… un mo…men…to…

Más estruendo. Parecen disparos. Y ahora un chirrido de frenos. Y un grito.

Silencio.

—¿Bruce?

—¡Coño, tío, qué fuerte! ¡El blanco ha sacado una pistola, se ha cargado a tres de los polis negros, ha empezado a arrastrarse por la autopista mientras los otros dos le disparaban y en estas que un camión como el mío les ha espanzurrado a todos, porque liados con su guerra no se han dado cuenta de que venía a toda leche! ¡Esto va a ser total! ¡Nada de "The river 2"! ¡"Blood on the highway"!

Sangre en la autopista. Adecuado.

—Bruce, tío, antes de que caiga el helicóptero que viene a recoger la papilla de esos idiotas, me gustaría pedirte algo.

—Venga, suéltalo. En un minuto quiero estar ahí atrás grabando ahora que lo tengo fresco.

—Quiero que hagas un dueto con Johnny Pickup, la est…

—Hecho —me detiene—. Aunque no sabía que tuviera un hijo. Le ayudaré. Su padre era fabuloso.

—Bruce, que es Johnny Pickup, el auténtico.

—¡No jodas! ¿Sí? ¡Qué ilusión!

Es como un niño. Bruto pero sincero.

—Te mandaré las bases cuando estén hechas, y hablaré con Jon Landau y todo ese rollo, ¿vale?

—Vale, George. Lo que tu quieras, tío. Un abrazo.

—Un abrazo, Bruce.

Cuelgo, aún asombrado por lo del camión.

Y es entonces cuando me doy cuenta de que ya está.

Tope.

Todos han dicho que sí. ¡Todos! El genuino espíritu del rock. Me dan ganas de llorar. A pesar de los pesares, incluso a pesar de las pésimas y viejas canciones de Johnny, su regreso será sonado, volverá a hacer historia, y YO haré historia. Sí, la escena del Madison, con "Only the rock" coreado por 20.000 personas y yo junto a él mientras la gente grita mi nombre ya es prácticamente una realidad. Lo único que necesitamos ahora es encontrar un buen productor, un tío legal que respete la honestidad del asunto, que sepa encontrar el equilibrio entre el Johnny del pasado y las estrellas del presente que van a respaldarle. Quince duetos. Una joya.

—¿George?

—¿Papá?

Salgo de mi abstracción. Oía voces y creía que estaban dentro de mi cabeza, pero no, son Eileen y Lizzy.

—¿Sí, qué?

—Pareces obnubilado —me dice Eileen.

—En otro mundo —la apoya Lizzy.

—Estaba en el Más Allá —reconozco.

—Lo importante no es estar en el Más Allá, sino como estés —apunta oportuna Eileen.

—¿Eso es zen? —se interesa Lizzy.

—Puro zen, querida.

—Oh.

Me las quedo mirando. Ahora ya no sé si he ganado una hija o he perdido una amante. Y con lo que me costó de perder a la primera y de ganar a la segunda.

—¿Qué queréis?

—Nos vamos al cine.

—A ver la última de Tom Cruise.

Espero que una de las dos me proponga el oportuno: "¿Te vienes?", pero está claro que pasan de mí.

Tampoco es que me guste mucho Tom Cruise. Su mujer sí. Él no.

—Que os divirtáis.

—Adiós, cielo.

—Adiós, papá.

Un beso en cada mejilla. Genial. Me siento paralítico. Menos mal que estoy contento, feliz, radiante, que si no… Carnaza para Maggie. Las veo alejarse, salir del apartamento y cerrar la puerta. Estoy solo.

Solo frente a mi destino.

Me queda una llamada más, esta vez sí la última.

Y al descolgar el teléfono siento una extraña paz. Mi propio zen.

—Quisiera poner un telegrama, por favor.

—Diga, señor.

—Johnny Pickup, Gran Gurú, Isla de Pagopago, Polinesia. "Todo a punto. Ven".

Segunda parte

LAS REVELACIONES

13

ME HE PASADO MUCHAS HORAS DE MI VIDA EN AEROPUERTOS, supongo que demasiadas. Lo considero el tiempo más perdido del mundo. No tienes nunca nada que hacer, salvo que, como en mi caso, escriba algo. La gente va de un lado a otro, compra chorradas en el Duty Free, oye a su alrededor decenas de lenguas que no entiende, se duerme hasta de pie como lleve cansancio y cambios de horario acumulados, y no falta nunca una tía buenísima en alguna parte, vistiendo como si estuviera en un desfile, para joderte aún más la moral. Si encima estás en el extranjero, tienes hambre, quieres un bocadillo, y lo único que llevas encima son dólares, te jodes. Y si aceptan tu pasta, te devuelven el cambio en la maldita moneda del país, con lo cual el bocadillo te cuesta un huevo.

Esta vez es diferente. No voy a coger ningún vuelo. Solo voy a recoger un "paquete".

Johnny.

—¿Seguro que es directo?

—Sí, Eileen.

—¿Y es en esta compañía?

—Sí, Eileen.

No sé porque he pensado que el comité de bienvenida sería mejor con dos que con uno solo.

—Pues han dicho a y cuarto y ya es la media.

—Esa es la hora del aterrizaje. Siempre te dan la hora del aterrizaje, no el minuto exacto en que la persona a la que vas a esperar aparece por la puerta.

No está muy convencida. Cuando me ha dicho que su karma no tenía un buen día, y que presagiaba desastres... ya me he visto el avión de Johnny en medio del Pacífico. Afortunadamente su karma está como ella. No estoy muy seguro de haber hecho un buen negocio dejándola compartir mi cama y mis problemas primero, y mi cama y mi éxito ahora. La jodida cosa está en que no somos dos: somos tres. Ella, el zen y yo. Y el zen siempre está en medio.

Se abren las puertas de la sección de "Llegadas Internacionales" y empieza a salir un nuevo contingente de gente —bonita asociación—. Son los del vuelo de Johnny, no hay duda, y no lo digo por la cantidad de aborígenes parecidos a los que vi allí en mi breve estancia —con ropas occidentales, por supuesto—, sino por la cara de los propios americanos que vuelven a casa después de sus vacaciones en los Mares del Sur. Unos quemados, otros con cara de asco por el regreso, otros con cara en tecnicolor porque ahora van a poder contarlo y pasarles el vídeo a los demás, y otros luciendo unas espantosas camisetas y sus habituales pantalones a cuadros blancos y rojos, sello de identidad del turista hortera yanqui por excelencia.

Johnny es de los primeros en salir. Lleva una simple bolsa de mano.

—¡Aquí!

—¿Es él? —cuchichea boquiabierta Eileen a mi lado.

—¿Qué pasa, no te gusta?

—En las portadas de esos discos está guapísimo.

—En las portadas de esos discos tenía diecinueve años.

—No, si no está mal. Se le ve muy hombre.

Jooodeeeer.

—¡George, amigo mío! —Johnny parece un hijo regresando a casa después de pasar el verano en un maldito *college* británico. Me abraza lleno de entusiasmo—. ¡Estoy aquí! ¡He vuelto! ¡No me lo puedo creer!

—Te lo dije, Johnny, ¡te lo dije!

Los ojos del recién llegado se encuentran con los ojos de mi acompañante femenina. Es la primera mujer blanca que ve en la tira de años

—las del avión o las turistas horteras no cuentan—, así que no me extraña que se quede boquiabierto.

—Quisiera presentarte a Eileen Kowalski.

—Es un placer.

—¿De qué signo eres?

—Eileen…

—Leo. Soy un puro Leo.

—Tienes un aura muy fuerte, ¿sabes?

—Eileen…

—¿Ah, sí? —Johnny levanta los ojos, como si pudiera verse su aura.

—Será mejor que nos vayamos, se ha hecho un poco tarde.

Cojo a Johnny del brazo y tiro de él. Eileen nos sigue al trote. Decididamente no ha sido una buena idea traerla. Mientras caminamos miro a derecha e izquierda buscando a alguien. El dichoso retraso del avión…

—George, ¿puedo preguntarte algo?

—Claro, ¿qué es?

—No hay nadie —señala el aeropuerto lleno de gente, aunque para una vieja leyenda del rock está tan vacío como una nevera repleta de comida pero sin cervezas.

—He preferido el incógnito.

—Ah, ya.

—En su debido momento… —hago que mi mano derecha impacte sobre la izquierda y luego emprenda un largo vuelo sin fin antes de agregar—: ¡Zum!

—Bien, bien —aprueba él.

Ella aparece en este instante, salvadora. Unos dieciocho años muy bien puestos, y unos ojos muy luminosos. Se planta delante de Johnny y, exageradamente, estalla en un emocionado:

—¿Eres tú? ¿Es po-po-posible que seas tú?

—¿Quién crees que soy? —tantea el rockero, cauto, aunque se le nota al borde del éxtasis.

—¡Johnny Pickup!

Se relaja. Suelta el aire que ha contenido en sus pulmones.

—Sí, soy yo. ¿Cómo me has reconocido?

—¡Mis padres tenían todos tus discos, y yo crecí con ellos! ¡Dios mío, este es el día más feliz de mi vida! ¡Eres tú!

Increíble. Johnny tiene dos gruesos lagrimones en los ojos. Es un sentimental.

—¿Quieres un autógrafo?

—¡Sí!

Se lo firma. Más que un autógrafo parece una epístola. "A mi primera fan en… bla-bla-bla". Eileen me mira molesta. Es de las que opina que no está bien engañar, aunque sea por piedad.

—¡Gracias, Johnny!

Mientras le da un beso y le abraza, la presunta fan me guiña el ojo como si esperase mi aprobación. Bueno, por cinco dólares no lo ha hecho mal. Luego se va, dando saltitos, dejando atrás un corazón roto.

Las dos gruesas lágrimas dan el salto al vacío y caen al suelo.

—Será mejor que nos vayamos —sugiero yo—. No me gustaría que te reconociera más gente. Podría armarse una buena.

—Claro, claro —asiente Johnny.

—Claro, claro —repite como un eco Eileen.

La fulmino con una mirada, pero Eileen Kowalski no es de las que se deja fulminar por algo tan nimio. El zen no se lo permite.

Llegamos a mi coche. Digo mi coche porque es el que Mary Ann se llevó. No sabe que tengo unas llaves de repuesto, así que se lo he robado. Unas placas nuevas solo cuestan veinte pavos. Alguna ventaja hemos de tener los que vivimos en Nueva York, ¿no? Aquí puedes comprar lo todo.

Menos la Estatua de la Libertad. Eso no creo que esté en venta.

—Se nota que has vivido en paz con el mundo y contigo mismo durante todos estos años —vuelve a la carga Eileen.

—¿De verdad se nota?

—¡Oh, sí! —es rotunda—. Es como esos anuncios de ropa en la que se lava un trapo con un detergente A y un detergente B. Los dos acaban blancos, pero uno, el del detergente más bueno, está luminoso.

—Vaya —Johnny me mira con cariño—. Tu chica es genial.

¿Qué le digo, que no es mi chica? Es capaz de hacerse adicto al zen y ya la hemos jodido. A Lennon le funcionó, pero porque tenía a la japo al lado.

—Sí, tiene ideas raras pero sí, es genial.

—Yo no tengo ideas raras —protesta Eileen.

—Ella no tiene ideas raras —la defiende Johnny.

—Ponte el cinturón.

—¿Qué?

—El cinturón —se lo indico—. Eso de ahí.

—¿Para qué?

—Hemos de ir atados, por nuestro bien.

—¿Quién lo dice?

—El Gobierno. No quieren que tengamos un accidente y nos muramos o quedemos parapléjicos. Quieren que estemos todos vivos, y activos, para pagar muchos impuestos.

Salimos del aparcamiento y Johnny empieza a mirarlo todo con ojos de hortera de Dakota del Sur. Desde el 67. Toma ya. Son muchos años. Apuesto algo a que es de los que todavía piensa que Ronald Reagan solo fue un mediocre actor. Es realmente alucinante. El auténtico náufrago social. Está libre, puro, descontaminado.

Puede que Eileen tenga razón. De reojo miro si le veo el aura.

—¿Y tus tres chicas?

—No son de este mundo.

En eso también estamos de acuerdo.

—Tener tres mujeres es un concepto primitivo y atávico —vuelve a la carga Eileen—. No me encaja en alguien como tú.

—Bueno, existe un amor primario, individual, egoísta, posesivo, y también un amor universal, mucho más amplio y libre, ¿no crees?

Miro a Eileen por el espejo interior. Está pasmada.

—Creo que tienes razón. Es un punto de vista… peculiar, pero interesante —medita ella—. Nunca lo había visto así, por este lado.

—Es muy positivo —ayudo yo dispuesto a apoyar esa filosofía.

—EL sí es POSITIVO —descarga ella—. Lo afirma libre de malformaciones y desprovisto de una intención pérfida. Su karma está en armonía con la naturaleza y consigo mismo. A él puedo creerle.

—Me alegro que lo entiendas —dice Johnny—. Eres una persona llena de valores. Deberíamos hab...

—¡Mira eso! —le detengo antes de que la líe.

—¿Qué?

—Es la nueva autopista, ¿qué te parece? Apuesto a que no habías visto tantos coches en tu vida, porque en los sesenta no todo el mundo tenía vehículo.

—Parecen más pequeños que antes. ¿Los hacen así para que quepan más?

—No, es que son japoneses. Se acabó lo de los viejos Pontiac, Buick, Studebaker, Chevrolet o Mustang. Ahora todos acaban en "shi".

—¿Por qué?

—Es como el rock: lo bueno pasa. Por eso hay que hacerlo volver.

—Yo creo que... —abre la boca Eileen.

—¡Cariño!

No es un grito, pero sí una amenaza, y la capta. Puedo dejarla tirada en medio de la autopista, y por la noche Bruce tendrá una buena canción que hacer: la de una tía con una cola de camioneros que la van violando sistemáticamente, porque nadie, nadie, se para en una autopista ni para echar una meada.

Creo que después de esto me tendré que buscar a otra chica. Parece cabreada, muy cabreada.

Bueno, a la mierda. Yendo con Johnny volverán los buenos tiempos, las fans, las *groupies*, el sexo fácil. ¿He dicho volverán? Como si yo hubiera tenido eso. Las ganas. Pero al menos me pondré al día.

De pronto Johnny abre la guantera del coche. Hay un *Billboard* olvidado, de hará un par o tres de meses. Lo coge y, como buen profesional, porque esas cosas no mueren nunca, lo abre por la parte de atrás, donde están las listas de éxitos. La Biblia del Rock está para eso y nada más. El resto es puro cotilleo industrial y publicidad. El *ranking* es lo único que cuenta. Sus ojos empiezan a moverse por la parte superior del top-200 de álbumes.

—George, ¿llevas un *Billboard* de los años sesenta? —me pregunta a los diez segundos.

110

—¿Años sesenta?

—Rolling Stones en el número uno, Pink Floyd en el dos, los Beatles en el tres, Eric Clapton en el cuatro... —se detiene y frunce el ceño—. ¿Clapton? ¿Ese no era el chico de Mayall, el que luego hizo una banda de blues rock muy ruidosa llamada... —medita un segundo y antes de que se lo sople lo coge. Buena memoria—, ¿Cream? Sí, eso es, Cream.

—El mismo. Ahora es el guitarra más grande del mundo, y va a colaborar en tu disco.

—¿Ah, sí?

—Sí, y el *Billboard* no es de los años sesenta. Es de ahora —le corrijo.

—O sea que nada ha cambiado. Siguen los mismos.

—No exactamente.

¿Cómo se lo explico? Para según qué, tiene razón, siguen los mismos. Ya pueden llamarles dinosaurios, ya. Los adolescentes de los sesenta y los setenta son los cuarentones que ahora tienen dinero. Pero para según qué más... eso no cuenta. No sé si pedirle que se mire el *ranking* de singles. Ahí casi todo es mierda, grupos con nombres imposibles de recordar a base de iniciales y números, raperos con nombres de guerra escatológicos, horteradas. Las horteradas de los sesenta tenían gracia —véase sino el "Yellow submarine" de los Beatles—, las de ahora son basura.

Me temo que tendré que ser algo más que *manager* de Johnny. Lo que necesita es un padre putativo.

—¿Sabes, George? —cierra el *Billboard* y vuelvo a notarle nostálgico—. Estoy emocionado. La primera vez, cuando me convertí en una estrella, era un crío, y luego... bueno, que voy a contarte: fueron ocho años de locura intensa, un no parar demencial, de aquí para allá, éxitos, tías, borracheras, y no me daba cuenta de nada. Se me pasó como un amor fugaz en una noche perdida. Pero ahora...

—Ahora, ¿qué?

—Va a ser distinto. Esta vez soy más maduro. Quiero vivirlo al minuto, sentirlo.

¿Le digo que da lo mismo la edad, y que cuando te metes de cabeza en el torrente del rock te olvidas del apacible y caudaloso río de la vida? No, no quiero estropearle esa sensación. Casi me da envidia. La inocencia siempre me ha dado envidia. Pensar que Johnny Pickup fue uno de los golferas más grandes de la historia, una pura marcha energética, con la adrenalina saliéndole a borbotones por todos los poros del cuerpo.

Lo malo será cuando despierte.

Menos mal que falta un poco para eso. De aquí a entonces habrá aprendido otra vez.

Frankenstein.

No quiero sentirme mal. Odio sentirme mal. Johnny me lo agradecerá. La historia me lo agradecerá.

Eileen no me lo agradece.

Le veo la cara de bulldog. Va a estallar. Va a empezar a hablar de zen de un momento a otro. Menos mal que al no ser una hora punta ya estamos entrando en Manhattan. La línea del cielo.

—George... —susurra Johnny.

—Es toda tuya, amigo. En unos meses caerá rendida a tus pies.

—Es cruelmente salvaje, ¿verdad?

—Y que lo digas —suspiro.

Detengo el coche al otro lado del puente, junto a la estación de metro. No tengo más que mirar hacia atrás, sin hablar, para que Eileen se baje. Johnny queda un poco desconcertado.

—¿Te vas ya? Me hubiera gustado hablar contigo.

Eso es lo que YO me temo.

—Nos veremos —amenaza ella.

La despedida es rápida. Suenan un par de claxons. La dejo atrás y me siento liberado. Creo que Johnny también, porque es el momento en que me dice:

—¿Puedo pedirte un favor, hijo?

—El que quieras. Tú mandas.

—Esta noche no me hables de trabajo. Vamos a divertirnos.

—¿Divertirnos? —trato de saber qué es lo que entiende él, después de tantos años, por divertirse en Nueva York.

Afortunadamente sigue siendo un rockero, carne de buen rollo.
Nueva York suele cargar las pilas.
—Ya sabes —me guiña un ojo Johnny.
Sí, ya sé.
Faltaría más si sé.

14

EL VIAJE HA SIDO LARGO, ASÍ QUE DEJO A JOHNNY EN SU hotel —de momento nada de Plaza ni de Waldorf, porque yo no puedo pagarlo ni le he preguntado a él como está de fondos, aunque teniendo en una isla… en fin, que de momento cautela— y me voy a mi apartamento. Ni rastro de Eileen. Vale, sí, me jode perderla, pero no quiero que ella me eche a perder a Johnny. ¿Dónde se ha visto un rockero zen? Incluso cuando Carlos Santana se chifló por el gurú, el Sri Chinmoy de las narices, y salía vestido de blanco a escena, con las manos unidas, pidiendo un minuto de silencio, y lo mismo el McLaughlin, tenían su gracia, porque eran otros tiempos. A la gente le gustaban los pecadores reconvertidos, sobre todo después de haber pecado mucho, muchísimo. Ahora salen montando el número y les clavan en el suelo del escenario con chinchetas.

Yo también necesito un poco de calma. Tengo al productor, tengo los arreglos en marcha, tengo algunos de los mejores músicos de los noventa, tengo ya a Johnny aquí, pero queda tanto por hacer. ¡Tanto! Ni siquiera le he hablado de los duetos. Y esta noche quiere irse de juerga.

¡Esto es Nueva York!

Jugar a la ruleta rusa es mucho menos peligroso.

Y por si faltara poco, cuando voy a salir, me encuentro con mi hijo Patrick en la puerta.

—¡Patrick!

—Hola, papá.

Miro a su espalda, por si también se trae a su nena para cepillársela en mi apartamento, pero está solo. Por lo menos él tiene diecisiete años. ¡Ya me gustaría a mí que se trajera a su nena! Incluso me doy cuenta de que nunca le he visto con una nena, y me asaltan terribles sospechas. No tengo nada contra los gays, pero esperaba perpetuar mi apellido. Ahora que además vive con su madre y el cabrón de mi gestor...

—¿Qué quieres, hijo?

—Hablar.

—¿En este preciso momento?

No es la mejor respuesta. Me he pasado la vida sin tiempo para mis hijos. Siempre estaba ocupado. Siempre. Luego me extraño de que salgan tan a lo suyo. Trato de hacer un esfuerzo para no mirar el reloj y le hago pasar. Mi distensión resulta tan falsa como un billete de cien con la efigie de Nixon.

Patrick está serio. Tampoco me extraña, vistiendo como viste, con traje oscuro, corbata gris, zapatos correctos y el cabello corto a lo marine. Es como si no tuviera nada de lo que reírse. ¡Y a sus diecisiete años! ¡Yo sí que no tenía nada de lo que reírme!

Bueno, yo tenía el rock. ¿Qué tienen ellos, pobres?

—¿Cuál es el problema? —me intereso.

—No hay ningún problema —se encoge de hombros—. Es más bien un planteamiento ético.

¿Le habrá dado también por zen?

—¿De qué se trata?

—¿Crees que trabajar en un banco, ser cajero, optar por lo básico de la vida, sin complicaciones, tratando de hallar un espacio pequeño y trivial pero con sentido, lo es todo?

—Esto...

Debo poner cara de idiota supremo. ¿He pillado algo?

—Quiero decir que en una libre economía de mercado, y superados los sueños de tu generación, incluso los de los años ochenta, con Reagan y el perfecto pero evidente "jode bien y no mires a quién", me pregunto si es lícito recuperar los valores individuales y egoístas, ajenos a la masa, para concentrarte en ti mismo y buscar únicamente tu parcela de felicidad.

No sabía que Reagan hubiera preconizado eso. Nosotros decíamos "jode bien y no mires con quién", que era muy distinto.

—Patrick, me parece que estás un poco... confuso, ¿digo bien?

—No, nada de confuso. Te repito que se trata de alternativas, nada más. Y no quiero llegar a los cuarenta, como tú, y ser un inmaduro que todavía busca ese espacio.

—Yo no soy un inmaduro —me defiendo.

—Vamos, papá, todo eso del rock...

—El rock es la vida.

—No, papá. La vida es lo que tienes.

—¿Lo que tienes en el banco?

—También.

—Si está tan claro, ¿qué mierda quieres? —empiezo a cabrearme.

—Tu gestor me ha pedido que trabaje con él.

Mi gestor, muy amable. Al menos no le llama "nuevo padre" o "padrastro" o algo así.

—¿Del banco a una asesoría financiera, es eso?

—En los dos ámbitos se mueve el dinero de los demás, y te quedas un justo estipendio proporcional a tu nivel y potencial emprendedor.

—¡Ay, hijo! —mi suspiro es doloroso—. ¡Y pensar que se decía que nosotros hablábamos mal! ¡Estipendio!

Esta vez le he ofendido.

—Si no vas a tomarme en serio... —parece dispuesto a irse.

—Quieto ahí —ahora no me da la gana de que se vaya—. Patrick... por Dios, solo intento que no tires tu vida por la borda. Ya no hay seguridades fáciles. Ni siquiera trabajar en un banco lo es. El día menos pensado entran unos bestias, o los de cualquier Ejército de Liberación Cosaco, os roban y te abren un botón de color rojo en tu camisa blanca de probo empleado, porque serías capaz de hacerte el héroe. Y en cuanto a montártelo con ese cretino... Si ha sido capaz de robarme a tu madre, ¿qué no les hará a sus clientes? El dinero no lo es todo. Lo importante es vivir.

—¿Y la nueva filosofía?

—¿Qué nueva filosofía?

—Principios, Mayoría Moral, Ética Conservadora, Consenso, Raíces, Poder...

He creado un monstruo. Johnny no va a ser Frankenstein. El papel se lo queda Patrick. ¿Qué he hecho? ¿Tan mal padre he sido, o es que los hijos, simplemente, hacen todo lo que sea opuesto a ti?

—¡Olvídate del dinero!, ¿quieres? ¡Tus Principios han de ser la solidaridad y la felicidad; tu Ética Conservadora, si es que puede llamarse así, debes ponerla en práctica sirviendo a la gente; El Consenso y el Poder están para hacer las cosas mejor; las Raíces no son solo las de tu sangre o el color de la piel; y a la Mayoría Moral que le den mucho por el culo, porque detrás no hay más que hipocresía! ¡Sé tú, joder, tú y solo tú! ¡No hay más!

No sé si he logrado impactarle o si es que lo que he dicho le está todavía entrando la azotea, pero se me queda mirando perplejo. A lo mejor es que ha sido el rollo más largo que le he soltado jamás y está impresionado. Puede que se me eche a los brazos gritándome: "¡Padre, por fin!".

—Deberé meditarlo —me concede.

—Pregúntate qué sientes viendo lo que pasa, y entonces reacciona. Nada más. Es así de simple.

—Quieres decir que no puedo hacerme un espacio ahora y que me dure siempre, ¿no es eso?

—Más o menos.

Estoy agotado. ¡Qué duro es ser padre!

—Gracias, papá —asiente—. Mamá me ha dicho que no me serviría de nada que viniera a verte, porque dice que eres un cretino con la cabeza llena de fantasías, pero me has abierto una vía de acceso a un nuevo programa con múltiples autopistas válidas.

¿Eso he hecho yo?

Patrick ya está en la puerta. Nada de abrazos sentimentales, ni besos afectuosos. Me da la mano. Un saludo militar y marcial no sería más frío. Pero me resigno. Nada más quedarme solo me concedo un minuto para analizar lo que acaba de suceder. A los treinta segundos tiro la toalla. Soy incapaz de pescar ni una.

Así que me largo a toda mecha en busca de Johnny.

Llego tarde, pero esto, en el mundillo del rock, es tan normal, que no tiene la menor importancia. Llamo a mi héroe desde recepción y aparece en cinco minutos, lavado, descansado, sonriente, dispuesto a todo. Ya no tiene pinta de ser un hortera polinésico. Ahora ha recuperado su imagen yanqui y es un cruce de tejano con hawaiiano. El no va más. Pero se le nota animado, igual que un crío con zapatos nuevos.

—¡George, la noche es nuestra!

La noche es de todo el mundo menos nuestra. De entrada es de quien pueda pagarla.

—Claro, Johnny.

Salimos a la calle, y a los dos pasos me detiene. Sus ojillos vivos echan chispas. ¿Un niño con zapatos nuevos? ¡Un adolescente viendo cómo su vecina se está desnudando mientras él se masturba! ¡Esa es su expresión!

—Primero un polvo, amigo. Eso es lo más urgente. Ni cenar ni nada. Un polvo.

—¿Un polvo?

—Lo necesito.

—¿Vives en una isla paradisíaca con tres tías jóvenes que están de muerte y quieres follar en Nueva York?

—¿Qué tienen que ver Naya, Agoe y Mia con esto? —pone cara de no entender que yo no lo entienda—. Llevo más de veinte años haciéndomelo con mulatas, negras y demás tías que están de muerte, jóvenes, de cuerpos flexibles, pechos duros, labios de miel y ojos de sueño, pero esto no significa nada.

—¡Cómo que no significa nada! ¡Es el sueño de todo dios!

—¡Es como estar casado toda la vida con la misma mujer y de pronto… ! ¡Necesito sexo total, duro, como el de antes! Nada más poner un pie aquí me he sentido diferente, me han vuelto los recuerdos, las ganas, aquella pasión loca. ¡Nada de chicas dulces, sumisas y tiernas: un buen polvo, y con morbo, en la parte de atrás de tu coche, o en un ascensor o… dónde sea, incluso en la cama! ¡Quiero una tía enorme, rubia, pelirroja, morena, con grandes tetas! ¡Y con sujetador, oh, Dios!

—pone cara de suprema pasión, ojos en blanco, puños apretados—. ¡Echo tanto de menos quitarle a una mujer el sujetador!

—Vale, vale —capto su onda. Pagopago queda muy lejos.

Ni siquiera sé el rollo que se lleva con Naya, Agoe y Mia en realidad.

—Gracias, George.

—Nada, tranquilo. Vamos a buscar una farmacia.

—¿Una farmacia?

—Claro.

—¿Para qué?

—Para comprar condones.

Le cambia la cara de golpe y porrazo.

—¿Pero de que mariconada me estás hablando?

—De seguridad.

—Los rockeros no nos ponemos gomas, amigo.

—Eso era antes. Hoy todo el mundo utiliza profilácticos hasta con la parienta.

—¿Por qué?

—El sida.

—¿Qué es eso?

—Una nueva enfermedad. Ya no puedes meterla en cualquier parte: se te cae a cachos.

—Una venérea, vaya —trata de justificarlo a la brava—. ¡Joder, yo he pillado todas las venéreas habidas y por haber, no fastidies!

—Que no es eso, Johnny —educar a un hijo tiene gracia, y además puedes hacerlo a lo largo de varios años, pero educar a un tío catorce años mayor que tú, y en unos días…—. El sida es una putada, pero está ahí. Si te pilla te mata.

—¡Coño!

—No valen purgaciones ni cataplasmas. Palmas.

—¡Coño!

—Ni siquiera es recomendable una buena mamada, porque si ella tiene llagas en la boca, te lo pasa, o si lo tienes tú, se lo pasas a ella.

—¡Coño! —repite por tercera vez.

Ya sé que he sido demasiado directo, pero es que no hay otra forma.

Se me muere de sida, porque éste no es de los que desarrolla la enfermedad en diez años, sino en diez días, con lo sano que está, y en lugar de pasar a la historia como el tío que devolvió a Johnny Pickup, paso como el que le mató. Hay cosas con las que no puedes jugártela. Y el sida es una de ellas. La mayor cabronada del fin de siglo, pero está ahí.

—Vamos, hombre —parece un poco desinflado—. Hacerlo con chubasquero tampoco es tan malo.

—¿En serio que todos los rockeros se lo ponen?

—Todos.

—Increíble.

—¿Todavía...?

—Anda, vamos a buscar una farmacia.

Echamos a andar. Ha dejado de mirar lo que le rodea, las tías con minis, los negros con palabras escritas en el pelo, las de la jet con abrigos de visión y zapatillas Nike. Le dura unos pocos instantes. Las novedades vuelven a reclamar su curiosidad.

—Hay mucho de lo que debes hablarme, ¿verdad?

—Mucho —reconozco.

—¿Vamos a tomarlo con calma?

—Con toda la calma del mundo, tío.

—Ahí hay una farmacia —indica él mismo.

—¿Lo quieres normal, lubrificado súper, con olor, de castigo, extra sensible, extra duro, fluorescente?

—¿Qué pasa, que después ella va a comérselo?

—También los hay, sí señor.

—Era mejor el mundo en los cincuenta y en los sesenta.

Es como para discutirlo, pero no hay opción. Por nuestro lado pasa un negro con una radio "portátil" de metro y medio de largo por uno de alto por medio de ancho, vomitando decibelios a toda pastilla. El negro la lleva pegada a la oreja como si nada y camina a ritmo, con elegancia. No es el primero que hemos visto, pero sí el que finalmente le capta su atención.

—Oye, George —dice Johnny—, ¿y los negros qué enfermedad tienen que se han quedado todos sordos los pobres?

15

CREO QUE LE HE DEJADO HECHO POLVO POR JODERLE EL POLVO, pero es mejor no andarse por las ramas. Ya he llorado bastante por Freddie Mercury y otros amigos a los que se ha llevado el sida. Cruzamos la calle y mientras Johnny se entretiene mirando un escaparate de lencería fina —ligueros de satén, medias, braguitas sexys y comestibles, *bodys* y demás delicias—, yo entro en la farmacia. He leído no sé donde que en muchos países muchas farmacias se niegan a vender profilácticos. Demencial. Por suerte aquí es distinto. Y además, si las farmacias no vendieran condones, se arruinarían. Eso y el hilo dental es lo que las mantiene con vida. La aspirina ha bajado mucho.

Los psiquiatras no recetan aspirinas, solo "otra visita la semana próxima".

—Una caja de preservativos, por favor.

La farmacéutica, pese a todo, debe ser del Movimiento Feminista Militante. Me mira de arriba abajo, y parece preguntarse como un tío con mi pinta ha conseguido un agujero para meterla.

—¿Qué marca quiere?

—Me da igual. No son para mí.

Cambia de cara. Ahora leo en sus ojos la pregunta: "¿Pones el culito, nene?". Me dan ganas de estrenar la caja con ella. Pura agresividad neoyorquina.

—Esto es nuevo —saca de debajo del mostrador un bonito estuche metalizado en el que se ve a una Miss en primer plano y encima el nombre de la marca: "Penetratus"—. Súper sensibles, máxima seguridad, mantienen la erección —sonríe al decirme eso—, en colores variados, con sabores variados, en variados tamaños para negros, blancos y niños.

La madre que la parió.

—Una caja de seis. Sencillos.

Otro gasto. Claro, como son nuevos… Y encima en la cajita metalizada lo pone bien claro: "Anunciado en TV". O sea, que los condones Penetratus existen, porque todo lo que no sale en televisión no existe. Mierda de publicidad.

Habrá que pensar en ello para el lanzamiento de Johnny. Evidente. Eso me hace pensar que aún no tenemos compañía discográfica.

Salgo fuera, temeroso de que mi rockero se haya perdido y él solito haga una versión de *Solo en casa*. No hay cuidado. Sigue encandilado mirando el escaparate de la tienda de lencería fina. Los pósters y *displays* con modelos luciendo toda serie de maravillas que únicamente les caen bien a ellas, porque a la que se lo pone la mujer de uno lo que da es risa, le están poniendo a cien. Me señala una rubia muy rubia imponente muy imponente con cara de viciosa muy viciosa.

—Quiero eso, George.

—Toma, y yo.

—Por favor, hijo.

El bulto del pantalón deja bien claro que va de urgencia.

—Puedes comprar el *New York Times*. Buscas en la sección de "contactos", en la de "relax" y en la "servicios". Ahí encontrarás decenas de anuncios del tipo: "Agencia de modelos alto *standing* y máximo nivel. Cenas, viajes, compañía y hotel". Por cierto, ¿tienes tarjeta de crédito o te has traído unos pocos miles de dólares para gastos de primera necesidad? Porque esas tías no te bajan de mil pavos la noche, regalito aparte.

Le estoy amargando su primer día de vuelta, se lo noto. Pero, coño, ¿qué quiere que le haga? Si es que he decírselo. Esto no es una película de Hollywood. No va a salir Cyd Charise de una esquina bailando ni él se convertirá en Gene Kelly y viva la virgen. Esto es la puta vida real.

—Anda, vamos a por el coche.

—No, prefiero caminar.

Caminamos. Nueva York al anochecer sufre una extraña metamorfosis. Las calles van vaciándose de ejecutivos en mangas de camisa comiendo hamburguesas y de mujeres *light* llenas de sana energía, para llenarse de los primeros habitantes de la noche —previos a los que luego van a cenar o a los teatros de Broadway, en taxi—: vendedores de "crack", las primeras tías de pago con urgencias, los primos de los que me chorizaron a mí y que se cargó el sargento Buchanan, los empleados de los McDonalds que acaban el turno y vuelven a casa hechos mierda o los que empiezan el suyo y se disponen a ir a la mierda, algún turista rezagado amante del peligro y de los safaris por la jungla y cosas así. Y por supuesto los hijos de las cloacas, los "sin techo", que súbitamente toman al asalto todas los agujeros, los vestíbulos abiertos de las tiendas cerradas y las parrillas enrejadas por las que sale el aire caliente del metro, y se arrebujan bajo algo parecido a una manta o un montón de cartones de Marlboro Light. Salen como setas, sin necesidad de lluvia. La lluvia que los ha formado ya cayó en los malditos ochenta.

—¿Quiénes son esos?

—*Homeless*.

—¿Ha dejado de ser América el país más poderoso del mundo?

Es hora de que le diga que Reagan dejó de ser un mediocre actor para convertirse en un mal presidente, le pese a quien le pese. Es hora de que le hable de la crisis del petróleo de los setenta y de fruslerías así. Lo intento. A los cinco minutos ya está amarillo sin necesidad de que le hayan comprado los japos, como todo lo americano de hoy. Y solo estoy en 1974, cuando Nixon lo dejó por una tontería de nada.

—¿Quieres echar ahora ese polvo? —le propongo.

Creo que se le han ido ligeramente las ganas.

—Espera, a lo peor hay algo además del sida y aún no me lo has dicho.

—No, a nivel sexual no hay nada peor. A nivel político sí, porque van a volver los republicanos, pero esto de momento no es urgente, aunque cuando eso suceda ya no se podrá ni caminar de noche. Los *homeless* defenderán sus agujeros a tiros porque no van a caber todos por ahí. Los chorizos tendrán que largarse al Canadá.

—¿Qué se ha hecho del viejo sueño?

—¿Qué viejo sueño?

—El "American way of life"

—¿El "Sistema de Vida Americano"? Pero si eso fue un eslogan, como lo de "ponga una chispa en su vida" o lo de que Michael Jackson era negro.

Johnny Pickup suspira.

—Creo que tengo mucho que aprender.

—Has estado fuera demasiado tiempo, amigo.

—Me fui porque mi vida se había vuelto complicada, y porque después de oír aquel disco de los Beatles… ¡Joder, ahora SÍ parece complicado!

No sale de una y ya está en otra. De sorpresa en sorpresa. Es como un luchador de lucha libre de esos que hacen paridas a cuatro, "catch-no-sé-qué" creo que lo llaman. Uno le está dando una somanta y el del rincón, que presuntamente no puede intervenir, le pisa un pie, le tira de la oreja y le escupe mientras su compañero protesta al árbitro inocente e inútilmente. Lo digo porque pasamos junto a un coche con las ventanillas bajadas y la radio a toda hostia. No es más que un rap, pero Johnny se queda frío.

—¿Qué es ESTO?

—Rap.

—¿Rap?

—Sí, en lugar de cantar, hablan con ritmo.

—¿En serio?

—Te dije que la lista de *Billboard* en cuanto a discos grandes no tenía nada que ver con la de *singles*, y la radio fórmula solo pone singles. ESTO es el número uno de ahora mismo en este país.

—Pero esto no es rock.

—Llámalo como quieras. Seguimos dentro de la Era Rock, y somos parte de la Generación Rock, pero…

—¿Ya no hay rhythm & blues, ni blues, ni soul, ni beat, ni…?

—Será mejor que te lleve a una discoteca, y si no te mueres del susto y sobrevives, estarás vacunado.

—No, no —me detiene como si le hubiera propuesto ir a ver a una de sus tres ex-esposas—. Vamos a un espectáculo de tías desnudas. Necesito relajarme.

—Es temprano.

—¿Qué pasa? ¿Abren más tarde?

—No, en la calle 42 funcionan todo el santo día, pero a esta hora no habrá mucho ambiente.

—Da igual. Me importa muy poco el ambiente. Lo único que quiero es verle la alfombra a una, y las tetas. Unas tetas muy grandes —tiene fijación en eso—. Si no me siento un rato y digiero todo esto me vuelvo a Pagopago.

—A la calle 42. Estamos cerca.

Muy cerca. Cinco calles. Todas las ciudades que conozco tienen un barrio de puterío y marcha. Nueva York, como en sí ya es una ciudad de puterío y marcha, para ser original tiene una calle para la marcha y el puterío en grado sumo y superlativo. Doblas una esquina y ya está: luces, marquesinas, vendedores de todo y más, animación, voceras gritando las excelencias del *show* que tienen a su espalda… Un paso atrás y vuelves a la normalidad. Un paso adelante y el vértigo.

—¡Esto no ha cambiado! —grita felizmente recuperado Johnny.

Todos los espectáculos son iguales. Todos prometen chicas desnudas a pelo y *show* en vivo. Todos alardean de tener a las mujeres más hermosas. Pura mierda. A mí esto me deprime. El sexo es una cosa y esa basura otra. Pero entiendo a Johnny. Y estoy con Johnny. En la película *Aterriza como puedas* un tío para llegar a su punto de destino en el aeropuerto tiene que ir luchando contra todos los adictos a sectas y religiones que le salen al paso pidiéndole pasta. Aquí para avanzar hay que ir esquivando a todos los que te ofrecen su mercancía en voz baja.

—Todo lo que ves es mío, natural, y puede ser tuyo.

—"Crack". Buen "crack".

—Cocaína sin cortar, purita, colombiana.

—Heroína, "caballo" auténtico.

—Veinte dólares completo. Nunca habrás vivido nada igual.

Me miro a la de los veinte dólares. Supongo que lo dirá porque tiene sesenta años y le cuelga todo. Menuda experiencia.

Pero a Johnny le brillan los ojos, no por las drogas, sino por las marquesinas: "Totally nude", "Girls, girls, girls", "24 hours sex in live"... Sus pupilas reflejan los vivos colores amarillos y rojos y transmiten alegría. Ahora sí que el hijo pródigo ha vuelto a casa. En Pagopago tenía otra luz. Allí era parte de aquella paz, y de la sinfonía de la calma, junto a Naya, Agoe y Mia. Aquí no va desnudo, va vestido, pero para él es la verdadera llamada de la selva.

Vuelve a tener diecinueve años, o por lo menos recuerda que los tuvo. Y que entonces fue el rey.

—Aquí, vamos —se mete de cabeza en un antro.

Da lo mismo uno que otro, insisto.

Todo está oscuro, pero nos orientamos. Llegamos a una espacio bañado por una débil luz en el que dos mujeres se están besando con tanta pasión como la que mostraría yo con el Schwarzenegger. Alrededor del escenario hay dos docenas de mesas y sillas. Nos sentamos en una, ni muy cerca —menos mal— ni muy lejos. Discreta. Contándonos a nosotros, hay siete personas. Las dos lagartas se dan la lengua. Una es blanca y la otra negra. Demostrando lo originales que son, detrás hay un rótulo que anuncia "Café con leche".

—A mi dos tías haciéndoselo me ponen a cien —me confiesa él.

Y a mí, toma ya.

—¿Naya, Agoe y Mia no...?

—¿Qué dices? ¡No, por supuesto! Su religión se lo prohíbe.

—¿Y contigo...?

—Eso es otra cosa. Son muy cariñosas.

Solo de pensar en ellas...

Las dos del numerito acaban. Fingen correrse de gusto y quedan tiradas en mitad del escenario, cada una con una prótesis inmensa saliéndole del sexo. Es peor de lo que pensaba. En la penumbra parecen dos tíos, bueno, dos travestis. Mientras se levantan aparece un presentador maquillado hasta en su documento de identificación. Un chorro de luz le golpea la cara y nos muestra sus dientes. Como Hungun. Son tan blancos y tan falsos que despiden destellos.

—¡Un aplauso para Café con Leche!

Solo uno de los siete espectadores, al máximo de su entusiasmo, aplaude tres veces.

—¡Y ahora, amigos, el Club 69 tiene el placer de presentarles a su nueva estrella, recién llegada de una importante gira por Japón, la verdadera reina del *striptease* internacional...! ¡Mimí LaRue!

Estoy preparado para escuchar la música que acompañe a la aparición de la presunta superestrella internacional, pero no suena nada. En lugar de eso, y en mitad del escenario nuevamente oscurecido, ya sin el presentador, surge una forma enorme y aún inconcreta, hasta que el chorro de luz reaparece y la ilumina.

Johnny se pone tieso.

Caramba, y aunque solo sea por el efecto, hasta yo.

Es un pedazo de mujer, una auténtica hembra. Sus mejores días juveniles ya han pasado, pero mantiene unos cuarenta años muy, pero que muy bien puestos. Es alta —altísima—, rubia —rubísima—, y tiene un cuerpo duro —sí, durísimo—, porque se le nota. Ni un ápice de grasa. Nada de celulitis. A pesar del intenso maquillaje, pestañas postizas, boca muy pintada de rojo, conserva una sólida belleza natural.

Y tiene unas tetas...

Con sostenes. Lleva sostenes.

Eso y las bragas, así que va a ser un *striptease* muy rápido, so pena que haya algo más.

Los sujetadores han captado toda la atención de Johnny.

Y mientras él se queda extasiado mirándolos, y yo espero alguna maravilla que me haga aliviar el sopor, comienza a sonar la música.

Y Mimí LaRue empieza a moverse.

Y...

En parte, los dos tardamos en reaccionar. Uno por el otro estamos descolocados. Y eso que yo soy un fan de la obra de Johnny Pickup, y me sé de memoria todas sus canciones, y él a fin de cuentas es el que las compuso y el que las cantó toda su vida y el que las llevó al éxito.

Pero aún y así, tardamos en reaccionar.

Mimí LaRue se mueve como una diosa griega.

Lo hace al ritmo cadencioso de "Big smile", uno de los mayores éxitos de Johnny Pickup.

16

DESDE QUE HEMOS SALIDO DEL TUGURIO DE *STRIPTEASE* NO ME atrevo a hablarle. Mis labios están sellados. Sin embargo estoy por decir que no le veo cabreado, ni preocupado, ni... ¿Cómo explicarlo?

La tal Mimí LaRue lo ha hecho bien, con clase. Para quitarse los sujetadores y las bragas ha estado los tres minutos y diecisiete segundos que duraba la canción. Un pecho, otro pecho, juegos malabares con ellos, las bragas, juegos de posición con las piernas, y ha terminado abriéndose por completo, mostrándonos su sexo en plenitud, totalmente rasurado y con la palabra "Smile" —sonríe— tatuada encima de las vulvas. La hemos podido leer porque en ese instante una enorme lupa que caía del techo sostenida por un cable nos ha ampliado su intimidad más secreta. Está de moda tatuarse cosas en partes ocultas, por lo que veo, y menos llevar el pelo a pelo, vale todo, rasurados en forma de corazón o totales.

Después, Mimí LaRue se ha largado y el presentador ha anunciado otro número exclusivo, "Popeye y Rosario". Dos tías haciéndoselo me van, pero un tío y una tía no. Nunca me ha gustado ser *voyeur*. Prefiero ser actor. Para mi suerte, él mismo Johnny se ha levantado y me ha dicho que nos fuéramos. Yo me habría ido mucho antes, desde el instante de oír "Big smile" por los altavoces y comprender que una tía estaba utilizando un clásico del rock para... ¡Jesús! En cambio Johnny se ha quedado. Yo también me habría levantado, gritando, exigiendo un respeto, prohibiendo que sonara la canción, arrasando el local si hubiera hecho falta. En cambio Johnny no se ha movido de la silla y ha estado pendiente en todo momento de Mimí LaRue y sus evoluciones. No tengo que darle un centavo por sus pensamientos. Me los cuenta.

—¿Has visto eso, George?

—Sí, no me lo puedo creer.

—"Big smile".

—Ya.

—Recuerdo cuando la compuse, en la trasera del autocar, yendo a Memphis, en mi primera gira. Acababa de pasar la noche con una campeona de rodeo, experta en derribar toros salvajes y todo eso. Había sido alucinante y al terminar ella me dijo: "Oye chico, ¿cuándo actúas otra vez?". Le dije que esa misma noche, y entonces agregó: "Pues te quedan pocas horas para borrar esa gran sonrisa de tus labios y volver a ser el chico duro que ayer me emocionó cantando". Por eso escribí la canción. Siempre que escucho "Big smile" pienso en ella. Ni sé cómo se llamaba. Pero desde hoy…

—Te entiendo.

—Ha sido…

—Sí, sí, no me lo recuerdes.

—Fantástico.

¿Me he perdido algo?

Miro a Johnny de reojo. La Gran Sonrisa ha vuelto a sus labios. No tiene cara de cabreado, al contrario: parece feliz.

Acaban de destrozarle uno de sus más hermosos clásicos, y parece feliz.

—Johnny… ¿estás bien?

—¿Que si estoy bien? Hijo, después de lo del aeropuerto, cuando esa fan me ha pedido un autógrafo, esto es lo mejor que me ha pasado desde que he llegado. ¡Esa maravilla de mujer se desnuda cada noche con mi canción! ¡Ha escogido "Big smile" para hacer su número! ¡Es genial!

—Ah.

Alucino. Cada vez que oiga el tema veré a Mimí LaRue sacándose los sujetadores, y mostrándome su sexo con lupa.

—Cada vez que oiga o piense en "Big smile" veré a Mimí LaRue sacándose los sujetadores y mostrándome su sexo con lupa —dice Johnny a modo de eco de mis pensamientos—. Ella ha borrado de un plumazo a la mujer del rodeo. Ha sido como una descarga eléctrica.

Sigo sin poderlo creer. Pero cualquiera le dice lo contrario. Vuelve a ser el niño con zapatos nuevos. Su música suena en un antro y unos tíos se matan a pajas viéndole el "smile" a una zorra, y él se muere de gusto. Los rockeros están mayoritariamente locos, pero después de tantos años creía que Johnny había vuelto a la normalidad.

—Tenía que haber ido a felicitarla —sigue con lo mismo.

—¿Tú crees?

—Claro, es una artista, y a los artistas nos gusta que nos feliciten.

—¿Por qué no has ido a su camerino?

—No sé, George. No sé —se encoge de hombros, inquieto.

Si no fuera porque le conozco, y es un rockero, diría que está como nervioso, tímido.

—Seguro que es una vieja fan, y se habría emocionado al verte en persona.

—Sí, ¿verdad?

—Johnny.

—¿Qué, George?

—¿Te gustaba la tía… bueno, esa mujer?

—¿Le has visto los pechos?

—Sí, más bien sí.

—¿No eran lo más… fuerte que has visto nunca?

Después de ver a Naya, Agoe y Mia, ¿qué voy a contarle? Nadie está satisfecho con lo que tiene.

—Sí, realmente fuertes.

—Lo que daría por quitarle a ella los sujetadores.

—No creo que tuvieras muchos problemas.

—Vamos, George —me mira con dolor—. Que actúe en ese lugar no quiere decir que no sea una mujer sensible, con corazón. Está en el mismo mundo del espectáculo que yo, solo que en otro campo.

Me callo. Le ha dado fuerte.

Está huyendo de una tía que le ha gustado.

Y todo porque se empelotaba a ritmo de "Big smile".

—La buena música aún sirve para algo, ¿lo ves? —vuelve a hablar—. No me imagino a a Mimí LaRue desnudándose con eso de antes…¿rap? Sería imposible. ¿Qué le ha pasado al rock en estos años?

—¿Te lo cuento ahora?

—Sí.

—Mejor hago lo que te he dicho antes: vamos a una discoteca. Oyes, te da el infarto más rápido, y así me ahorro contártelo todo.

—¿Tan mal están las cosas?

—Bastante.

—¿Por qué no me lo dijiste en Pagopago?

—¿Habrías regresado?

—No lo sé —dice sinceramente.

—La música de hoy, Johnny —también soy yo finalmente sincero—, es una puta mierda. Sí, quedan los clásicos del rock, los monstruos, los dinosaurios, como los llaman, que son los buenos de verdad a pesar de los años y de que tienen una barriga de cuidado y el pelo blanco… eso si tienen pelo. Pero los monstruos solo graban un álbum cada tres o cuatro años, hacen una gira apoteósica en la que arrasan y demuestran que son los únicos, los amos, llenando estadios con 50, 60 o 100.000 personas, y después… a dormir. Tienen tías cojonudas, modelos de bandera, se casan y se descasan, y con suerte, si un divorcio les deja esquilmados, vuelven antes a la carga. También hay tíos, tías y grupos de ahora que están bien, pero como en este jodido país llevamos dos décadas de A.O.R…

—¿Qué es el A.O.R.?

—Adult Oriented Rock. Rock Orientado por y para Adultos.

— *Establishment.*

—Exacto, lo has pillado: puro *establishment* —asiento—. Así que uno espera que los nuevos rebeldes hagan algo, muevan el cotarro, les den marcha a los de arriba, como tú hiciste en tu momento. Y sí, lo hacen, porque el rap no deja de ser una música de combate, el grito desesperado del negro que se muere en el gueto, pero… entonces va la industria y mete al rap en la discoteca, y salen hasta raperos blancos descafeinados. Todo va tan rápido que…

—¿El rap es lo de ahora?

—¡No! Hay decenas de géneros, aunque aquí es lo que más priva. Solo en los noventa han aparecido cosas como el hip-hop, el acid house, el… Los blancos están como a comienzos de los sesenta, más blandos que una natilla, y los negros se han vuelto absolutamente horteras. ¿Recuerdas cuando hacían soul, rhythm & blues…? Joder, Johnny, aquello era muy fuerte. Ahora están tan puteados por los recortes de la administración que se vengan largándonos toda su mierda. Hay racismo hasta en los cereales.

—¿Entonces qué hago aquí yo?

Buena pregunta.

—Tú eras auténtico, amigo. Creí que podrías volver a triunfar. En este mundo tan maleable, la gente todavía reconoce lo bueno si lo ve. Lo malo es que no se entera y hay que ponérselo en los morros. Eso es lo que ha hecho la puta tecnología.

—¿Creías que podría volver a triunfar? ¿Lo dices en pasado?

—Vas a volver a triunfar, perdona.

—Me engañaste para que volviera —no es una protesta, sino más bien un suspiro.

—No te engañé, al menos del todo. Quería que volvieses y te conté solo lo que tú necesitabas escuchar.

—No me has dicho qué piensas de mis nuevas canciones.

Cuando a uno le cogen por las pelotas, lo único que quiere es que le suelten, aunque sepa que después van a volver a cogerle.

—Hombre, aquí hay una discoteca —veo mi tabla de salvación y tiro de él para cruzar la calle—. Vamos.

Es uno de esos locales finos, de categoría, en los que puedes encontrarte a Madonna con los brazos levantados, aireando los sobacos, mientras se mueve con toda su carga de sensualidad. De haber podido, habría escogido otra cosa, pero lo de las canciones no me ha dejado ningún recurso. No me extraña que nada más poner un pie en sus inmediaciones aparezca el clásico gorila de dos metros con cara de perro de presa dispuesto a lanzarnos de vuelta al otro lado de la calle. Y para variar es negro. ¿Hablaba de racismo hace un momento? ¿Es que no hay gorilas de dos metros blancos?

—Es un club privado, señores.

Su manaza nos abarca a los dos.

Saco mi cartera, y de ella un billete de veinte dólares.

—Ya tengo palillos para mondarme los dientes —me asegura.

Y los tiene blancos, sí señor.

¿Le digo que él es Johnny Pickup? No, me arriesgo a que en su pequeña cabeza sebosa solo haya espacio para Two Live Crew, nos largue y encima Johnny se deprima.

Saco mi carné de periodista.

—¿*Vogue*? ¿*Harper's Bazar*? ¿*Vanity Fair*? —me ofende deliberadamente aumentando el tono de su sonrisa.

—*Stone & Rolling*.

Hay dos opciones: que odie *Stone & Rolling* por alguna oscura razón, como por ejemplo que recuerde que se ha cargado a los Two Live Crew, o que aún crea que es una revista poderosa, influyente, liberal y abierta. Hay momentos en los que el tiempo pasa muy despacio y este es uno de ellos.

King Kong acaba apartándose.

—Divertíos —nos desea.

Dejo pasar a Johnny, pero antes de mover yo un pie el gorila me pone la manaza en el pecho.

—Ahora recuerdo que se me han terminado los palillos.

A buenas horas recupera la memoria el cabrón.

Con veinte dólares menos me siento más ligero de peso, y también más furioso con la raza humana. Al menos la raza que vive por y para sacarle pasta a los demás, que es el 99,99 por ciento de la humanidad. Pero los veinte dólares de King Kong son una fruslería al lado de lo que cuesta la entrada, copa incluida, al templo de la Nueva Modernidad. Johnny ni se entera, pero yo, que soy el pagano, sí. Me temo que mi economía no va a resistir la espera hasta que Johnny firme contrato o llegue al n°1.

El cuadro que se nos ofrece nada más trasponer el umbral es típico, al menos para mí. Para Johnny en cambio es una novedad, y probablemente una de las más intensas desde su regreso. Las discotecas de los noventa no tienen nada que ver con las de los sesenta. Y ya no lo digo tan solo por la música.

Chicos y chicas saludables pese a comer mierda, modernos, pulcros y *lights* al cien por cien, se mueven, hablan y sonríen como si todo lo que cuenta en el mundo estuviese allí dentro. Hombres atractivos y mujeres hermosas, luciéndose en el escaparate de la Gran Oferta, con la piel tostada a base de rayos uva y los músculos torneados a base de aparatos, compiten en la carrera de la expectación, porque todo el mundo mira a todo el mundo; el tío que se morrea a la pelirroja mira a la morena que se está morreando al rubio que a su vez le guiña el ojo al guaperas que lleva posesivamente cogida por la cintura a la negra que le está sacando la lengua al tío de la pelirroja. Círculos viciosos. Y también hay carrozas con esculturales diosas, y alguno que en otra parte —y con menos dinero— sería de la Tercera Edad, desafiando a las leyes naturales con las nietas de los que sí son de la Tercera Edad y no tienen dinero. Pero lo peor es lo que yo me temía.

Lo peor es la música.

Johnny me mira con cara de dolor de estómago.

—George, ¿por qué está tan fuerte?

—¿Qué?

—¿Que por qué está tan fuerte?

—No te oigo, la música está muy fuerte.

Nos miramos a los ojos, y acabo haciéndole una seña para que me siga hasta la barra más cercana. Necesito beber algo, y creo que él también. Por lo menos en el bar la música se oye menos, pero será por eso o porque todo el mundo liba lo suyo, el caso es que está a rebosar. Como he pagado las consumiciones, lucho denodadamente por captar la atención del camarero. Ni caso. A mi lado una tía sin pelo, completamente calva —las hay que puestos a rasurarse cosas, se lo rasuran todo—, intenta lo mismo que yo. Claro que ella tiene truco.

De pronto se baja el escote de su vestido y enseña un pecho pro-
digioso, pura filigrana, con un pedazo de pezón negro que lo desafía
todo con su presencia.

Jooodeeer.

—¿Si?

El camarero ya está aquí.

—Dos caimanes con hielo.

—Para mí lo mismo —me apresuro en pedir, aunque no tengo ni
idea de lo que pueda ser eso.

El camarero me mira molesto. Yo no tengo nada que enseñarle.
La pelada también me mira. No le gusta lo que ve, está claro, porque
arruga su naricilla operada. ¿Dónde he visto yo su cara? La calva sí, en
cualquier billar, pero la cara…

Por lo menos ha funcionado. Los cuatro caimanes con hielo aterri-
zan y me aparto de mi lustrosa compañera con los dos que me tocan.
Johnny me espera fuera del tumulto de la barra, hipnotizado, no por
ninguna pelada con la teta fuera para conseguir algo, sino por la música.

—¡No hay ninguna pauta rítmica! —me grita—. ¡Ni un punto de
inflexión, nada! ¡Todo es igual, repetitivo, monocorde! ¡Ni siquiera reconozco los instrumentos!

No quiero hablarle de sintetizadores, cajas de ritmos y demás para-
fernalia técnica a gritos.

—Bebe —le ofrezco su vaso.

Bebemos. No sé qué mierdas contiene el caimán con hielo pero así,
de entrada, el bicho me larga un muerdo en el estómago que me deja
bizco. Entiendo lo del hielo. Es para primeros auxilios. A Johnny no
le va mejor.

—¿Qué…es…esto?

No le oigo, porque lo dice a gemidos, pero leo sus labios. Luego, antes de que me lo pregunte, le señalo la dirección de los lavabos.

Se aleja de mí y a continuación se repite la escena de la calle 42,
cuando hemos tenido que ir apartando vendedores para avanzar. Los
alrededores de los lavabos son el hervidero del culto a lo prohibido.

Primero le para una chica absolutamente neumática, después un tipo, y luego otro tipo como remate. Ya ni llega a entrar. Comprende que si fuera hay tanta oferta, dentro va a ser un supermercado. Da media vuelta, llega de nuevo hasta mi amparo protector, me coge del brazo y me dice:

—Vámonos.

Así que nos vamos.

La música, que desde que hemos entrado es la misma y no ha variado un ápice, nos acompaña como un manto torturante y omnipresente.

17

—¿QUÉ QUERÍAN LOS QUE TE HAN HABLADO DE CAMINO AL lavabo?

—La chica me pedía doscientos dólares por una mamada debajo de la mesa, a ritmo de… eso, y cien por hacerlo en el WC. El primer tío cincuenta dólares por una dosis de "crack" y el segundo veinte por una hamburguesa.

—¿Una hamburguesa?

—Sí, llevaba los bolsillos llenos.

Esa sí que no la sabía. No me extraña. Hay que inventársela para poder sacar pasta y pagarse la buena vida y la marcha nocturna.

—¿Estás bien?

—Mejor —miente por gratitud.

—¿Quieres echar ese polvo ahora?

—No —parece muy apagado, hundido por las evidencias de la cruda realidad—. Prefiero ir a cenar algo.

—Buena idea.

El caimán aún sigue mordiéndome las tripas.

Encontramos un restaurante discreto, en la 47, entre la Quinta y la Sexta. Nada del otro mundo, pero como en Nueva York los bistecs no se miden por el tamaño sino por lo que vale el metro cuadrado allá donde te los tomes, está claro que la calle 47, entre la Quinta y la Sexta, es un lugar caro. Pedimos dos platos combinados en los que no falte de nada, y agua, solo agua, para ahogar al jodido caimán. Mientras esperamos comprendo que ha llegado el momento de la verdad, de poner a Johnny al día.

—¿Qué quieres saber?

—Todo.

—¿Todo?

—Lo musical. Lo otro me importa muy poco, como si Jerry Lewis ha llegado a presidente en estos años.

—Jerry Lewis no, pero otro cómico sí.

—¿En serio?

—Sí.

—¿Quién?

—Buster Keaton.

—Daría buenos discursos —sonríe por primera vez, sin creerme, o tal vez sí.

No quiero amargarle más la noche diciéndole la verdad.

—¿Recuerdas el 67, Johnny?

—¿Que si lo recuerdo? —pone cara de éxtasis—. Estuve en Londres, ¿sabes? Fue un verano maravilloso. *Sgt. Pepper´s*, "All you need is love", los Stones en la cárcel aguantando con dos pares de pelotas... Y también estuve en Monterrey. ¡Qué festival! Después de todo aquello ya no podía hacerse nada mejor.

—Y no se hizo nada mejor. Bueno —rectifico—, sí, hasta el 72 sí. La música pop acabó en el 68. Todos los grandes grupos se desmoronaron. *Sgt. Pepper´s* barrió con todo eso. Entonces la mayoría de líderes de esas bandas se unieron entre sí, y nació un nuevo orden sónico. Fue alucinante, y te lo perdiste. Del 69 al 72 llegamos realmente a la cima. La música incluso superó al cine en ingresos y se convirtió en el nº1 de los medios de entretenimiento.

—¿Tú crees que la música o el cine son medios de entretenimiento?

—No, por supuesto —estamos hablando en serio, muy en serio—. Ahora sí, y más el cine, pero antes no. La música es una forma de vida, de entenderla y amarla.

—Hablamos el mismo lenguaje. Creo que por eso estoy aquí. Vi aquella luz en tus ojos...

—Lo que viste fue el reflejo del amanecer en Pagopago, y el brillo de mi mirada cada vez que veía a Naya, Agoe y Mia.

—Debías haberte quedado. Tú les gustabas.

—¿Ah, sí?

—Eres más joven que yo.

—No sigas, que un buen polvo bien vale viajar al otro lado del mundo. ¿Dónde estábamos?

—En el 69.

—Sí, ese fue el año clave, el año de Led Zeppelin, de Crosby, Stills & Nash, de Santana, de la música vanguardista, de Mayall y su "Turning point", del festival de Woodstock… ¿Hablabas de Monterrey? Monterrey fue hermoso, el despertar, pero Woodstock fue como llegar a la luna y verla llena de flores. Tres días de paz y amor, medio millón de personas unidas por la música.

—¿Medio millón? —su cara es de alucine.

—Tendrías que haber estado allí, y seguramente habrías estado de no haberte ido. He de ponerte la película del festival. Te gustará. Reconocerás el espíritu.

—Si todo fue tan esplendido, ¿cómo hemos podido llegar a esto?

—Fue esplendido hasta el 72, pero en el 73 los árabes y los israelíes volvieron a zumbarse un poco, solo para joder la marrana. Como ya nadie sabía muy bien en qué fase estaban, incluso numeraron sus guerras. Esa fue la cuarta. En unos días los judíos estaban a punto de emular a Napoleón con lo de las pirámides, y a los árabes no se les ocurrió otra cosa que cerrar el grifo del petróleo para amenazar al mundo. ¿Sabes que significó eso? Pues la hecatombe. No había gasolina ni energía, los grupos no pudieron hacer giras durante meses, por falta de energía allá donde iban o porque no había nada que echarle al depósito en los viajes. Y tampoco hubo vinilo para hacer discos. Todo lo relativo a la música era un derivado del petróleo. Ni siquiera había papel para las bolsas. En tres meses todo se fue al carajo. Si una compañía tenía material para editar un millón de discos, ¿qué hacía, sacaba cuatro nuevos grupos con el riesgo de que no le funcionaran, o lanzaba un millón de discos de Elton John sabiendo que los vendía seguro?

—¿Quién es ese?

—Un tío encantador, miope, bajito, feo y gay, pero majo de verdad.

—Sigue. Obviamente la compañía sacaba lo seguro, el millón del tipo ese.

—Exacto. Pasamos de ver aparecer a un montón de gente, en un período de máxima creatividad, a no tener nada nuevo, y dar paso a un período de máxima recesión. Entonces empezó lo del pez que se muerde la cola: ¿no había gente nueva, ni calidad, porque las compañías no apostaban por lo nuevo, o era al revés? La cosa se mantuvo tres años, hasta que en 1976...

—Volvió a haber petróleo.

—No, no es eso. Lo del petróleo, olvídalo. Pasó y ya está. La crisis mundial empezó en el 73, se repitió en el 77 y el 79... y seguimos en crisis, un coñazo. Ya da lo mismo. Te he dicho lo del 73 como referencia, porque fue la clave. Lo que sucedió en el 76 fue que apareció el punk rock.

—¿Punk?

—Como lo oyes. Nos fuimos a las antípodas, pero... qué quieres que te diga, yo creo que fue la última revolución natural de la Era Rock. Todo lo que ha habido después ha sido lo mismo con otro nombre. Hoy se habla de heavy metal pero en realidad no es más que el viejo hard rock del comienzo, y cosas así. El punk volvió a los orígenes: chicos con dos guitarras, un bajo y una batería, y la mayoría sin puta idea de tocar más allá de dos acordes. Pero hicieron mucho ruido. No tenían futuro, ya que ellos mismos utilizaban como lema eso de "No hay futuro", sin embargo cambiaron las cosas. La música se había sofisticado bastante, había rock sinfónico y todo eso, y el punk le lavó la cara al sistema. En Inglaterra, con tres millones de parados, los chicos pensaron que, total, para estar también ellos en el paro al día siguiente, lo mejor era probar a ser estrellas del rock. Y algunos lo lograron.

—Si se volvió a la raíz, no entiendo...

—Se volvió a la raíz, pero mal. Además, la industria ya lo monopolizaba todo y lo comercializaba todo. ¿Recuerdas aquello de "si no puedes combatirlo, únete a ello"? Fue lo que pasó. Primero nadie quería punkies, las compañías los rechazaron. Luego, los primeros discos punk empezaron a vender y en menos de un año todas las compañías tenían bandas punkies. Desde entonces ha sido siempre igual. A fines de los setenta llegó la moda disco porque una película titulada *Saturday night fever* puso de moda la dance music. ¿Recuerdas a los Bee Gees?

—¿No era un grupo de quinceañeros ingleses que llegó de Australia en el mismo 67?

—Pues fueron esos. Montaron una buena cantando con voz de pito. Nos pasamos unos años bailando como Travolta... y no me preguntes quién era ese. Me costaría mucho explicártelo y más si se te ocurre ver *Pulp fiction* —pone cara de estarse perdiendo y yo mismo, que estoy cansado, decido que es hora de abreviar—. Así que entonces llegamos a los ochenta y se produce la Gran Conmoción: el vídeo. Lo mismo que una cinta magnetofónica graba la voz, el vídeo graba la imagen. Y los discos, desde que la nueva mega star del pop, Michael Jackson, hizo "Thriller", ya no son discos para escuchar y sentir, son imágenes para ver y admirar. La música ya no entra por el oído y por la piel, Johnny. Ahora entra por los ojos.

—No puedo creerlo.

—Pues créelo. Ya no basta con cantar bien o tener una buena pieza. Además se necesita vender una imagen. Esto son los ochenta y los noventa. La era de la imagen.

—Me he perdido mucho según parece. Más de lo que yo mismo imaginaba.

—Todo es muy vertiginoso, tío. De alucine.

—¿Y estos últimos años?

¿Le hablo de Guns N' Roses, de Nirvana, de Garth Brooks? No va a entender nada. ¿Grunge, rap, tecno, new age, minimalismo? Le voy a marear. Además: llega la cena y descubro que tengo hambre. El caimán se ha dormido. O le he dormido yo contando la Historia del Rock en versión resumida.

—Estos últimos años Forrest Gump, Johnny —suspiro mientras el camarero nos pone las bandejas delante.

—¿Quién es Forrest Gump, el último cantante de moda?

—No exactamente. Es más bien el símbolo de la imbecilidad de los noventa. En los ochenta un idiota fue presidente y en los noventa un imbécil es el máximo héroe posible. Más claro, el agua. ¿Y sabes qué te digo? Pues que este bistec, al margen de que valga diecinueve con noventa y cinco, tiene una pinta de coña, y que ESA sí es la realidad, AQUÍ y AHORA. O sea que come, ¿vale?

Y cenamos.

Cenamos mientras a nuestro alrededor se expanden diez minutos de glorioso silencio. Brooklyn no se expande, como diría Woody Allen, pero el silencio sí. Y es agradable. Creo que es mi primer silencio desde que me fui de Pagopago.

Dios, lo que daría por tener a Naya, Agoe o Mia esta noche.

Todo, todo, probablemente incluso hasta a Johnny Pickup.

Siento remordimientos. A lo peor mis pensamientos también se expanden y acabo con él. Lo único que no necesita es que su único amigo en el nuevo mundo le clave una puñalada por la espalda. Y sin embargo, en la hora de la sinceridad me doy cuenta de que no puedo engañarle, al menos no del todo. Hay que vender bien una idea. Ya no es mi héroe infantil y adolescente: ahora es MI ARTISTA, y como todo buen representante, soy SU PADRE. Una responsabilidad mucho mayor que haber educado —o lo que sea— a Lizzy y a Patrick.

—¿Te gustaron mis canciones, George?

Ahí vamos.

—Necesitan unos arreglos, adecuarlas a hoy, cambiar algunas cosillas, nada importante, las letras… Y con un buen productor que creo que ya tengo aunque aún no hemos firmado nada…

—¿Te gustaron? —insiste.

¡Ay, ay, ay!

—En los sesenta hubieran sido gloriosas. Hoy…

—Entiendo.

—No, no entiendes —me apresuro a tranquilizarle—. Has estado fuera mucho tiempo, nada más, pero sigues siendo un grande, tienes clase, tus canciones han de adaptarse y nada más, y por supuesto, aunque no cantes como entonces, tu voz sigue siendo tu voz, y tu estilo será tu estilo. Lo importante es el lanzamiento.

—¿Con vídeos y cosas así?

—Exacto.

—¿Qué compañía editará el disco, CEW Records?

—Estoy negociando con varias. Esto no es cosa de darlo a la primera. Naturalmente todas se están matando por ti —¡hala, otra bola!—. Y no se trata de dinero, ¿verdad? Se trata de la que mejor vaya a trabajar el producto.

—¿Lo llaman "producto"?

¡Mierda! He de tener más cuidado.

—Es un decir, no seas quisquilloso.

—¿Y qué clase de lanzamiento has pensado?

—He llamado a los más grandes —se lo suelto con cara de estarle dando un millón de dólares, que al fin y al cabo es eso—. A Springsteen, McCartney, Sting, Dylan, Madonna... ¡Vas a hacer un álbum de duetos!

—¿Qué es eso? ¿Y quiénes son Springsteen, Sting y Madonna?

—Todos te adoran, Johnny, y todos quieren colaborar contigo, cantar contigo. Los duetos son una de las últimas modas —una mariconada, diría yo en otras circunstancias, puro du-dua y negocio para amortizar un tema y exprimirlo, ya que así cada artista lo mete en su propio álbum y el público a tragar—, algo que los más grandes están utilizando muy bien. Sinatra hizo un álbum de duetos con todo tipo de estrellas. Y ten en cuenta que solo los más grandes, como te digo, pueden hacerlo. Hombre, muchos hacen un dueto, pero un álbum entero... Sinatra, Elton John...

—El simpático de antes.

—Eso, el simpático de antes —creo que lo está aceptando y me arriesgo—: ¿Vas cogiendo la onda?

—¿Pero esa gente tiene precisamente eso, mi onda?

—¡Pues claro! Y además, aunque no fuera así, es lo de menos. La gracia de los duetos no solo consiste en que canten dos rockeros o dos lo que sea: la mezcla es muy buena. Ahora se habla mucho del mestizaje.

—¿Aunque sea un dueto entre un rockero y un rapero?

—Ya se ha hecho. Todo se ha hecho, Johnny —me parece que no puedo evitar mi tono de tristeza al decirlo—. Lo que falta precisamente es originalidad, cambiarlo todo desde abajo, o una nueva revolución como lo fue el rock and roll.

—¿Viviremos para ver eso?

—No lo sé.

—Lo digo porque el rock fue lo más fuerte que ha dado este siglo. El rock y el cine posiblemente.

—Eres un sentimental.

—Somos dos sentimentales —amplía el concepto—. Por eso me alegra que estés a mi lado, haberte encontrado. Sé que puedo fiarme de ti, amigo.

¿Cómo puedo estar oyendo eso sin ponerme rojo, sin atragantarme, sin que el caimán se me despierte? Hombre, sí, nunca he robado a nadie, ni he cometido un asesinato, ni he... Pero no lo hago por nada. Lo hago por mí, por la historia, por la leyenda, por dinero, por él.

¿Es éste el orden?

Por lo menos, si Johnny Pickup no triunfa en su *comeback*, le harán santo. Es imposible que haya más inocencia en este mundo de hoy.

¡Lo que hacen unos buenos años en una isla!

Acabamos de cenar, pago y salimos de nuevo a la noche. Ya no le pregunto si vamos a por lo del polvo o no. La verdad es que no sé dónde llevarle para que la meta en lugar caliente, porque caliente lo será, pero seguro... A ese paso a los bichos del sida les saldrán dientes y se comerán las gomas. No me gustaría que pillara a una de la calle.

Una de la calle, aunque no una prostituta, sino más bien una mujer de cuarenta y muchos años que sale de un teatro antes de que termine la obra, se nos queda mirando. Perdón: se le queda mirando. Es tal la intensidad de sus ojos, el cambio gradual de su semblante, el trémulo palpitar de su mandíbula inferior, que nos detenemos también nosotros por inercia, no porque nos corte el paso.

Y en ese momento...

—Disculpe pero usted se parece a...

No la he pagado yo, así que no puede ser más que un error.

—...¡Johnny Pickup! —concluye ella.

El que se queda acojonado soy yo.

—¿Cómo te llamas? —le pregunta él.

—Gladys —responde la mujer superando su estado catatónico.

—¿Quieres un autógrafo, Gladys?

—Me diste uno en 1965, después de tu *show* en el Madison. Lo tengo enmarcado en mi casa. Tardé meses en sobreponerme de aquello. Después de eso rompí con mi novio y aún sigo soltera.

Les contemplo a ambos. Dos maduros representantes de una Era, y tal para cual. La mujer está emocionada. Johnny está emocionado. Como no me lo lleve, nos dan las tantas.

—Johnny...

—Ha sido un placer, Gladys.

—¿Puedo darte un beso?

—Por supuesto.

Se lo da. En toda la boca. No se lo come, como en las películas de hoy, en las que primero va la lengua y luego los labios, pero casi. Al separarse, ella le pone algo en la mano. Algo que ha sacado de su bolso mediante un movimiento fugaz.

—Es suficiente para el resto de mi vida —asegura Gladys.

—Cuídate —le desea Johnny.

Echamos a andar, finalmente, y no es hasta una docena de pasos más allá cuando él mira lo que ella le ha dado.

Vaya —suspira la leyenda del rock.

Es su número de teléfono.

18

LA NOCHE ES AGRADABLE, AÚN PARA DOS ALMAS SIN RUMBO.
Johnny lleva un buen rato sin hablar. No siempre es necesario hacerlo
en Times Square, donde el corazón de la ciudad ya habla por si mismo.

Tal vez por ello mi forma de romper la calma sea trivial.

—¿La llamarás?

—No.

—¿Por qué?

—Es un lema mío: no te acuestes con una de tus fans a menos que
seas tú quien la desea. Les hundes el mito.

—Te entiendo.

—En cambio la otra...

—¿Cual otra?

—La del *streaptease.*

—¿Mimí LaRue?

—Sí.

Me muerdo la lengua para no decirle que es un pendón desorejado,
una de tantas, una derrotada social, una tía buena quemando sus últimas posibilidades. Yo tampoco quiero hundirle el mito.

—¿Porque se desnuda con "Big smile"?

—Eso me dice más de ella que ninguna otra cosa, aunque me intri-
gue lo que signifique en sí misma.

—¿Qué puede significar?

—Se lo preguntaré cuando vuelva.

—A lo mejor es otra fan tuya. Se masturbó por primera vez oyendo "Big smile" y no lo ha olvidado.

—No seas brutal, no te va.

—Oh.

No sé que tendrá Nueva York, que cualquiera se siente psiquiatra a la que lleva unas horas en la ciudad.

—George, ¿te importa que vayamos a cierto lugar?

—No.

—Puedes irte si quieres. Yo cogeré un taxi.

—Que no, que no —nada de dejarle solo. Los primos de los tres chorizos que me esquilmaron a mí pueden subirle el agujero del culo hasta la nuez—. Estoy contigo hagas lo que hagas.

—También puedo subir yo solo, y tú me esperas abajo, no sé. No me gustaría que...

—Vamos —le tranquilizo—. ¿De qué se trata?

No va a sorprenderme ya nada. Soy neoyorquino.

—De mi hija.

Me sorprende.

—¿Tu... hija?

—No vive lejos, diez calles. ¿No sabías que tenía una hija?

—Lo sé. Lo dice tu biografía. Pero si tu desapareciste... más lo hizo ella. Nunca he oído nada acerca de su persona.

—Porque su madre, mi tercera mujer, la apartó de la música y de mí. Ni siquiera la he visto jamás. Ya estábamos divorciados y yo lejos del mundo cuando ella nació.

—¿Entonces cómo sabes que vive aquí cerca?

—Parte de lo que ganaba iba a parar ella, hasta que se emancipó.

—Puede que de eso haga....

Mueve la cabeza en sentido horizontal.

—Antes de regresar llamé a mi antiguo abogado. Le pedí que la buscara y la localizó aquí, en Nueva York.

—Sí, a veces creo que todo el mundo vive en Nueva York, y los que no viven en Nueva York es como si no existieran.

—No pensaba ir a verla hasta después de que las cosas me funcionaran otra vez, ya sabes. Quería tomármelo todo con calma, pero ahora... no sé, de pronto he sentido que lo necesitaba. ¿Crees que soy un idiota?

—No. Los hijos tiran mucho.

¿Tirar? Ya. El término es bastante amplio.

—Puede que no quiera ni verme.

—Puede.

—Eso me haría daño.

—Probablemente.

—Pero si me acepta...

—Será estupendo.

—No pareces muy convencido.

—Es una cosa personal, Johnny.

—No sé qué haría sin ti.

Lo más seguro que seguir en Pagopago, con Naya, Agoe y Mia.

Estoy harto de andar, así que tomamos un taxi. En cuanto acaben los teatros, de taxis ni uno. Ni con un billete de cien entre los dientes. Pero aún falta un poco para eso. Nos subimos en uno de los escarabajos amarillos de la ciudad y en cuanto el tipo —uno con más pinta de irlandés que el sargento Buchanan— oye la dirección arruga la cara. Diez calles deben ser una mierda para él. Por la radio una locutora habla del tiroteo de hace una hora en el Bronx y de la matanza de hace media en Harlem. Coño con Buchanan, tiene el don de la ubicuidad y está en todas partes. Porque seguro que es él. Ese tío va para alcalde. O para gobernador. O para presidente.

Republicano, faltaría más.

Nadie abre la boca. Ni el taxista, ni Johnny ni yo. La distancia es sobrevolada más que rodada en diez segundos. Los taxistas aquí son los amos de la calle. Ningún hijo de buena o mala madre se atrevería a cortarles el paso o discutirles una preferencia. Nos frena en seco en nuestro punto de destino y nos empotramos contra la mampara de separación y protección. Introduzco un billete en el receptáculo y espero inútilmente el cambio. Johnny ya se ha bajado, para estudiar el edificio, pero yo no. Estoy hasta el gorro. Así que el taxista, no sin antes llamarme "son of a bitch", me lo da. Seré todo lo hijo de perra que quiera, pero por un pavo hago la vertical a dedo.

El edificio parece de cierto gusto y mediano nivel. Tiene conserje nocturno. Cuando entramos nos dirige una mirada acerada, y su mano se mueve por debajo del mostrador donde están las pantallitas de sus televisores de control. La imagino cerrada en torno a un calibre 45. Hay gente que aún no se fía de dos tíos con el cabello largo. Johnny es quien toma la delantera y se dirige a él. Ahora ya no es mi película, sino la suya.

—¿Carol Stapleton?

—¿Quién quiere verla?

—Sassafras Merryweather.

¡La hostia! ¡Ya no me acordaba de su verdadero nombre! ¡Ni en las enciclopedias se atreven a ponerlo! ¡Sassafras Merryweather no es un nombre, es una putada!

El conserje le mira de hito en hito, para ver si va en serio o en coña.

—Dígale que soy… su padre.

Eso le determina. Descuelga un teléfono interior y marca un número. Nos toca esperar. Me imagino que en diez segundos vamos a estar de nuevo en la calle, porque la chica pasará de él, y me caerá el papel de consolarle, llevarle a echar el polvo de urgencias.

—Suban —dice de pronto el conserje—. Piso 37 apartamento E.

Ni siquiera le he oído hablar. Puede que lo haga por telepatía, o que use una frecuencia vocal tan baja que los extraños no la pescan. Pero da lo mismo: vía libre. Me siento sorprendido mientras piso las huellas de Sassafras Merryweather. Bueno, de Johnny Pickup. Para que andarnos con complicaciones.

Durante el trayecto en vertical, en un ascensor sin espejos, Johnny se arregla un poco, el cabello, la ropa y lo que puede. Yo no. No soy yo quien tiene que impresionar a la dama. Eso sí, como en las novelas baratas, el silencio se masca. Al llegar al piso 37 nos bajamos y ni siquiera hemos de buscar el apartamento E. Hay una puerta abierta, a la derecha, con una torre femenina apoyada en el quicio. Digo una torre porque eso no es una mujer, es un pedestal. Lleva una toalla envuelta en la cabeza y una bata de baño cubriendo parcialmente su cuerpo. No me atrevería a decir que sea guapa o sexy en semejantes condiciones, pero me gustan sus pies. Soy un fetichista.

Nunca hubiera dicho que algo así pudiera ser hija de Johnny.

La razón de eso es que no lo es. Me entero a las primeras de cambio.

—¿Qué quieres? —pregunta la torre.

—Ver a mi hija. ¿Quién eres tú?

—J.D.

Momentos de tensión. Una que no se aparta y otro que espera. Finalmente se oye una voz por detrás de la celadora.

—Déjale pasar, J.D.

Y nos deja pasar, no sin antes hacer un gesto hosco, lanzarnos una mirada furiosa —especialmente a mí, aunque no sé por qué— y poner cara de perro de presa.

Carol y su voz tienen el equivalente en una mujer no muy alta, muy bella, de exquisita ternura, ojos limpios, mirada triste, cabello corto y cuerpo mesuradamente sensual. Me gusta. Es la clásica vecinita de al lado, ni sexy ni explosiva, pero que acaba arruinándote la vida porque te pasas el día soñando con pedirle azúcar. Ella también lleva una bata de baño anudada en la cintura, pero así como a J.D. le va pequeña, a ella le va sobrada. No me gusta ser mal —o bien— pensado, pero no me encajan como amigas y compañeras de apartamento.

¡Señor!

Los cuatro estamos ahora más quietos que un turista en una manifestación cuando la poli empieza a soltar la porra.

—Hija…

Silencio.

Johnny mira a J.D. Me mira a mí. Vuelve a mirar a Carol.

—Podríamos hablar un minuto… a solas.

Lo sabía, ¡lo sabía! Nada más verla he dicho que la hija de Johnny era tierna y sentimental. Dos gruesas lágrimas le asoman a los ojos, y empieza a temblar al oír a su padre pedirle eso. A su amiga no le gusta, porque la oigo chasquear la lengua.

—Papá…

Antes de que los dos se hagan gelatina, ella se mueve, entra en una habitación, y él la sigue, como un perrito faldero. Se cierra la puerta y un pesado silencio me cae encima como una ducha de agua fría. Los pies de J.D. me siguen gustando, pero lo que hay encima de ellos...

—¿Quién eres tú? —me espeta la torre.

Me siento como una pulga delante de un elefante.

—Me llamo George, George Saw.

—¿También eres rockero?

—Soy escritor.

No se siente conmocionada, ni impresionada, ni nada.

—¿Qué pintas con él?

—Va a volver a cantar, y quiere que yo le lleve los asuntos.

—¿Volver a cantar? —eso le hace gracia—. ¿A sus años?

—John Lee Hooker tiene muchos más, y mírale tú.

—¿Quién es ese? —me ladra.

¿Para qué seguir? Si una tía que mide dos metros y te mira con cara de mala hostia, tanto por ser amigo del padre de su novia como por ser un tío, no sabe quién es John Lee Hooker...

—Olvídalo. ¿Tienes algo de beber?

—Agua.

—Agua estará bien.

—Ahí tienes la nevera. No esperarás que te la sirva, como si fuera tu mujercita, ¿verdad?

Mary Ann hablaba igual, sin necesidad de ser lesbiana.

Voy a la nevera, la abro y ciertamente no hay nada de alcohol. Lo *light* se impone. El agua no es precisamente de botella, sino de grifo. Me sirvo un vaso y, mientras, pienso en el pobre Johnny. Encima una hija tortillera. Es capaz de pegarse un tiro. Desde mi nueva posición miro el ambiente. Soy curioso, así que siempre me he preguntado qué tienen en sus casas las lesbianas. Uno espera encontrarse prótesis y cosas raras por todas partes. Pero claro, uno es un tío, y guarro para estas cosas. El hogar de J.D. y Carol es sencillo pero agradable. A lo mejor en el dormitorio...

Así, como quien no quiere la cosa, me busqué una silla lo más alejada posible de J.D. y su radio de acción. ¿J.D.? Jodido Día. Encaja. Todo encaja en la vida. Menos mal que ella acaba pasando también de mí, aunque estoy seguro de que se muere de ganas por aplicar su oído a la puerta para enterarse de qué están hablando Carol y su padre.

Se conforma con poner la tele y hacer un *zapping* rápido, casi histérico. Se detiene unos segundos en un combate de esos entre mujeres, sobre el barro, pero acaba diciendo algo y sigue la ruta. Acaba poniendo el canal del vídeo o de la tele por cable o de lo que sea, porque al instante aparecen en pantalla dos tías en una bañera.

Lo deja, y sé que lo hace para provocarme, lo sé. Mal follada o lo que sea, es de las que odia al género masculino. Solo me faltaba eso. El dúo del tugurio de Mimí LaRue, Café con Leche, era una porquería comparado con esas dos. Tengo una fulminante erección aunque trato de detenerla en sus inicios pensando en Mary Ann. Nada. Y no me atrevo a moverme para ponerme bien el aparato. Es lo que J.D. espera. ¡Maldita guarra!

—No tienes algo de Disney —acabo preguntando.

—¿No te gusta? Lo había puesto para ti, para ser cortés con los invitados.

Me encojo de hombros, por si el movimiento llega abajo y me acomoda el asunto, pero ni por esas.

—¿Cuanto lleváis juntas Carol y tú?

—Cuatro años —responde después de un largo silencio en el cual ha estado considerando si valía la pena contestarme o no.

—Parece una buena chica.

—ES una buena chica —puntualiza.

—¿Y su madre?

—Vive con uno, en Pensacola.

—Johnny...

Se levanta, apaga la tele —menos mal— y viene hacia mí. Como estoy sentado, me parece aún más alta. Lo que iba a decir desaparece de mi mente barrido por su furiosa presencia. Frena a un metro de mi persona y se cruza de brazos. No tengo ni zorra idea de lo que mira ni de lo que piensa. Soy un tío, así que las lesbianas me dan corte. No sé qué decirles.

Ella sí.

—Como jodáis a Carol, os corto los huevos.

Bastante claro.

—Yo solo pasaba por aquí —me justifico cobardemente.

—Y a ti además el pito, para disecarlo y usarlo de mortero.

Muy generosa con el tamaño. Se nota que no ha visto muchos. ¿Qué le digo yo a una loca así?

—Me gustan tus pies, son muy bonitos.

En este momento, cuando me doy cuenta de la chorrada, pero también de que a ella la he impactado, porque probablemente esté orgullosa de sus pies y ningún maldito capullo del género masculino se lo haya dicho jamás, es cuando se abre la puerta de la habitación donde están hablando Johnny y su hija y los dos aparecen por ella, con claras muestras de haber llorado la tira y estrechamente abrazados.

19

EL AIRE FRESCO DE LA NOCHE NOS SIENTA BIEN, A LOS DOS. Y como él no habla, aún embargado por la emoción, lo hago yo.

—¿Qué tal?

—Me necesita, George.

Capto un tono de melancólico orgullo en su voz.

—Me alegro.

—Quieren adoptar un hijo y necesitan dinero. Me alegro de estar aquí. En cuanto gane algo con el anticipo del disco…

—¿Un… hijo?

—Sí, son lesbianas, ¿sabes?

—Ah.

De piedra. Creía que estaría hecho una mierda, por aquello de que no iba a tener nietos que llevaran su nombre y tal, y resulta que me lo cuenta como si tal cosa. Empiezo a preguntarme si no estará ya majara. Demasiadas emociones para un solo día.

—No me extraña —suspira Johnny—. Su madre la hizo odiar a los tíos, a todos los tíos. La muy zorra.

—Su madre vive con un tío, en Pensacola.

—¿Ah, sí? ¿Cómo lo sabes?

—Me lo ha dicho la otra.

—Carol dice que es muy buena chica, y que la cuida mucho.

—Esa podría cuidar a un regimiento.

—Lo siento, George.

—Ningún problema. Me alegra de que os hayáis reconciliado.

—Eso de ser padre, después de tantos años…

—Desde luego, lo que te has ahorrado en cuanto a noches en vela, primeros dientes, sarampiones, sustos variados, chicos… Ahora la tienes crecidita, y a punto de ser madre.

—¡Ay, George! —vuelve a suspirar Johnny.

—Vamos, hombre. Era una broma.

—Tengo una cosa en el estómago, ¿sabes? Y me duele. Aunque es un dolor distinto —me mira y agrega—: A veces siento no ser negro. Los negros tienen el blues.

Es la mejor definición del dolor que he oído jamás.

Pero no tengo tiempo de apuntármela para utilizarla en un próximo artículo, si es que vuelvo a escribir para *Stone & Rolling* o para el cerdo de Gordon Bush. Al doblar una esquina, de nuevo sin rumbo, una figura imponente surge ante nosotros. Lo primero que veo es su placa, lo segundo su porra, lo tercero su pistola, llena de muescas, como las de los pistoleros del oeste, y lo último su rubicunda cara coronada por el rojizo cabello.

—Vaya, vaya, ¿qué tenemos aquí?

Deben fabricarlos en serie. No es posible que haya hecho lo del Bronx y lo de Harlem y ahora esté aquí, jodiéndonos a nosotros.

—Hola, sargento Buchanan —digo yo.

El pelirrojo frunce el ceño.

—¿Nos conocemos?

—¿Por qué se cree que me atrevo a caminar de noche por Nueva York? —digo aún más rápidamente, no sea que saque su arma y me vacíe el cargador en la cara—. Antes nunca me hubiera atrevido.

No sabe qué decir. Se envara, capta la onda, saca pecho.

—Las calles están mucho más tranquilas, ¿verdad?

—Y que lo diga —señalo a Johnny—. Este amigo mío llevaba años fuera de aquí, y no vea lo contento que está de poder pasear como cuando era joven.

—Vaya, vaya —repite—. Así, de buenas a primeras, y con estos pelos, me habían confundido, muchachos. Supongo que, de todas formas, podrán identificarse, ¿no es cierto?

—Oh, sí —me apresuro en sacar mi cartera, con dos dedos, he visto suficientes películas—. Soy... periodista, ¿sabe, sargento?

El cuarto poder, y para según qué o quién, el primero. Se lo veo en la cara. Decididamente, este tipo va para mandamás. Solo le faltan un par de docenas más de muertos, y eso, para él, es cosa chupada. Si hace falta va de nuevo a Harlem y ametralla un cine con la excusa de que estaban dando *Porgy & Bess*.

Mi carné le abre en canal la razón. Su sonrisa pelirroja ilumina su cara. Ya está. Casi estoy por pedirle un autógrafo. La ley y el orden imperan, aunque no sé si llenar las calles de cadáveres le saldrá a cuenta al ayuntamiento. Luego hay que limpiar.

—¡Que pasen una buena noche, caballeros!

—Lo mismo digo, sargento.

Estoy por agregar: "Que mate bien a unos cuantos más", pero me callo. Lo mejor es largarse. Tiro de Johnny, que no ha abierto el pico en todo el rato desde que nos hemos topado con ese hijo de puta.

—¿Quién era tu amigo, hijo?

—¿Mi amigo? —me estremezco—. Ese no es más que el símbolo de estos tiempos, Johnny.

Se nota que no me entiende, pero ni falta que me hace. No voy a explicárselo. Y a estas horas, después de una noche tan curiosa, incluso yo pienso únicamente en dos posibilidades: el polvo o emborracharme.

—¿Quieres follar?

—Después de ver a mi hija no podría.

—¡Pues a emborracharnos!

No se me resiste, así que entramos en un hotel, porque no hay nada más abierto a estas horas por donde estamos y necesito beber y mear con urgencia. Le dejo en la barra, y para cuando vuelvo ya me lleva dos whiskys de ventaja. Los de la destilería de Jack Daniels puede que se lo tomen con calma, los muy mamones, pero lo que es Johnny... Igual les hace mover el culo un poco más. Pide su tercero mientras yo me engullo mi primero y al tiempo que ahogo definitivamente al caimán me apoyo en la barra para contemplar el panorama. Una mujer toca el piano en un rincón. ¿Y qué toca? Pues "Feelings", naturalmente. Es como si lo fabricaran todo junto: pianista, piano y "Feelings".

—Me gusta esa canción —dice Johnny.

—Vaya por Dios.

—¿Son buenos Springsteen y todos esos que has citado antes?

—Los mejores. A Springsteen le llaman el "Boss".

—¿Por qué?

—Porque lo de "El Rey", como Elvis, ya no se lleva. América ha comprendido que las monarquías están en Europa y Asia. Lo nuestro es mandar, así que llamar a un cantante "El Jefe" tiene más sentido.

—¿Y qué dice a esto Sinatra?

—Oh, la mafia y él hicieron un trato. Ningún problema. En el fondo Frank es muy sencillo.

Oportunamente, la pianista toca "My way". También muy apropiado. Quizás fuera mejor que interpretara "Let it be". Déjalo así. Johnny bebe su cuarto whisky de un trago y yo me acabo el segundo. Ya me estoy viendo a los de la destilería trabajando a todo trapo por falta de existencias y ciscándose en Johnny y en mí por joderles la marrana, con lo bien que estaban ellos jugando a las damas, oyendo gotear el líquido por los tubos y paseando por las montañas. ¿O eso es solo un anuncio? Antes había un código para la publicidad: lo que no era verdad, no podía emitirse.

¡A la mierda los de la destilería, el viejo Billy Durham y todos los demás! ¡Si se acaba el Jack Daniels atacaremos a Johnnie Walker! ¡Y después a J.B.! ¡He dicho J.B., no J.D.! ¡A esa no la ataco ni para besarle los pies!

—Vamos a brindar, Johnny.

—Claro, George.

Ya nos resbalan las palabras, y nos brillan los ojos. Tenemos esa clase de sonrisa inocua y fofa que precede a la pérdida de toda noción real.

—¡Por ti, colega!

—¡Por ti, amigo!

—¡Por el rock!

—¡Larga vida al rock!

—¡Oh, yeah!

Chocan los vasos, el camarero nos mira con ojo crítico, los escasos noctámbulos levantan la cabeza, la pianista nos acaba de asesinar: emulando a Sam, nos lleva a *Casablanca*.

—¡Oh, no! —gime Johnny.

—¿Qué pasa? —lo pronuncio "passsa".

—Estaba enamorado de Ingrid Bergman.

—Ya, y nunca fuiste el Bogart.

—Siempre nos queda París —y como remate hipa.

—¡Y una mierda! ¡Nunca queda París! ¿Sabes lo que queda? Yo te diré lo que queda: ¡Nos queda el rock!

—¡Larga vida al rock!

—¡Larga vida al rock!

—Señores…

—Vale, vale —mi mano atempera la reconvención del camarero—. Una ronda más y nos vamos, ¿de acuerdo?

—Muy bien, señores.

Una ronda más. Y hay que hacerlo. No por el camarero o por los del bar del hotel, sino por Johnny y por mí. Uno tiene que estar medianamente sereno para llevar al otro a casa. Y me temo que me toca. Johnny ya ha bebido más que yo, y con la de años que no pillaba, creo, una buena tajada…

Es su séptimo whisky y mi quinto whisky. Solo. Los de Jack Daniels van a respirar tranquilos. Mientras cojo a Johnny para que no tropiece al andar, le guiño un ojo a la pianista y echo un billete sobre el mostrador. La chica parece buena persona. Nos despide con los compases de "Saturday night for fighting". Para pelearnos estamos.

Ni siquiera es sábado.

Hay un taxi en la puerta, nos metemos en él y le doy al taxista el nombre del hotel de Johnny. Este es negro. O sea, lo habitual. Sonríe al ver lo alegre que está mi compañero.

—George, voy a ser abuelo… George.

—Bueno, aún falta un poco para eso.

—¡Nueve meses! —canta feliz nuestro conductor.

Tiene los ojos saltones, como en las películas antiguas. Y eso que hace mucho que no veo un negro con ojos saltones en una película. Todo lo bueno se pierde.

—Vigile el tráfico —no estoy para pegármela.

Ir a un hospital en Manhattan es como ir a la funeraria pasando por un taller de reciclado. Una córnea, un hígado, un riñón, el corazón... Todo vale pasta.

—Quiero que sea niño —insiste Johnny.

Ya le sale la vena, lo de la perpetuación del apellido.

—Si pagas, puedes pedir lo que te dé la gana.

—Le enseñaré a... —hipa—... tocar la guitarra... Será co...jonudo.

—Y le cantarás tus viejas canciones mientras lo tienes en las rodillas, sí hombre.

—Seremos... una familia... feliz.

—De eso no me cabe la menor duda: Carol, su hijo, tú y... "papá".

Lo coge, y eso le desanima un poco, pero está demasiado cargado para verlo en profundidad. El taxi acaba aterrizando en la puerta del hotel. El de los ojos saltones está enfadado conmigo por haberle cortado las alas.

—Uno está toda la noche de aquí para allá, y es duro —me cuenta su vida.

—Yo he estado casado con Mary Ann veinte años —le digo a modo de respuesta fulminante.

Es como si la conociera. Se calla.

No me fío de que Johnny llegue a su habitación de una pieza, así que le subo tras pedir la llave en recepción. Está hecho polvo. Mientras abro su puerta le dejo apoyado en la pared, y mientras la cierro y abro la luz, él se me echa sobre la tele como un náufrago urbano. Es una reacción un tanto primitiva. Luego se derrumba sobre la cama. Antes de tratar de ir a apagar el aparato le quito los zapatos.

Y entonces, llega mi segundo shock.

Con Mimí LaRue y "Big smile" ya ha sido fuerte, pero lo que es este...

Primera reacción:

Casi como en sueños escucho otro de los grandes éxitos de Johnny Pickup, "Deep how your eyes". Me giro y veo que es un anuncio de TV. ¡Una canción de Johnny sirviendo de fondo musical para un spot, el sueño de todos los cantantes y autores de hoy! ¡Esto da más dinero que... que un nº1! ¡Muchos se forran solo con eso, y como antesala de su regreso...! ¡Oh, Dios! ¡Todos los anuncios de hoy tienen canciones históricas de los cincuenta, los sesenta, los setenta! ¡Antes me parecía una cochinada, un atentado, un asesinato histórico, pero ahora y como nuevo *manager* de Johnny...!

Segunda reacción:

Me quedo mudo.

"Profundo como tus ojos" es la música de fondo del spot de los nuevos preservativos "Penetratus".

Muy apropiado.

Una voz, cargada de sensualidad, habla sobre un fondo en el que se ve a una pareja besándose

—Profundo... Tan profundo como tú quieras... Profundo más allá de toda razón... Profundo y sin riesgos... Penetratus llega hasta el fondo... del placer.

Apago la tele con el mando a distancia. Pero ya es tarde.

—¿Qué... ha sido... eso? —farfulla Johnny tratando de incorporarse.

—Nada, duerme.

—Esa canción...

—Has vuelto, amigo. Ya se oyen las buenas vibraciones.

Me mira con vidriosidad, y se coge a mi brazo en un último esfuerzo de consciencia.

—¿Estarás... conmigo... verdad... George?

—Claro, Johnny.

Me siento cobarde. Cobarde y muy hijo de puta.

Johnny se relaja por última vez, sonríe, cierra los ojos y se duerme. Como un niño bueno. Fulminante.

—Bienvenido a los noventa, tío —suspiro asustado.

Es lo último que digo antes de largarme.

20

NO BEBÍ TANTO COMO JOHNNY —DOS WHISKYS DE DIFERENCIA son dos whiskys de diferencia, y más cuando no estás habituado a darle a la botella—, pero me despierto con una resaca asquerosa, la boca llena de estropajo y las crías del caimán en el estómago. Al ver la hora que es me da el pasmo y salto de la cama como si tuviera una pulga voraz brincando entre las sábanas. Mal hecho. Yo mismo lo he puesto cien veces en mis novelas baratas: después de una borrachera o de que te alisen el pelo con una cachiporra, no es bueno levantarse de golpe. La sangre no te llega a la azotea así como así y te da el *surmenage*.

Me da el *surmenage*.

He de apoyarme en la pared y esperar cinco segundos, hasta que se me aclaran las ideas y las piezas desordenadas de mi mente y mi cuerpo se van poniendo en su sitio. Luego salgo de mi habitación y me arrastro hasta el cuarto de baño.

Primera sorpresa del día: el maromo de mi hija, Lester, está en la otra habitación, en un colchón misteriosamente aparecido en el suelo, con la misma cara de éxtasis total que la primera vez. Otros diez minutos locos. A este paso mi hija va a matarle a polvos al pobrecillo. No sé cómo son capaces de aguantar tanto.

Jooodeeer.

Mi hija está en el cuarto de baño, en bragas y sostenes. Menos mal que aún hay un respeto para los padres, modernos o anticuados. Me la quedo mirando con muchas dudas acerca de lo que espero de ella.

—¿Una noche loca, papá? —me pregunta.

—¿Un rato de apasionado frenesí sexual, hija? —contraataco yo.

—Venga, papá —protesta.

—Lizzy, cariño, ¿de verdad te gusta… ese?

Me mira como si no entendiera la pregunta.

—No es para siempre.

—Ah.

—Buenos estaríamos hoy si pensáramos como vosotros, que una relación que incluya un poco de marcha ha de ser forzosamente seria.

—Ya, pero de diez minutos en diez minutos…

Consigo picarla. Sale del baño sin responder y a continuación me demuestra lo insatisfecha que está cuando la oigo gritar:

—¡Tú, imbécil, a ver si cambias la cara y mueves el culo, que es tarde! Adiós, Lester.

Mis abluciones me llevan quince minutos. Meada, lavado de dientes, ducha, secado de pelo, defecación matutina, colonia —¿he dicho en algún momento que llevo una incipiente barba a lo *Miami Vice*-Don Johnson, con lo cual me ahorro el afeitado?— me hacen sentir bastante mejor. El remate me lo da un un zumo de naranja natural que me tomo en la cocina. Lizzy y Lester ya se han ido.

Me siento "tan mejor" que hasta pienso en llamar a Eileen. No la dejé muy contentita después de largarla del coche, y una amiga es una amiga, aunque sea adicta al zen. Puedo necesitarla, y seguramente la necesitaré. Las noches son largas y frías para los separados incipientes.

Marco su número buscando una excusa, o la forma de calmarla si aún está enfada, ¿o tal vez será mejor mostrarme duro, macho, y hacerle ver que el enfadado soy yo, y que como me estropee a Johnny con sus esoterismos baratos soy capaz de…? No, no, le digo a Eileen que lo suyo son "esoterismos baratos" y se pasa al vudú solo para pincharme.

—Hola, te habla el contestador automático de Eileen Kowalski. No estoy en mi apartamento pero puedes dejarme el recado. Si eres tú, George, vete un poco a la mierda. ¿Sabes?, necesito tiempo para una relación tan anómala como la nuestra, porque tu no crees en nada salvo en el rock, y yo creo en todo menos en el rock, y que funcionemos en la cama no significa nada. Tu vida es muy complicada y yo necesito mi propio espacio. Medítalo.

Se oye el zumbido para que deje el mensaje habitual, pero estoy demasiado asombrado por lo que acabo de oir. ¿Coño, por qué no lo anunciaba en el luminoso de Times Square? ¡Será borde! ¡Ha dejado todo este rollo en el contestador para que todo Dios la oiga!

¿Y qué es eso de que yo soy complicado? ¿Y lo de la relación anómala? ¿Anómala? ¿Qué significa "anómalo"? ¿Y esa manía del "espacio" de la que te habla cualquier cabeza de chorlito? ¡Ni que viviéramos apretados!

—Mierda —se me escapa mi frustración.

Por lo menos ha dicho que funcionamos en la cama. Eso sí debería oírlo Mary Ann.

Mary Ann.

Me siento combativo, agresivo, furioso. Y no solo por lo de Eileen, sino también por Lizzy, que parece haber tomado al asalto mi apartamento. Vamos, que el colchón no ha aparecido como por arte de magia. Ya tienen picadero y muchos diez minutos pueden acabar siendo una pesadilla.

Llamo a Mary Ann.

Se va a enterar.

Ella si está en casa. No tiene que trabajar. Ya trabaja bastante mi gestor robándole a los que roban a Hacienda. En el momento de escuchar su voz pasan por mi mente veinte años en un solo segundo. Veinte años de muchas cosas buenas y pocas cosas malas, pero lo jodido es que las malas están todas al final y son las que cuentan ahora. La memoria es cruel.

La odio.

—Mary Ann, soy yo.

—Ah, hola "yo".

Fría, desapasionada, hiriente, segura. Ni siquiera tiene la decencia de fingir que lo pasa mal por haberse largado con mi gestor. Me revienta.

—Hemos de hablar.

—Tienes razón: hemos de hablar. Iba a llamarte yo.

—¿Ah, sí? —me pilla en bragas.

—¿Se puede saber qué le dijiste a Patrick ayer?

Hago memoria. ¿Qué le dije yo a Patrick ayer? Bueno, le hice de padre, le abrí los ojos sobre muchas cosas, le hice olvidar su estúpida manía de ser cajero o contable, le agrandé sus perspectivas, le dije que hay muchas cosas por las que luchar...

—Le...

—¡Eres un cabrón, lo sabía! —me grita antes de que pueda decir nada más—. Estaba segura de que había ido a verte. Lo supe en cuanto volvió a casa.

—¿Por qué?

—¡Quitó todos sus pósters de los Rockefeller, el Donald Trump, el Iacoca ...!

Cojonudo.

—¿Y eso es malo?

—¡Es que ahora ha llenado su habitación de pósters de Patton, McArthur y Eisenhower en plena campaña bélica!

¡Ay, la hostia!

—¿Qué?

—¡Quiere meterse voluntario en la Infantería de Marina!

Las piernas se me doblan. He parido una pequeña ninfómana de trece años y un ultraderechista impenitente que pasa de la filosofía del dinero a la de la guerra como si nada. Cualquier padre NORMAL tiene un hijo drogadicto. Yo no. A mí me sale republicano. Para un viejo hippy lleno de ideales es el golpe definitivo.

Todo lo que tenía que decirle-gritarle a Mary Ann se cae hecho pedazos. El estropicio a mi alrededor es caótico.

—Ha-ha-hablaré con él otra vez —le prometo a mi ex—. Yo no le dije que se hiciera militar, lo único que le dije fue que el dinero no lo es todo.

—¡Y tú que sabrás, imbécil, si nunca lo has tenido! ¿Desde cuándo es mejor llevar uniforme y medallas que tener un millón en el banco? ¡No veas el disgusto que tenemos!

—¿Tenéis?

Recupero mi cabreo. ¿Tienen? ¿Y yo qué?

—Pues mira, cariño —se lo digo con rentintín, que conste—, mucho hablar de Patrick pero a mí la que me preocupa es Lizzy. No tiene más que trece años, y necesita que alguien le hable de sexo, ¿sabes? Podría hacerlo yo pero creo más conv...

—¿Tú? ¿Pero tú sabes de sexo, cariño? —me devuelve el rentintín corregido y aumentado.

—¡Mary Ann!

—¿Quieres dejar de ser tan idiota, George? ¿Qué te crees, que soy una mala madre? ¡Ya le he hablado a Lizzy de sexo!

—¿En serio?

—Sí, y me dijo que seguía nuestro ejemplo.

Ahora entiendo lo de los diez minutos.

—Mira, ahora no puedo seguir hablando —es mejor que arríe velas visto el giro de la conversación—. Y además, estas cosas por teléfono no funcionan.

—Pues yo no quiero verte, así que, tú verás.

—¡Eres una...!

—Será mejor que te calles o dejaré que tu gestor le cuente al Tío Sam tus trapicheos con los reportajes que firmas con seudónimo y cobras bajo mano.

¡Huy, huy, huy!

—No te muerdas mientras duermes, Mary Ann. Morirías envenenada.

—Y tú no de duermas follando, querido, además de matarla de aburrimiento se te podría quedar enganchada, como a los perros, y estar cinco horas contigo pegado...

Cuelga.

—¡Aaaaaaahhhh...!

A fines de los sesenta se puso de moda lo del Primal Scream, la terapia del "grito primal". El doctor Arthur Janov dijo que irse a una montaña y pegar gritos liberaba energías, malos rollos y te dejaba de puta madre. No la practicaba desde entonces. Y para el caso, Nueva York es lo mismo que una montaña. Allí estás solo y nadie te oye. Aquí no estás solo, te rodean millones de personas, pero de la misma forma nadie te oye. Y si te oyen pasan de ti.

No sé si estoy mejor, pero ahora me duele el cuello por el esfuerzo.

Intento olvidarme de Mary Ann, y también, aunque me es más difícil, de Patrick y de Lizzy, especialmente de Patrick. A nadie le gusta haber engendrado un monstruo. Tengo visiones de pesadilla de mi hijo con uniforme de súper general arrasando los territorios árabes en nombre de los Países Libres del Mundo Occidental —o sea, Estados Unidos y cuatro gilipollas más en plan testimonial—. Montañas de árabes fanáticos, integristas y radicales, forman una alfombra por la que caminan mi hijo y su ejército de fanáticos, integristas y radicales. Es el fin de la Tercera Guerra Mundial, la Primera Gran Guerra Tecnológica del siglo XXI. De la misma forma que el comunismo acabó a fines de los ochenta, la amenaza árabe y su Yijad islámica han acabado en el albor del nuevo siglo. Ya no hay enemigos contra los que luchar.

Mi hijo mira al espacio y agita su puño victorioso.

Pobres E.T´s.

—¡Dios…!

Estoy sudando. La madre de Hitler debió tener dolores uterinos toda su vida, por haber llevado al diablo nueve meses en su seno. Yo me habré de cortar el pito.

Decidida y definitivamente aparto a mi ex-familia de mis pensamientos. Cada cosa a su tiempo. Si mi hijo es Demian ya le clavaré lo que sea. Ahora he de ocuparme de Johnny. Él sí es como un niño perdido en la selva.

—¿Johnny Pickup, por favor? Habitación…

—El señor Pickup no está en su habitación, señor.

Caramba, qué madrugador. Me lo imaginaba durmiendo hasta mediodía por lo menos.

—¿Está desayunando? Soy el señor Saw.

—No, señor —la voz del recepcionista del hotel es circunspecta, cortésmente educada—. El señor Pickup salió hace horas, no mucho después de que usted le dejara en su habitación.

—¿Qué?

—.......

Mi primer pensamiento es que se ha vuelto a Pagopago.

—¿Se ha llevado sus cosas?

—No, señor.

—Dejó algún recado?

—No, señor.

El sudor frío de antes reaparece. ¡Johnny solo por la Gran Manzana!

—¿Desea alguna cosa más, señor?

—No, yo…no…

—Que pase un buen día, señor.

Otro que está de coña.

21

ES DIFÍCIL NO PERDER LA CALMA EN UN MOMENTO DE CRISIS.
Yo siempre he admirado a esta gente que en las hecatombes les da por
ponerse serias y organizarlo todo, fríamente. El *Titanic* se hunde, no
hay botes para todos, quedan cinco minutos, y la orquesta se pone a
tocar, tachín-tachín. Un avión cae en picado, todo el mundo chilla, y
no falta uno que dice que hay que mantener la calma y que lo mejor
es sentarse con la cabeza entre las rodillas. Yo desde luego no tengo
madera de héroe.

¿Dónde está Johnny?

La noche fue complicada, pero creía que... Hago un repaso de los
acontecimientos: Le estropee el polvo de entrada con lo del sida, a continuación lo del rap, Mimí LaRue y "Big smile", la discoteca, la fan cua-
rentona, la historia resumida de la música rock, su hija, la amiga marimacho de su hija, Buchanan, la borrachera, "Deep how your smile"
y "Penetratus"... Veamos, ¿en qué momento de la velada pude joderla?
¿En qué momento él pudo sentir algo que no me dijo o que le despertó
a las pocas horas de dejarle y le impulsó a volver a la calle?

Ni idea. Lo reconozco. Ni puta idea.

Es el fin. No sé por qué pero en lugar de ver el vaso medio lleno lo
veo medio vacío. ¡Qué digo medio vacío: con telarañas!

Me paso una hora llamando a hospitales, por si se hubiera tropezado
con los primos de los que me limpiaron a mí y en lugar de darles hasta
las ladillas se hubiera resistido. Nada. Me paso otra hora llamando a las

comisarias, por si acaso Buchanan se hubiera vuelto a tropezar con él y no le gustase el rock. Nada. Me paso una tercera hora llamando a todos los teléfonos de tías en oferta del *New York Times* por si, pese a todo, hubiera querido echar un polvo. Aún menos. La que menos se me pone a chillar gritando que ella no es una oficina de información ni el departamento de personas desaparecidas. No tengo más remedio que salir y patearme Nueva York, que es casi como aquello de la aguja en el pajar.

Lo intento de nuevo en el hotel. Johnny Pickup no ha regresado.

—Si aparece por aquí, átenlo, se lo ruego. Serán gratificados.

Les doy mi número, pero me da en la nariz que es una causa perdida, sin esperanzas. Además de nostalgias que me dejan completamente paralizado e idiotizado, tengo presentimientos. Oh, sí, tengo presentimientos, ¿qué creíais? Soy capaz de oír un disco y predecir su éxito, o ver a unos mendas y visualizar su futuro. En el caso de Johnny es un pánico que me nace en la médula espinal, que creo que está por ahí atrás, y luego llega a mi mente, a mi estómago y a mis pelotas, oprimiéndolo todo al mismo tiempo. Algo falló, algo salió mal, algo…

Suena el teléfono y me abalanzo sobre él mientras cruzo los dedos lleno de eso que llaman esperanza.

No hay esperanza en esta vida angustiosa y dura, vale.

—¿Johnny Pickup?

—No está, ¿quién le llama? —contesto antes de preguntar cómo sabe que Johnny está en la ciudad, y conmigo.

—¿Quién eres?

—George Saw, ¿y tú?

—Cecil Hawthorne, productor del *show* de Alvin Bakersfield en el Canal 72.

¿El Canal 72? ¡Hay que joderse! ¿El Canal 72? ¿Qué diantres es el Canal 72? ¿Y eso del *show* de Alvin Bakersfield? Nueva York está cada vez más llena de pirados.

—Ah, hola, Cecil —digo por si las moscas, porque nunca se sabe. Ya lo dije, ¿no?: el enano de hoy puede ser un mandamás mañana.

—¿Cuándo puedo encontrar a Johnny?

—¿Cómo sabes que Johnny está aquí?

—Marvin Lucas me ha dicho que va a producir el álbum de su regreso, y que eres el responsable de su vuelta.

El productor del disco, claro. ¡Maldito bocazas! La gente siempre está largando de más.

—Bueno, se supone que todo esto todavía es secreto.

—Pero también es noticia, y no me gustaría darla sin más en el *show* de esta noche. Me gustaría tener a Johnny en nuestro espectáculo, entrevistarle, y que cantara un par de canciones.

—¿Cantar?

—¿Algún problema?

—Johnny está preparando su disco, no tiene nada, ni siquiera músicos.

—No pretendo que ofrezca ninguna primicia. Me basta con alguna canción del pasado, él y su guitarra. Nada más. Pura esencia.

Pura esencia.

—No sé si Johnny…

—Animaos, hombre. No somos la NBC ni la CBS ni la ABC pero nuestra audiencia es fiel, y rockera. Ellos ya le sacarán cuando vuelva a ser nº1.

Uno de la vieja escuela. Cecil Hawthorne y Alvin Bakersfield deben ser dos veteranos de los buenos, o dos jóvenes con señas de identidad. ¿El Canal 72? hay tantas emisoras de TV en Nueva York que…

¿Cómo le digo que no tengo ni idea de dónde pueda estar Johnny?

—Puede que para esta noche sea algo prematuro, Cecil —me decido a sacar balones fuera—. Hablaré con Johnny y a lo mejor la próxima semana es posible.

—Vamos en directo, pero no hay problema. Nuestra ventaja es que podemos alargar el *show* una hora y no pasa nada. Si os decidís, perfecto. Y si no… mala suerte. Pero a Johnny le encantará, seguro. A lo mejor incluso se acuerda de mí.

—¿Ah, sí?

—Fui uno de los "pipas" en su última gira.

Lo que decía: un veterano sentimental y rockero.

El rock y su esencia no morirán mientras quede uno solo.

—Gracias por tu llamada, Cecil.

—Eres un buen periodista, George. Y ahora, con esto…

Es mi primer bálsamo de admiración. Mi primera palmada en el hombro. Y justo a tiempo.

—Gracias de nuevo, Cecil.

—Hasta esta noche —se despide con el optimismo de los que sí ven el vaso medio lleno.

Cuelgo y me pongo en pie. He de encontrar a Johnny. Ahora más que nunca, y no lo digo por el programa de televisión. ¿Quién ve el Canal 72 en Nueva York? Ni siquiera hay *zapping* que se resista a tanto ni las pilas del mando a distancia duran tanto. He de encontrarlo por la sencilla razón de que está solo, perdido, y hay que ponerse a trabajar. El regreso de Johnny Pickup será igual que la vuelta de Elvis en el 68 o la de los tres Beatles vivos en el 95. Lo veo claro. Buen tipo el Cecil.

Pero antes de salir llamo a Marvin Lucas.

—¿Producciones Rockstar?

—¡Que se ponga Marvin!

—¿Quién le llama? —no le ha gustado el grito a la nena.

—¡El tío que iba a hacerle ganar un millón de pavos y que está arrepintiéndose!

Marvin Lucas no tarda ni tres segundos en ponerse.

—¡Tú —le dejo sordo—, como se te ocurra contarle a nadie más que Johnny Pickup ha vuelto y prepara un disco, te capo!, ¿captas?

—Coño, George, ¿qué pasa? Precisamente iba a llamarte para decirte que ya tengo las…

—¿Has puesto un anuncio en el *Life* o qué?

—No, pero…

—¡Pues calla la boca, o nos vamos a comer la mierda que nos echarán encima!, ¿vale? Volveré a llamarte.

Lo bien que se queda uno cuando le chilla a alguien. Y eso que Lucas es uno de los nuevos talentos del mundo del rock, con cinco números uno en su haber, cuatro en sencillos y uno en álbumes.

Salgo de casa pero nada más pisar la calle comprendo la magnitud de mi búsqueda. Todo se me cae encima. Y en Nueva York, que algo se te caiga encima equivale a edificios de setenta plantas. No sé por dónde empezar ni qué hacer. Casi a la desesperada pienso en la fan veterana que le dio su número de teléfono. ¿Y el bar donde nos emborrachamos? La pianista tenía cierto morbo.

¿Carol?

Es un punto de partida. Tomo un taxi y a ritmo mucho más lento que por la noche llego al edificio de la hija de Johnny y su amiga. La radio del coche no para de soltar rap y más rap, mientras el taxista se mueve sincopadamente a cada semáforo. Odio el rap. Me dan ganas de sacar la cabeza por la ventanilla y gritarlo al mundo entero: "¡Odio el rap!". Lo malo es que puedo acabar en el Hudson como el taxista se cabree. Es otro gorila bien alimentado. Callo y le desafío dándole tan solo veinticinco centavos de propina, pero con la puerta del taxi abierta para huir si me los tira a la cara. No lo hace y veo que en su guantera hay una foto de una mujer y siete correspondientes a otros tantos niños y niñas de todas las edades. Vaya por Dios. Le he pisado su orgullo. Hoy no es mi día.

El conserje de día no me conoce, pero no es necesario que le diga nada, porque antes de llegar a él veo a J.D. saliendo de uno de los ascensores. Ella también me ve a mí. Por si no fuera bastante alta lleva zapatos de tacón, y maquillada y vestida parece menos marimacho. Me atrevería incluso a decir que es sexy, o sea, que tiene un polvo, o sea...

—¿Qué haces tú aquí? —me espeta sin ningún afecto. Y agrega—: No tienes ninguna posibilidad.

—¿De qué?

—De ligar con Carol.

—No quiero ligar con Carol.

Me parece que lo capta al revés. Me pone una mano pétrea en el hombro y me mira como si yo fuera su presunto violador pillado *in fraganti*.

—A los tíos como tu yo me los como —afirma.

—Buen provecho, pero tampoco quiero ligar contigo —me atrevo a decirle lleno de miedo por si lo toma como un insulto.

—Dijiste que te gustaban mis pies.

¡Funcionó! ¡Ah, en el fondo todas son iguales, lleven bigote o no!

—Tienes los mejores pies que he visto en años —concedo—, pero nada más.

—Siendo tan sutil no debes comerte muchas roscas.

—Quizás sea gay —¿quiere jugar?

—Tú no eres gay, amigo. Tú eres un maldito falócrata.

Me estoy cansando del diálogo erótico, y más teniendo cerca a un conserje que sí parece gay. Decido acabar por la vía rápida.

—Oye, J.D., me encanta charlar contigo aunque tengamos ligeras diferencias, pero tengo prisa. Estoy buscando a Johnny… este, a Sassafras Merryweather ¿Está arriba?

—¿Por qué debía estar arriba?

—Anoche se reencontró con su hija, y ella con él. Tienen mucho de qué hablar.

—No está arriba. Carol es dependienta en Tiffany y trabaja.

No me atrevo a preguntarle en qué trabaja ella. Debe ser adiestradora de perros —perras— por lo menos. Les enseña a morder las pelotas de los malos.

—Si viniera a veros, ¿le dirás que me llame?

—¿Le has perdido?

—Algo así.

—Tú y yo hemos de hablar, chico.

No me imagino de qué.

—Vale.

Como Hungun: dientes fuera y sonrisa que tiene de todo menos de sonrisa. Retrocedemos al unísono y salimos a la calle. Estoy dispuesto a echar a andar en dirección opuesta a la suya. Un tipo que pasa por delante nuestro la ve a ella, me mira a mí, y acelera el paso. Sintomático.

—Gracias, J.D.

—Adiós, nene.

Es la despedida, y nos separamos. Al doblar la esquina vuelvo a frenar porque sigo a oscuras. Era la mejor pista posible y no ha funcionado. ¿Qué me queda?

En las horas siguientes, y salvo una parada para tomarme una hamburguesa que me destroza el estómago para estar a tono con mi moral, hago un recorrido nostálgico por Nueva York, tratando de ponerme en la piel de Johnny, mejor dicho, de Johnny Pickup, la estrella del rock. Cuando pisó por primera vez la ciudad, recién llegado de Nashville tras grabar su primer disco, cuenta la leyenda que estuvo en el Greenwich, paseó por sus calles abigarradas de efervescencia artística, se tomó una copa en el Wha?, el mismo Wha? en el que después aterrizaría Dylan, y se durmió en un banco de Washington Square. Después, visitó el Madison jurándose triunfar un día en él, paseó por Central Park y en un arranque de inspiración se puso a tocar la guitarra en pleno Times Square. Leyenda o no, yo hago lo mismo. ¿Quién no ha vuelto al lugar donde fue feliz de joven, y ha repetido los mismos pasos, el mismo trayecto, únicamente para darse cuenta de que ya nada es igual? Los humanos somos masocas, nos encanta sufrir, y con los años más. Yo mismo, con mis nostalgias. Y Johnny. Tantos años en Pagopago... El choque con ese pasado debe haber sido demoledor.

Pero nada, mi búsqueda es infructuosa. Greenwich está que da asco, Washington Square es una plaza llena de mamás con niños, el Café Wha? ya no existe, en el Madison hoy actúa el circo, Central Park está con *overbooking* de tíos y tías corriendo y haciendo *footing* y en Times Square nadie sería tan loco de tocar nada a esta hora.

Al anochecer, cansado, cabreado, me doy por vencido.

Mi casa está a veinte manzanas. La de Eileen a doce. La diferencia, tanto como mis ganas de que alguien me dé un masaje y acabar de agotarme mediante un bis a bis erótico-sexual, me inclina a ir a la suya. Ya he perdido la cuenta de lo invertido en taxis, pero es que no puedo dar un paso más. Estaría dispuesto a pagarle al taxista —italoamericano en este caso— para que me subiera arriba en brazos. Me arrastro como un alma en pena hasta el piso en que Eileen tiene su apartamento y voy a llamar... pero me detengo en el último momento.

Puede que todavía esté molesta conmigo.

Más que molesta, furiosa.

Mejor darle una sorpresa. Mejor meterme dentro. Si uno está dentro es más difícil que le echen, y siempre puedo ser persuasivo, suplicar incluso. Si uno está fuera y a la de dentro no le da la gana de abrir la puerta y mete la cadenita...

Eileen deja siempre una llave fuera. Está loca. En Nueva York eso es como poner un anuncio pidiendo que te maten, que está chupado. Pero dice que como es un despiste, prefiere correr el riesgo a pagar tantas facturas de cerrajero cada vez que se la olvida. Paso mi mano por el marco superior de la puerta y ahí está. Genial. Si no ha llegado, me doy un baño y la espero. Si está en casa, ataco. Abro la puerta sin hacer ruido y sin hacer ruido la cierro. Hay luz, así que debe estar en alguna parte. Me muevo como James Bond en la mansión del jefe de Espektra y me dirijo al baño. Ojalá se esté duchando. A una mujer mojada la dominas más fácilmente. No está en el baño. Voy al dormitorio. La puerta está entornada...

—¡Aaaammmm...!

Eso es un gemido.

Y se corresponde con la escena.

Eileen está en su cama, espatarrada del todo, más abierta que la boca de un bebé a la hora del biberón, con cara de éxtasis, el cabello rojo envolviéndola en plan salvaje, las manos cogidas a los barrotes del cabezal y un alucine pletórico invadiéndola de pies a cabeza. El de encima, más peludo que un oso y empujando como un toro salvaje, se me hace identificable gracias a esa profusión capilar.

Su profe de zen.

Están conectando. Son uno con el Universo. Se les nota.

—¡Ya, ya...!

—¡Oh, sí, sí... qué fuerte, qué profundo!

Y además usan "Penetratus".

Me retiro discretamente, y no tan rápido como para escapar del comienzo del orgasmo y los gritos desmesurados de él y de ella. Conmigo no gritaba así. Encima. Será cosa del karma, y de que ellos los tienen sintonizados. O de que eso de "buscar tu propio espacio" tiene más sentido del que creía. El profe de zen bien que ha encontrado un "espacio" para lo suyo. Cierro la puerta y dejo la llave en su sitio. No quiero que Eileen sepa que he estado aquí. Quedará mucho mejor para mi ego que la envíe a la mierda. Eso es. Le diré que mi karma ha captado su infidelidad. Eso le dará una nueva perspectiva acerca de mi fuerza interior.

Jooodeeer.

Pero no hay mal que por bien no venga, porque justo al llegar de nuevo a la calle, y mientras me dispongo a odiar a todas las mujeres, comenzando por Eileen, Mary Ann y J.D., una idea tan fugaz como repentina y electrizante me pasa por la cabeza. Todo se va al carajo pero yo tengo revelaciones.

Creo que ya sé donde está Johnny.

22

EL TUGURIO DE LA CALLE 42 PRESENTA LA MISMA FILA QUE LA
noche pasada. Y no solo el tugurio. Toda la calle 42 está igual, con los
mismos vendedores imposibles a cada paso y las mismas mujeres pa-
sándote las mismas ofertas con solo 42 horas de deterioro. Algunos
turistas retrasados que aún no han acabado la jornada y algunos noctámbulos prematuros que la han adelantado, hacen de Forrest Gumps
impenitentes mirándolo todo con ojos de bobo. Es la hora del vacío,
de los Don Nadie, de los perdidos. Hoy en día cualquiera que se pa-
see por la calle con una caja de bombones, aunque no tenga cara de
gilipollas, es peligroso. Como yo voy a lo mío, y sé muy bien qué es lo
mío, consigo atravesar las filas de los palizas y meterme de cabeza en el
antro. Tan de cabeza que casi me caigo por las escaleras. Parezco uno
con ansiedad total o una erección mal medida.

Al pie de la escalera la misma oscuridad de la noche anterior me
recibe con su manto de sombras. Por suerte en el escenario hay un mínimo de luz. El número del momento es de cuidado: una candidata a
Mujer Elefante disfrazada de tigre se enfrenta a un cazador que des-
caradamente va a utilizar su propia arma en lugar de un rifle para someterla. Hay cuatro gatos, y nunca mejor dicho porque la clientela se
limita a cuatro tíos, uno de ellos bizco —o será que el último número
le ha cambiado la cara— y otro con sombrero tejano, así que calculo
que debe ser de Texas. Paso de sentarme y esperar. Voy directamente
a la barra y le hago una seña al camarero. Viene a mí. Con la pinta de

aburrido que luce es como para contagiarte o ser optimista y creer que el *show* vale la pena.

—¿A qué hora sale Mimí LaRue?

—Hoy no va a actuar.

—¿Tiene el día libre?

—¿Es usted George Saw?

No creo que el camarero lea *Stone & Rolling*. Y además, mi foto no sale nunca.

—Sí.

—Han dejado una nota para usted. Dijeron que tal vez viniera y preguntara.

—He venido y he preguntado. Démela.

Es lento de reflejos. Todo lo que no sea pedirle un brebaje le cuesta de digerir.

—Voy.

Va y regresa. Me entrega una hoja de papel doblada, sin sobre, que desdoblo inmediatamente. El texto es breve, y está escrito con letra apresurada. Dice: "George, te he llamado esta mañana y comunicabas. Te he llamado esta tarde y no estás. Si lees esto, ven". Hay una dirección y la firma de Johnny.

Lo sabía, ¡lo sabía!

Mimí LaRue.

—¿Va tomar algo? —se interesa el camarero.

—No, tengo prisa.

Se lo demuestro largándome. No estoy para ver el final del número entre el cazador y la Mujer Elefante vestida de tigre, que se intuye próximo después de que él le muestre sus poderosas razones para someterla y ella finja un desmayo muy apropiado para que lo haga sin problemas.

Otro taxi. Mimí LaRue vive nada menos que en la 99 oeste. Como para caminar solo aunque sean las doce del mediodía. Me toca un taxista hablador, rumano. Me pregunta si yo soy rumano o tengo raíces rumanas. Tenía que haberle dicho que sí, porque me dice que a los rumanos les cobra la mitad. Pero no sé ni una palabra de rumano. Más aún: ni siquiera sé donde está Rumania. Ningún yanqui sabe donde está ningún país europeo, salvo Inglaterra, y aún, porque es una isla. Para nosotros Europa es un lío. ¿Cómo pueden haber tantos países distintos y con tantas lenguas en tan poco espacio? No me extraña que cada pocos años se zurren la badana.

Lo malo es que entonces NOSOTROS hemos de ir a echarles una mano.

Si no fuera por nosotros…

Llegamos relativamente rápido para lo que hubiera podido ser. Mi nuevo amigo ya me ha hablado incluso de su hija, Nadia, que es toda una promesa, una excelente cocinera y una mujer fuerte. Ideal. Le dejo un dólar de propina y antes de que insista en invitarme a cenar para presentármela me apeo y entro en el edificio en el que vive la reina del *striptease*. Es una casa deteriorada, fea, rancia, en la que no hay nada ni nadie. He de pararme un minuto para ver los timbres ya que en la nota no consta el piso ni el número de apartamento. Mimí LaRue mora en el 27, apartamento 2727. Mientras asciendo a las breves alturas en un ascensor mohoso y lúgubre empiezo a preguntarme qué es lo que voy a encontrar. Es curioso, no lo he pensado hasta este momento. Entre la alegría de haber dado con Johnny y el trayecto en taxi con el hablador rumano…

Es el propio Johnny el que me abre la puerta, en calzoncillos, llevándose su dedo índice a los labios en señal de que no hable fuerte. Entro en el apartamento sin ver nada, salvo a mi héroe rockero. No tiene mal aspecto, al contrario: sonríe y parece feliz. Además lo pone de manifiesto dándome un abrazo de los de antes. Apretujado entre su discreta humanidad le oigo susurrar:

—¡Oh, George, hijo, que alegría!

Ah.

—Johnny, ¿qué está pasando aquí?

—¡Chssst, calla!

—Vale, pero…

Deja de abrazarme y me palmea la espalda y la mejilla. Luego se aparta de mi lado, camina de puntillas hacia una puerta, la abre y mira hacia dentro. Por el hueco veo las blancas y prietas carnes de Mimí La-

Rue sin artificio alguno. Está espatarrada, durmiendo feliz y a pierna suelta, como si la hubieran dejado muy contentita a tenor de la sonrisa que cincela su rostro. Ahí dentro su "smile" debe estar a la *page*. Tras la comprobación Johnny cierra con cuidado y se gira. Es la primera vez que le veo auténticamente satisfecho.

—¡George! —repite.

—¿Vas a contármelo?

—¿Qué quieres que te cuente? Es evidente, ¿no? ¡He descubierto el cielo!

—¿Ella?

—¿Qué quieres decir con "ella"? —le cambia la cara y se pone rígido, serio.

Cuidado. Esto va de veras.

—Me refiero a que… bueno, la conociste anoche, y ni siquiera hablasteis. No entiendo…

Mi respuesta —hábil, Morgan—, le tranquiliza. Me lleva al otro extremo de la sala, para que nada enturbie la paz y dulce sueño de su "cielo". Vuelve a ponerme las dos manos encima, ahora en los hombros.

—Ya te lo dije anoche, amigo. Fue… —hace un gesto como de súbito fulgor—, especial, revelador, pero no me di cuenta del todo. Tenías razón: debí haberla ido a ver al camerino, y no lo hice. Creo que estaba acojonado. Falta de experiencia después de tantos años. Pero esta madrugada… Soñaba con ella, soñaba que yo cantaba "Big smile" mientras Mimí se desnudaba, y de pronto me he despertado y lo he visto todo claro. Una ducha y en media hora estaba en el local. Los hados ayudan a quien se ayuda, así que casualmente, justo en ese momento, ella salía después de su último pase. Me he presentado, le he dicho que yo era Johnny Pickup y…

—Se ha desmayado.

—¡No, se ha puesto a llorar! He tenido consolarla, hablarle, tranquilizarla.

—Así que después de todo era una fan.

—¡También te equivocas en eso, George! ¡Ni siquiera sabía quién era yo hasta hace un par de años, cuando escuchó "Big smile" por casualidad y su vida cambió!

—¿Cómo que cambió?

—Mimí… Se llama realmente así, ¿sabes? Mimí LaRue. Para ser exacto su nombre completo es Mimí Antoinette de Fontainebleau La-Rue —parece increíble que alguien pueda decir todo eso de un tirón sin tropezarse ni pararse a coger aire—. Es de Nueva Orleans. Su madre fue una célebre prostituta y su padre un marinero libanés, aunque no le conoció en persona. Ha tenido una vida apasionante, ha sido amante de príncipes y grandes hombres, ha actuado en los mejores espectáculos del mundo, el Follie de París… en fin, eso ya da lo mismo. Hace dos años y después de un amor fracasado regresó a los Estados Unidos y preparó su propio número, lejos de glorias pasadas y de presiones. Lo único que quería era vivir en paz, trabajar en paz, desnudarse en paz, ¡le encanta desnudarse, porque cree en la libertad y en la honradez de la piel desnuda!, y esperar algo mejor. Entonces descubrió "Big smile" y pensó que esa canción resumía perfectamente todo lo que es ella, su vida, sus deseos, sus ambiciones. Me dijo que esa canción la ayudó a serenarse. ¡Mimí es como una Gran Sonrisa de amor! Por eso utiliza mi canción, y se tatuó lo de "smile" en el pubis.

Dice "pubis", no coño, ni siquiera sexo. Eso indica algo.

La respeta.

—Es una historia… fascinante —tanteo aún lleno de inseguridades.

—¿Verdad que sí? —se anima aún más Johnny—. Cuando le he dicho que yo era el autor de la canción, y le he contado que fui un rockero de leyenda, no podía creerlo. Me ha dicho que era la respuesta a sus plegarias. ¡Lleva tanto esperándome!

No me creo una palabra. La tal Mimí debe ser una lagarta, y oler pasta allá donde no la hay, con lo cual eso me dice bien poco de ella y de su olfato. Ha pescado un mirlo blanco, ni más ni menos. Johnny está como una regadera oxidada y Mimí LaRue es un pendón desorejado.

La situación no me gusta nada.

—Johnny, ¿no crees que todo esto ha sido muy… rápido?

—Vamos, George, el amor es eso: aparece y ¡zas!

—¿Amor?

Luz roja. Señal de peligro.

—¡Vamos a casarnos, George! ¡En cuanto haya grabado el disco, antes de la gira!

¡Clang! ¡Clang! ¡Clang!

He de amortiguar el efecto ensordecedor de las campanas de mi cerebro, pero aún así, mis primeros gestos, movimientos y palabras son de zombi.

—¡Johnny!

—Lo sé, lo sé, amigo: es... grandioso. Y te lo debo a ti. Nunca lo olvidaré. Hace dos días no era más que un salvaje viviendo olvidado y desnudo en una isla perdida, y hoy... ¡Oh, George, tengo tantas ganas de empezar!

Estoy dispuesto a decirle la verdad, darle una somanta, pegarle hasta en los discos, hacerle ver la realidad aunque me duela y me odie y me repudie como *manager* y pierda la gloria de haberle traído de vuelta y...

Entonces aparece ella.

—Johnny, cariño.

Ya no está desnuda, aunque para el caso... Lleva una cosita ridícula, a modo de salto de cama liviano y semitransparente, que apenas cubre la inmensidad de sus pechos por arriba y el "smile" por abajo. Sin maquillaje es más hermosa que con maquillaje. Cosas de la vida. Pero lo que más me asombra por entre el pasmo de lo que acabo de oir y el pasmo de lo que estoy viendo, son sus ojos. Si algo he aprendido a lo largo de mis días es a reconocer la honestidad cuando la tengo delante. Y hay gente transparente.

—¡Mimí! —suspira Johnny.

—¡Amor mío! —suspira Mimí.

Y pasando de mí, como si hiciera meses que no se ven, se echan el uno en brazos del otro y se dan un beso de los de rompe y rasga.

Es el momento en que me siento.

No puedo apartar mi mirada de ellos. Tampoco es que haya mucho que mirar, aunque por las paredes veo cuadros y pósters que hablan de la verdad de la historia de Mimí LaRue, tal y como me la ha contado

Johnny. Se besan, se abrazan, intentan fundirse el uno con el otro, se acarician, hunden los dedos en las respectivas nucas, él le aprieta las nalgas, ella tira de sus brazos para que la apriete más. Están a punto de rodar por el suelo y pegarse el polvo catorce o quince desde que se han enamorado cuando me decido a carraspear.

Soy muy educado, yo.

Vuelven a la realidad. Me miran. Los ojos de Mimí están nublados. Los de Johnny brillan.

—Mimí, este es George.

Lo deja para acercarse a mí. Tímidamente le tiendo la mano pero ella pasa mucho de tal vulgaridad. Me coge, me estrecha entre sus brazos, me aplasta contra su pecho y me besa, en la cabeza, en la frente, en los labios, mientras entrecortadamente va musitando:

—Gracias, gracias, gracias…

En una ciudad de locos, en el Gran Manicomio, el Rey y la Reina se han encontrado.

Cuando se haga la película del regreso de Johnny Pickup, ¿alguien va a creerse eso?

Peor aún: ¿quién hará de Mimí LaRue? ¿Meryl Streep?

Por lo menos Johnny ha pronunciado unas palabras que me han dejado más tranquilo, incluso emocionado. Ha dicho que tiene tantas ganas de empezar… No hay nada mejor que un rockero dispuesto para dar caña a lo que sea, aunque por experiencia también sé que no hay nada peor que un rockero ciegamente enamorado para fastidiar más de un buen asunto.

—Me alegro que… os hayáis encontrado —le digo a Mimí.

—Anoche os vi. Recuerdo que al ver que os marchabais al acabar mi número me llevé una pequeña desilusión. Vuestras caras brillaban, resplandecía. Teníais un aura…

¡Oh, cielos, no, otra adicta al zen no, por favor!

Tercera parte

LOS CAMBIOS

23

SE DIGA LO QUE SE DIGA, UN ROCKERO —O UNA ROCKERA, NO
discriminemos—, ha que tener la cabeza muy despejada para tomar
decisiones. En el rock no es bueno que dos cabezas piensen a la vez.
Puede pensar la cabeza del *manager*, mejor que la del rockero, porque
el *manager* SIEMPRE sabe mejor que su pupilo lo que le conviene.
Puede pensar el rockero, que a fin de cuentas es el que da la cara y se
la juega. Pero nunca puede pensar la pareja correspondiente. Lo dice
la historia. Elvis fue Elvis hasta que Priscilla le echó la mano encima.
John fue John hasta que la Yoko le empezó a montar *happenings*. Podría citar una docena más.

A veces, sin embargo…

Dos son compañía y tres multitud. Una verdad como un templo.
Desde que he llegado a casa de Mimí, ellos están a la suya y yo parezco una de esas mariposas de la luz, que dan vueltas y más vueltas sin
hacer otra cosa que darse de morros contra el cristal o quemarse. Pero
me niego a dejar solo a Johnny. Quiero llevármelo al hotel, acostarle,
arroparle, aconsejarle. ¿Se ha enamorado? Vale. ¿Quiere casarse? Vale.
¿Ha descubierto el Sentido de la Vida? Vale. Pero dentro de un orden.
Y no consigo nada. Besugo él, *besuga* ella. Se miran, se besan, se miran
de nuevo, y a la que están más allá de un metro separados… vuelven
a echarse uno en brazos de la otra para atornillarse un poco más. Sé
que acabarán en la cama, y no podré soportarlo. No porque ellos se lo
monten mientras yo me quedo al margen. No es eso. Es que entonces

tendré que irme y necesito hablar con Johnny, planificar algunas cosas. Todavía no le he contado nada de Marvin Lucas, de los músicos, de lo de Instant Karma, de…

He dicho que las parejas de las estrellas son una complicación, pero que a veces, sin embargo…

—Johnny, me han llamado de televisión.

—¿Qué? —me dice desde muy lejos.

—Me han llamado de una cadena de TV. Quieren verte.

Menos mal, consigo captar su atención. Ni todos los polvos del mundo pueden competir con la caja tonta.

—¿Cuándo quieren verme?

—Esta noche.

—¿Esta noche? —finalmente es ella la que abre la boca.

—Una entrevista, nada más. Aunque si quieres, puedes tocar algo. Tú solo, como en los viejos tiempos, con una guitarra. Ya les he dicho que no querrías, pero que te lo diría.

—¿Crees que debo hacerlo, George? ¿No será precipitado?

—Puede caldear el ambiente, preparar el *boom* —casi le digo que entre cosas así y el éxito de "Deep how your eyes" como respaldo de la campaña de los "Penetratus", no está nada mal, pero me callo. Lo que quiero es llevármelo de aquí—. Publicidad es publicidad.

—¿En qué cadena quieren verle? ¿Qué programa?

No es tonta. Ya empezamos.

—Canal 72. No recuerdo muy bien el nombre del *show*.

Pero lo dicho. En ocasiones echan una mano.

—Deberías ir, Johnny —dice sorprendentemente Mimí—. Son buena gente, honrados, sinceros. Les conozco. Hace un año me hicieron una entrevista, en un programa de "Marginales de la noche". Estuvieron muy bien, y mi *striptease* gustó mucho.

¡Fantástico! ¡Empelotada delante de todo Nueva York a ritmo de "Big smile"!

Y a Johnny que se le cae la baba.

—Me hubiera gustado verte. Igual tienen una copia del programa.

—Oh, cómo eres, adulador —se sonroja la señora.

—¿Qué dices?

Traslada mi pregunta a su amada.

—¿Qué dices?

—Me gustaría mucho verte, Johnny —suspira ella, tierna—. Me haría mucha ilusión. A fin de cuentas tú ya me has visto actuar a mí, pero yo a ti no.

—Es que son tantos años sin subirme a un escenario ni cantar en público...

—Quieren entrevistarte. Lo otro es diferente —pongo mi granito de arena final.

Johnny está a punto.

—¿Voy?

—Sí —se estremece Mimí.

Se pone en pie, decidido. Ella también. Trato de evitar lo inevitable.

—Creo que sería mejor que fuéramos únicamente...

Ni caso. Mimí se ha metido en su habitación para vestirse, y Johnny busca por el suelo su propia ropa. Me rindo. No voy a separarles ni con un abrelatas. Conozco los síntomas. Por lo menos espero poder hablarle a solas en algún momento de la noche, para responsabilizarle del tema. Y de paso habría que firmar algo. ¿Seré idiota? Ni siquiera hemos firmado nada. Claro que antes una palabra dada era una palabra dada. Pero no estamos en el "antes". Estamos en el "ahora". Antes había un hijo de puta por metro cuadrado. Ahora ya no caben.

Johnny ya está vestido, y me pregunto si es buen momento para hablar de negocios, cuando Mimí sale de su habitación. Me quedo sin aliento. Las dos veces que la he visto ha estado desnuda en una y medio desnuda en otra. Ahora me luce un modelito de lentejuelas rojas, escotado hasta lo imposible, con unos pantalones negros y ceñidos hasta lo absoluto. Como que se le transparenta el tatuaje. Yo no sé si van a detenerme por ir a su lado, pero a Johnny, demostrando que está colado, vuelve a caérsele la baba.

—Cariño, estás...

He de cogerle, o se va de cabeza a la carne. Mimí LaRue hace un mohín de perfecta niña tonta, pero auténtico. Los tres acabamos fuera del apartamento, del edificio, y en otro taxi rumbo a los estudios del Canal 72. Como vamos a la tele, el taxista mira a Mimí.

—¿Qué es lo suyo? —pregunta.

—*Striptease* —dice ella como si tal cosa.

Menos mal que tiene reflejos, porque entre su brinco, el giro de volante y los dos segundos de desconcierto... no nos la damos de puro milagro. Faltaría más: la ha tomado a ella por la estrella del trío. El resto del trayecto no tiene desperdicio, con el taxista tratando de ver más y mejor y el riesgo de una colisión a cada diez metros. Pero solo yo me entero de eso. Mimí y Johnny no dejan de mirarse embelesados.

Beso.

—Es como si te conociera de toda la vida.

Beso.

—Lo mismo me sucede a mí.

Beso.

Los estudios de televisión del Canal 72 son de museo. Sobrantes de las rebajas y los saldos de todas las grandes cadenas, más o menos. Desde el mismo instante de bajar del taxi me arrepiento de haber embarcado a mi héroe en semejante aventura. No es de su categoría. Nadie va a verle, así que salga bien o mal... Pero no es de su categoría. Por lo menos él sigue ciego, o como no conoce los estudios actuales, y aún tiene en la mente los de los años sesenta, todo le parece bien. El Canal 72 está ubicado en un edificio viejo, de una sola planta, con el clásico callejón de las películas de gánsteres al lado y pintadas por todas partes. Eso sí, dentro hay un poco de imaginación, y hasta una recepcionista-telefonista-chica-para-todo que nos sonríe como para darnos ánimos.

En cuanto nos anuncia empieza a salir gente.

—¡Johnny Pickup!

—¡Es un honor para esta cadena!

—¡El fotógrafo, el fotógrafo!

Nos inmortalizan. La primera foto de Johnny Pickup en su regreso. Mi primera foto con él. Lástima que Mimí LaRue esté en medio. Tenía razón ella, por lo menos. Son buena gente. Todos los pobres y sin recursos lo son. Cecil Hawthorne le abraza y le recuerda que fue su "pipa" en la última gira que dio, en 1967. Johnny le recuerda. Más abrazos. La emoción se desborda. El presentador del programa aún no ha llegado. De hecho no esperaban a Johnny.

—Falta una hora para empezar el *show*, podríamos ir a cenar algo —propone el productor.

Y vamos. No me gusta nada, porque como me toque pagar a mí... Somos siete. Mimí, Johnny, Hawthorne, el director del canal, una que se apunta y que debe ser la querida del director porque no le quita ojo, otro que no sé quién es pero que va de entendido y yo. Como esperen que haga el gesto van dados. Me he dejado la cartera en casa.

—Yo creo que deberías salir al final, si no te importa —comienza a preparar la cosa Cecil Hawthorne.

—Me parece bien —digo yo.

Todos miran a Johnny, pasando de mí.

—Lo que diga George —deja las cosas en su sitio Johnny.

—Ya he dicho que lo estén anunciando cada cinco minutos desde ahora hasta que empiece el programa, para captar a la audiencia y que pueda correrse el boca a boca —continúa el productor—. Primero irá la entrevista y como cierre...

—Todavía no hemos hablado de cantar —intervengo.

—Sería algo tan... especial —insiste Cecil Hawthorne.

—Bueno, llevo más de un cuarto de siglo sin tocar en público. Imagínate, Cecil.

—Vamos, Johnny. Un grande es un grande. Siempre dijiste que solo necesitabas una guitarra, y tenemos una guitarra.

Mira qué bien.

—Me encantaría, pero sin siquiera haber ensayado nada...

—Oh, Johnny, me gustaría tanto verte —suspira Mimí colgándose de su brazo.

Va a cantar. No hace falta ni que lo diga en voz alta. Joder con la tía.

—De acuerdo, cantaré —asiente Johnny.

—Dos canciones, nada más —concreto yo para sentar las bases del asunto—. Y por supuesto nos invitáis a cenar.

Todos se echan a reír como si hubiera dicho una gracia. Bueno, me da igual. Pero queda claro.

—¿Qué podría cantar? —me pregunta Johnny.

—"Big smile", por favor —se me adelante Mimí—. Hazlo por mí, cariño.

—"Big smile" —se rinde él.

—¿Qué tal "Deep how your smile"? —propone Hawthorne.

—¡No! —salto yo.

Vuelven a mirarme todos.

—Mucho mejor "Comeback" —estoy al quite-. Más apropiada.

—¿Seguro, George?

—"Big smile" para Mimí y "Comeback" para mí. Era mi favorita —miento con aplomo.

—Entonces no se hable más.

—Habrá que brindar —propone Hawthorne—. Este es un día histórico.

Lo es. Apenas si me doy cuenta, por todo lo que ha sucedido, pero lo es. El día que he estado esperando desde que tuve la peregrina idea de ir a buscar a Johnny. Tal vez desde mucho antes. El día que uno está esperando toda su vida. He de rendirme a la evidencia de la emoción. Intento apurar la esencia de estos instantes. Como decía el loco profe de *El club de los poetas muertos*, he de vivir el momento.

Quizás Mimí sea beneficiosa para él. Quizás.

Brindamos. Cenamos. Hablamos. Reímos. Hasta yo me dejo arrastrar por la magia del buen rollo. Hay buenas vibraciones. Johnny y Mimí no paran de darse el pico. Lo harían debajo de la mesa entre plato y plato si pudieran, pero cada vez que él parece flaquear, yo meto baza. Estoy casi seguro que cuando no tienen las dos manos encima se están dando marcha por debajo. Es para morirse. A la hora del café llega el presentador del programa, Alvin Bakersfield. Todavía está temblando porque le acaban de confirmar que tendrá la exclusiva de presentar a Johnny Pickup en su regreso al mundo de la música. Es un tío joven, pero enrollado. Se le nota metido.

También se emociona al darme la mano a mí.

Al acabar de cenar, y tras acabar de comprobar, para mi alivio, que paga el Canal 72, volvemos al edificio de la cadena, cien pasos a la derecha. Nada más entrar Johnny pide un poco de relax, para digerir la cena y descansar. ¿Relax? Ya ni entro. A los cinco minutos les oigo gemir como locomotoras a toda presión. Faltan solo otros cinco minutos para el programa, pero una hora para la entrevista de Johnny. Yo también me relajo un poco. Lo necesito, después de haberme pasado el día buscando a mi estrella perdida.

—Nos gustaría entrevistarte también a ti, George —me propone Cecil Hawthorne en presencia de Alvin Bakersfield en un descanso publicitario, porque para mi pasmo hasta tienen publicidad.

—Otro día. Hoy todo el crédito debe ser para él.

No es modestia. Es que lo creo así. Vuelvo a ser un fan.

—¿Podemos enfocarte?

—Sí, claro.

—Gracias por traérnoslo. Nunca lo olvidaré. Esto es algo muy grande.

Buen tipo. Puede que ni Dios vea su programa pero... es un buen tipo.

Y ha pagado la cena.

—Debería empezar a maquillarse.

—Voy a por él.

Lo hago. Temo encontrarle otra vez metido en harina, o durmiendo incapaz de sostenerse, pero aguanta como los buenos, como en sus mejores días. Sana envidia. ¡Malditos rockeros! Le digo que le toca maquillaje y le acompañamos hasta una salita en la que hay una chica jovencita, dieciocho o diecinueve años, cabello largo, pechos pequeños pero taladrando la blusa con sus pezones duros, minifalda. En cuanto Johnny se sienta y ella empieza a trabajarle la cara, volcada sobre él para hacer mejor la cosa se supone, Mimí, que debe saber que el oficio de maquilladora es ideal para pescar a idiotas, saca las uñas.

—Niña, si quieres que abra los ojos no es necesario que le muestres tu filiación, ¿vale?

Vale. La niña empieza a maquillar a Johnny a distancia, mirando de reojo a Mimí. Como tenga que enfrentarme a ella por algo... voy dado.

Aunque pienso que todo lo dulce y mimosa que es con él, puede serlo conmigo teniendo en cuenta que no llevo faldas y me ve como futuro padrino de bodas. Yo se lo he traído al mundo. Con suerte no solo será una artista, sino que tendrá verdadera alma de artista. Los negocios para mí. La pesadilla de los números y las decisiones importantes para mí. Ella a quitarle de encima las mosconas.

Acaba la sesión de maquillaje y la "niña" se va. Una pena porque si me llega a maquillar a mí la hubiera dejado enseñarme lo que le hubiera dado la gana, y encima habría visto y notado lo mucho que me alegraba de ello. ¿Por qué habré dicho tan altruistamente que la estrella es Johnny?

Soy idiota. A veces tiene razón Mary Ann.

—¡Cinco minutos! —avisa una voz.

Johnny Pickup me mira. Me coge una mano. La otra se la tiene atrapada Mimí LaRue.

—George…

—Ánimo —le digo con toda convicción—. Demuéstrales que aún eres un nº1.

—Saldrá bien, cariño —le auspicia ella.

Y le da un beso capaz de arruinarle todo el maquillaje, exterior e interior.

—¿Listos? —aparece Cecil Hawthorne.

Caminamos hacia el plató. Alvin Bakersfield, verdaderamente nervioso, está anunciando una breve pausa musical, un fragmento de una película que hizo historia, antes de la gran aparición de la noche, del año. Por supuesto que es una de las películas de Johnny.

Y en el momento en que entra en antena la cinta, el productor acompaña a Johnny hasta su silla, mientras que Mimí y yo nos quedamos entre bambalinas, en nuestro puesto.

Por unos segundo incluso agradezco que ella me coja del brazo y me lo apriete con todas sus fuerzas.

—Ahí va —es mi último suspiro.

24

—**ESTA NOCHE EL CANAL 72 TIENE EL HONOR DE TRAER HASTA** todos vosotros y todas vosotras a una figura de leyenda, y hay pocos artistas en el mundo del rock que merezcan este calificativo. Se habla mucho de mitos, pero son escasos los que pasan de ser simplemente grandes a mitos. Nuestro personaje apareció en 1959, con Elvis Presley en el servicio militar, Buddy Holly muerto, Jerry Lee Lewis aplastado por la intolerancia debido al escándalo de la boda con su prima, Chuck Berry masacrado por el sistema que lo encerró en la cárcel con una falsa acusación porque al sistema no le gustaba que un negro triunfara con "obscenas" canciones y Little Richard reconvertido en pastor del Señor. El rock and roll se mantuvo de esta forma hasta la aparición de los Beatles con él y pocos más. Hasta 1967 dejó su huella, y desde entonces... desapareció. Hoy ha vuelto, le tenemos aquí, es su primera aparición en público. Amigas y amigos: ¡Johnny Pickup!

Hay aplausos de los presentes, y por el monitor de control veo cómo la cámara se desplaza de Alvin Bakersfield a Johnny. Primero toda su figura, después, lentamente, un primer plano que capta su emoción. Cuando los aplausos cesan, de nuevo se cambia el plano y aparecen los dos, presentador e invitado.

—Johnny, en primer lugar, gracias por acompañarnos esta noche.

—Gracias a vosotros por acogerme, Alvin.

—Sabemos que llegaste a Nueva York hace escasamente dos días, ¿verdad?

—Así es.

—Bien, Johnny, creo que la primera pregunta es obligada: ¿dónde has estado desde 1967, todos estos años?

—En una pequeña isla de la Polinesia que compré con parte del dinero que gané entonces. Cuando la adquirí pensé... no sé, que fuera mi refugio para trabajar, o un lugar ideal para montar una colonia hippy.

—¿Has estado al tanto de lo que ha sucedido en el mundo de la música en ese paraíso terrenal?

—No, Alvin. Nada. Ni del mundo de la música ni del otro mundo.

—Pero, Johnny, esto es... asombroso. Un rockero como tú.

—Precisamente por eso, por ser un rockero como yo. Aquellos fueron unos años vividos a la velocidad de la luz, sin respiro. Una locura. Necesitaba parar, y paré.

—¡Del todo! Pero, ¿qué te motivó a retirarte, si puede saberse?

—No es fácil justificar un acto así, y menos después de tanto tiempo, porque las perspectivas han cambiado. Sucedieron cosas... Hubo detalles... Yo era un canto rodante, habría acabado mal, enloquecido. No tuve ninguna visión ni nada de eso. Cuando escuché *Sgt. Pepper's lonely hearts club band* me di cuenta de que la música tendría un antes y un después, que ese era el punto de inflexión, y que muy pocos de los artistas que habíamos existido antes de este momento tendríamos una oportunidad después. Yo no quería ser un residuo del pasado, sino estar vivo. Por eso me fui.

—Pero ahora...

—Ahora sí soy un residuo del pasado, y lo entiendo, por eso lo acepto. Entonces no. Ahora me siento libre para volver, cantar, grabar, actuar, recuperar mis orígenes, pero sin ninguna presión. Ya no he de pelear por los números uno ni por nada que no sea ganarme un respeto y ser feliz. Alvin, en la vida nadie nos dice que debamos ser felices, y es lo primero que tendrían de que hablarnos. Nos educan, nos enseñan, pero nos dicen que estudiemos cosas "con salida", y nos hacen amar el dinero, el poder. Cuando tienes dinero y poder, te das cuenta de que eso es muy destructivo, y si tienes corazón te sientes culpable. Ves a tanta gente sin nada que piensa... ¿por qué yo? Quise cantar y ser una estrella, y lo fui, pero un día me pregunté si era feliz y me di cuenta de que no lo era, y que necesitaba encontrarme a mí mismo. Por eso me fui, y me encontré a mí mismo. Y por esa razón estoy aquí. Me siento libre y en paz, y puedo decir a mis años que aún estoy aprendiendo.

Me quito el sombrero. No llevo sombrero así que es un decir, una expresión, pero me lo quito igualmente. Por primera vez le veo como a un hombre, mejor dicho, un ser humano. Y un ser humano grande, muy grande. Si eso es lo que ha hecho de él su vida en Pagopago, habría que pensárselo. ¿Cuántas estrellas del rock, pasadas y presentes, serían capaces de desnudarse así, tan simple y llanamente? Todas cuentan lo mal que lo pasaron cuando la mierda les llegó al cuello, y lo mucho que lucharon para salir de ella. Alcohol, drogas... Puede que merezcan un aplauso, pero Johnny es de ovación. Johnny convirtió la mierda en abono.

—¿Qué hacías en esa isla de la Polinesia?

—Nada, vivir con la naturaleza, de acuerdo con sus leyes, alimentarme de frutos, pescar...

—¿Estabas completamente solo?

—No, con tres mujeres. Y además la isla está habitada.

¡Ay, lo ha dicho! Hasta Bakersfield se pone un poco pálido.

—¿Tres mujeres?

—No es bueno que el hombre esté solo.

Y lo dice todo serio.

Otro entrevistador atacaría por ahí, le masacraría, y como entre el público hubiera alguna zorra de cualquier movimiento feminista... Pero todos son amigos, y eso se nota. Alvin cambia de rumbo.

—¿Cuándo fue exactamente el momento en que pensaste en volver?

—Tuve una visita, y me abrió los ojos.

—¿Podemos saber algo más acerca de esa visita?

—Bueno, él está aquí. Es George Saw, mi mejor amigo. A él se lo debo todo.

La cámara me enfoca. Intento poner cara de póquer, pero no puedo. Nadie puede poner cara de póquer cuando le enfoca una cámara de

TV, aunque sea en un programa que nadie ve de una cadena que nadie conoce. Sonrío como un bobo.

—Gracias, George —me dice Alvin Bakersfield de nuevo al quite dirigiéndose a mí—. Nos has devuelto un poco de vida.

Hago un gesto, y la cámara se olvida de mí. Sigue la entrevista.

—¿Cómo has encontrado Nueva York, Johnny?

—Diferente.

—¿En qué sentido?

—Hay gente pobre por las calles, todos los negros están sordos, ya no se puede hacer el amor porque está eso del sida, y desde luego la música es horrible.

Tenía que haber estado a su lado, para pincharle cada vez que se fuera a otra órbita. Ahora es tarde.

—¿Qué música?

—El rap.

—¿No te gusta el rap?

—No. No quiero hacer ningún dueto de rap en mi disco.

—¿Dueto? Johnny, creo que deberíamos hablar de ese disco, si no te importa ni es nada secreto.

—Oh, no, nada.

¡Sí, sí lo es!

—¿Qué puedes contarnos acerca de él?

—Aún no mucho, no tengo título ni sé qué canciones se habrán seleccionado, pero algunos de los mejores chicos de ahora y algunos de los de antes van a echarme una mano. Haremos un álbum de duetos. George dice que esto es una buena cosa.

—¿Qué... artistas van a colaborar?

¡No lo digas, joder, no lo digas todavía!

—Pues Bob Dylan, Paul McCartney, Eric Clapton, y algunos más nuevos como Bruce Springsteen, Madonna, Prince, Sting, David Bowie...

Alvin Bakersfield está pálido. Cecil Hawthorne está pálido. Yo estoy pálido. La única que no está pálida es Mimí LaRue. Ella está arrebolada de orgullo.

—Pero, Johnny… ¡esto es algo grande, muy grande! ¡Va a ser el disco del año, quizás de la década! —estalla Bakersfield ante la exclusiva en primicia que le ha caído en manos.

—Bueno, nuestra intención es hacer algo decente, que guste al público.

—¿Gustar? ¡Eso es un nº1 directo, amigo!

—Me alegraré mucho, pero más que por mí, por ella. Será mi regalo de bodas.

¡Más sorpresas!

—¿Vas a casarte, Johnny?

—Sí, así es.

—¿Con una de tus tres…?

—Oh, no, no, eso es otra historia. He conocido a la persona que después de George más me ha ayudado, y me ha dado la confianza y la seguridad de que aún carecía.

—¿Podemos saber quién es?

—También está aquí. Mimí, ven —mira a Bakersfield—. ¿Puede acercarse aunque no esté maquillada?

—¡Naturalmente!

¡NOOO!

La cámara enfoca a Mimí. Un año antes hizo un *striptease* en vivo y en directo aquí mismo, como "marginal nocturna", y ahora va de futura esposa de Johnny, a no ser que cuando conozca su verdadero nombre se eche atrás. Más aplausos, y yo que me fundo. Me duele el estómago. Por suerte creo que no la recuerdan vestida, o no la asocian con la "marginal" de antaño ni lo han hecho a lo largo de la cena. Mi único pánico ahora ya no es otro que ella insista en empelotarse o él se lo pida para que muestre sus habilidades. Soy capaz de cortar la luz general o lo que sea.

—Siéntate aquí, a su lado, Mimí —ofrece el presentador—. ¿Cómo os conocisteis Johnny y tú?

—Anoche, él vino a ver mi espectáculo.

—¿Anoche? ¡Esto es… increíble!

—¿Verdad que sí? —dicen los dos al unísono a punto de darse una vez más el pico sin cortarse un pelo.

—¡Un amor absolutamente directo!

—Muy directo, Alvin —confiesa él.

—¿Así que eres artista, Mimí?

¡No lo digas, por lo que más quieras, no lo digas!

—Sí, tengo un número muy bonito en un club.

—Quizá pudieras…

Se me doblan las rodillas.

—No —dice para mi inmediato alivio Mimí—. Esta es la noche de Johnny. Su primera gran noche. No podría hacerle ni una pizca de sombra, algo que por otra parte es imposible porque él es sensacional y maravilloso. Será mejor que sigas entrevistándole, Alvin. Yo prefiero callar.

—Bueno, Johnny —felizmente el presentador se dirige a él—. Vamos de sorpresa en sorpresa. No habrá más mujeres en tu vida, ¿verdad?

—Mi hija, nada más.

¡La que faltaba!

—No recordaba…

—Tuve una hija, en mi tercer matrimonio, pero ni siquiera la vi nacer. Ahora vive aquí, en Nueva York, con su pareja, y es muy feliz. Va a adoptar un hijo así que ya ves, me hará abuelo.

¡Como alguien haya visto el programa, un solo periodista, un simple voceras…! Ya me veo el *National Enquirer* triplicando su tirada a costa de Johnny. ¡Material no va a faltarle! Las sucesivas portadas pasan delante de mis ojos: "Exclusiva: la esposa de Johnny Pickup se desnuda para nosotros", "Exclusiva: la hija lesbiana de Johnny Pickup nos presenta a su hija Theresse", "Exclusiva: J.D. cuenta porque odia a los hombres", "Exclusiva: Naya, Agoe y Mia forman un trío rap", "Exclusiva: el hijo del *manager* de Johnny Pickup, George Saw, es el más joven general de la historia de los Estados Unidos"…

No sigo. ¿Me he perdido algo? La entrevista ha seguido sin mí. ¿Qué más puede haber largado Johnny? He de apoyarme en alguna parte. Casi lo hago en una cámara y la armo. Afortunadamente me parece que las aguas han vuelto a su cauce. Oigo algo de política.

—... y que Buster Keaton llegara a ser presidente, en parte demuestra que la buena salud de la gente aún no está tan mal como parece. Alvin Bakersfield se echa a reír el primero. Todos se echan a reír a continuación. Todos menos Johnny y yo, él porque no entiende las risas y yo porque sigo atrapado en la impotencia de mi distancia. Vale, he aprendido la lección: no puedo dejarle solo, he de convertirme en su sombra, al menos hasta que esté... más al día.

Si no fuera porque ya existe, por un momento me parece como si hubiera creado un nuevo Forrest Gump.

—Johnny, nos gustaría estar aquí, charlando contigo toda la noche, porque es indudable que tienes mucho que contar, y mucho acerca de lo que opinar desde tu perspectiva absolutamente descontaminada, pero ya sabes que el enemigo de la televisión es siempre el tiempo, y nuestro tiempo para la entrevista ha terminado, pero no el tuyo aquí, entre nosotros —Bakersfield mira a cámara y continúa—: Un consejo, no os vayáis. Un poco de publicidad para que podamos comer y volvemos con la auténtica sensación de esta noche: la primera actuación en vivo en casi tres décadas de...¡Johnny Pickup!

La cámara enfoca un primer plano del rockero y tras eso hay un fundido y salta al aire el primer anuncio. Me echo a temblar pensando que de un momento a otro vaya a escucharse "Deep how your eyes" como fondo de los preservativos "Penetratus". Cruzo los dedos. Me gustaría acercarme a mi pupilo pero no hay tiempo. Le llevan a un pequeño plató contiguo, sin más decorado que una cortina roja por detrás, y le dan una guitarra acústica. Desde luego, pura esencia. Le dejan solo y sin retirar mi atención de los anuncios que veo pasar por el monitor le contemplo por primera vez desde una nueva perspectiva.

Johnny Pickup.

El mismo cabello alborotado, ahora lleno de hebras blancas; la misma figura delgada y flexible, ahora un mucho más adobada; los mismos ojos de campesino inocente, ahora dorados por la edad, el amor y el sentimiento de felicidad inherente a su estado plácido; la misma apariencia insignificante, ahora enfrentada a un reto.

¿Tengo miedo?

Sí, y no.

Es él, es Johnny Pickup.

Y ha vuelto.

A veces el mundo es hermoso.

Hay un silencio asombroso en el estudio, un silencio diríase reverente. La expectación es una espiral que nos absorbe y nos proyecta hasta lo alto, para dejarnos allí en suspenso. Debía haber ensayado, debía haber esperado, debía…

Ya no es hora de lamentaciones.

—Atención —anuncia Cecil Hawthorne—: Cinco, cuatro, tres…

No ha habido "Penetratus". Un poco de dignidad.

—Dos, uno…

Ánimo Johnny, demuéstrales quién eres.

—¡Dentro!

25

ES EL TELÉFONO, COMO NO, EL QUE ME ARRANCA DE MIS DULCES
sueños.

Mi primera mirada es de odio, así que no me doy mucha maña para
atrapar el auricular. Lo peor viene cuando veo la hora que es. ¡Por todos los…! ¡Las siete y cincuenta y dos de la mañana! ¡Pero si no hace
ni tres horas que me he acostado!

—Oh, ¡mierda!

Es un gemido inútil. Nadie se apiada de mi. El maldito trasto sigue
zumbando y zumbando, y el que llama espera y espera, como si supiera
que estoy en casa. ¿Por qué no puse el jodido contestador automático?
Sí, recuerdo que llegué y me dejé caer sobre la cama tal cual, tras dejar
un rastro de ropa por el suelo desde la puerta del apartamento.

Lo descuelgo. Debe ir por el noveno o décimo alarido y está claro
que piensa seguir.

—¿Sí?

—¿George, cariño?

¿Cariño?

Yo diría que es mi ex, así que no puede ser "cariño".

—¿Quién eres?

—Oh, vamos, sabes muy bien quién soy. Te has levantado veinte
años oyendo mi voz.

De eso me quejo.

—¿Mary Ann? ¿Qué pasa?

—Anoche te vi en la tele.

—¿Qué me viste en la tele? —no me lo puedo creer—. ¿Y me llamas para decírmelo? ¡Pero si yo ya estaba allí, ya me enteré!

—A veces eres tan gracioso —se ríe.

Me despejo del todo. ¿Cariño? ¿Se ha reído? Algo va mal.

—Mary Ann…

—No, no digas nada —me detiene—. Sé que te he hecho daño, y que las cosas habrían podido ser de otra forma, pero hacemos lo que hacemos y obtenemos consecuencias, maduramos. Sí, creo que esa es la palabra: madurar. Anoche, cuando la cámara te enfocó después de que ese cantante te pusiera por las nubes… Te vi de otra forma, ¿entiendes?

Me vio triunfar, no te jode. Y a caballo del dólar, o muy cerca.

—Mary Ann…

—Es como si hubieras penetrado en otra dimensión —no me deja meter baza. Y en cuanto a lo de "penetrar"…—, un nuevo estado capaz de superarlo todo. No me gustaría que me malinterpretaras, pero… me sentí orgullosa de haber compartido tu vida, de haber tenido juntos dos hijos, ¿entiendes? En parte me sentí corresponsable de ese momento.

¡Hay que joderse!

—Te recuerdo que me diste la patada.

—Ya, pero los estallidos emocionales tienden a mesurar con el paso del tiempo, y todavía tenemos una responsabilidad común. Tus hijos te necesitan, aunque eso ya lo sabes.

—Mary Ann… por Dios —no quiero ni discutir—. Estoy agotado.

—Por supuesto, perdona. Cuelgo y vuelves a dormirte. Solo quería que lo supieras —su voz se vuelve más melosa al agregar—: Pásate por aquí y lo hablaremos con más calma.

—¿Y él?

—No estará, descuida.

¡Huy, huy, huy!

—Vale, Mary Ann —suspiro—. Adiós.

—Que descanses, George.

Cuelgo y me pellizco para ver si estoy despierto. Lo estoy. Mary Ann vio el programa, ¡vaya qué casualidad! Y ahora me viene con "estallidos emocionales que tienden a mesurar". Si no fuera porque aún tengo esperanzas con mis hijos...

—Zorra...

Me dejo caer hacia atrás, dispuesto a recuperar el sueño aunque después de este susto sé que me va a costar, y apenas si tengo tiempo de cerrar los ojos.

Otra vez el teléfono.

—¡Maldita sea!

Diez zumbidos. Ni uno más. Si es Mary Ann que se ha olvidado de decirme algo la violo telefónicamente. Descuelgo el auricular dispuesto a soltar un ladrido pero la voz de Eileen me frena en seco.

—¿George?

—Eileen, ¿sabes la hora qué es?

—George, anoche sucedió algo.

—¿Qué sucedió anoche?

—Tuve una revelación.

—Mira qué bien.

—No, déjame que te explique, cariño —otra que me larga un "cariño" de por medio. Soy el chico más amado de Manhattan—. Estaba en casa, sola, naturalmente —¿me lo dice o me lo cuenta?—, cuando de pronto sentí esa llamada.

—No se dice sentir, sería oír, y por supuesto era el teléfono.

—Vamos, George, no te burles. Sentí esa llamada, en mi interior, en mi mente, y una voz que me pedía que pusiera la televisión. Nunca veo esa horrible cosa, ya lo sabes, pero no me resistí. No era yo. Mi cuerpo estaba lejos de mi mente. Fue... catatónico. Así que obedecí a esa voz, puse la televisión, y ahí estaba él, Johnny, y luego tú.

—¿Pusiste la televisión y te salió el Canal 72? ¡Vamos, anda! Ni caso.

—Entonces lo comprendí todo. Lo vi claro. No se trata de que tu dejes el rock, sino de que yo me esfuerce por conectar nuestras auras. ¡Es tan sencillo!

¡Pero qué puta!

—¿Y tu profe de zen?

—¿Qué ocurre con mi profesor de zen?

—No, nada —no quiero decirla que la vi—. Es solo que… bueno, pensé que estabas más conectada con él.

—A cierto nivel sí, es posible, pero una no puede pasarse la vida en un estado alfa perpetuo, no sé si me entiendes.

—Te entiendo, te entiendo.

O sea que follar ellos lo llaman "estado alfa". Muy bien.

—¿Vendrás a verme, verdad George?

—No sé, Eileen. Voy a estar muy ocupado con Johnny.

—George —se desnuda del todo—, te necesito.

—Interesante.

—Y tú me necesitas a mí.

—Tal vez lo nuestro fuera muy precipitado y…

—¡Oh, no, no! No digas eso, cariño. Ni siquiera eres capaz de imaginar lo que puedo darte y hacer por ti. ¿Has oído hablar del "Tao Tántrico de Nuevas Fronteras Sexuales"?

—No, pero promete.

—Ven, George, y verás los ilimitados límites de nuestros cuerpos y sentidos.

La verdad es que tengo una erección. Solo su imagen espatarrada con el profe de zen encima me contiene.

—Lo pensaré y te llamaré, ¿de acuerdo? Ahora…

—Hazlo, George. Si no lo haces vendré a por ti.

Me siento acosado. Por primera vez me siento acosado, y sexualmente. ¿Mary Ann? ¿Eileen? Y las dos vieron el programa de televisión. Doble casualidad.

Sé que no voy a poder recuperar el sueño, pero aún así me tiendo en la cama de nuevo y cierro los ojos. Es inútil. Se ha abierto la veda de mi número. El teléfono suena por tercera vez. Ahora ya no espero a los diez zumbidos. Sea quien sea es capaz de esperar veinte o treinta.

—¡¿Sí?! —aulló a lo bestia.

—¡George, pedazo de cabrón!

¿Graham Lord, de Instant Karma Records?

—¡Joder!

—¡Vamos, tío, en pie! ¿Cuándo firmamos?

—¿Firmar? Creía que querías escuchar no sé qué maqueta y no sé qué leches de...

—Te envío una limusina, ¿vale? Lo grande hay que hacerlo en grande. Tengo unas maravillosas ideas que te van a encantar, y por supuesto seré todo oído para las tuyas. ¿Te va bien en una hora? Puede estar aquí en diez minutos, que conste, pero a lo mejor aún estás en la cama y...

—¡Estoy en la cama!

—Yo no he pegado ojo en toda la noche, preparando los contratos. ¡Esto es el rock, tío!

—Graham, ¿por casualidad viste anoche el Canal 72?

—¿El Canal 72?... Este... no, no, ¿por qué?

Miente, ¡oh, como miente!

—Te llamaré, Graham.

—Espera, ¡espera! Puedo...

Cuelgo pero ni siquiera consigo levantar la mano del auricular. La cuarta llamada es como si enlazara con la tercera. Descuelgo otra vez y en medio de mi ataque de furia, antes de que consiga articular una simple salva de insultos, escucho la voz de Mortimer DeLuca.

CEW Records.

—¿George? ¡Amigo...!

Cuelgo sin hablar y me quedo mirando el teléfono a la espera de la quinta llamada. Ningún problema. Ahí está. Lo arrancaría, como en las películas, si no fuera porque luego hay que repararlo o necesitarlo con urgencia, y no estoy yo ahora para quedarme incomunicado.

¿Cuánta gente vio anoche "por casualidad" el Canal 72?

O no me he enterado, o las tres grandes cadenas se han ido a la mierda y ahora el número uno lo ocupa...

Imposible.

Estamos en América.

El teléfono sigue sonando, y yo, para impedir que cada llamada se haga eterna, me limito a descolgar y colgar, sin siquiera llevarme ahora el auricular al oído. Un simple gesto: descolgar y colgar. No quiero poner el contestador automático porque entonces oiré sus voces y no me da la gana oír nada. Me paso quince minutos haciéndolo, descolgando y colgando, mientras me levanto, me ducho y me largo, porque es insoportable. Lo último que hago sí es poner el contestador automático. Quizás por la noche tenga curiosidad. Nueva York entero me está llamando. Algo pasa.

Bueno, anoche sí pasó algo, grandioso, enorme, pero como daba por sentado que nadie nos estaba viendo...

—Señor —empiezo a temblar.

Abro la puerta y es como si ella estuviera haciendo guardia, a pelo, completamente desnuda, con la serpiente reptante y su sexo rasurado en forma de corazón dispuesto para mi flecha. Antes de que pueda reaccionar se me echa al cuello y me abraza.

—¡Maggie!, ¿qué haces?

—George, me necesitas...

—¿Yo?

—Anoche estabas tan solo, lo vi en tu cara.

—¡No!

—Sí, me bastó con ese simple plano. Solo y perdido. Te han hecho daño, pero yo te cuidaré.

Empieza a besarme, mientras sus manos tratan de bajarme la cremallera del pantalón. Entre eludir su lengua y eludir sus intentos de abrir la jaula me hago un lío. Ni siquiera la aparición de un vecino al fondo del pasillo la detiene. No tengo más remedio que luchar a brazo partido con Maggie, hasta que logro apartarla un poco y gritarle:

—¡Soy impotente!

No lo cree, pero me mira de hito en hito, quieta un par de segundos.

—¿Qué?

—No quería decírtelo. Mi mujer me ha dejado así —no van a darme el Oscar pero...—. Necesito tiempo.

Tiempo para buscarme otro apartamento.

—Oh, George...

Eso, "Oh, George".

—Gracias, Maggie.

Me aparto de ella aprovechando la sorpresa e inicio la retirada. Su imagen desnuda se va haciendo más pequeña y distante. Lo he logrado. Me da lástima. No es más que una niña asustada, y en el fondo, ¿quién no lo está en Nueva York?

No tiento a la suerte llamando al ascensor, prefiero bajar un par de pisos antes de tomarlo. Al llegar a la calle me da la impresión de ser uno de esos tíos normales que madrugan para ir a trabajar. Las calles ya están puestas y hay tráfico, gente de aquí para allá. Qué mundo este.

Compro el primer periódico que veo en el puesto de prensa y a un par de metros de él me detengo para abrirlo. La primera luz se hace en mi mente. Luego es como si alguien acabase de inaugurar el nuevo tendido eléctrico del puente de Brooklyn.

Anoche la CBS estuvo en huelga y no emitió nada. La NBC se solidarizó y también paralizó sus emisiones. La ABC no, pero tuvo la feliz ocurrencia de retransmitir el discurso del ex-Rambo Reagan "Sobre una nueva necesidad de defender la familia en el paréntesis demócrata de los noventa". Y por supuesto la CNN, sin guerras con intervención americana que llevarse a la boca, no la ve nadie...

Anoche el Canal 72 tuvo un 57% de audiencia, y a la hora del *show* un techo máximo, y récord en la historia de la tele americana, del 77%.

La hostia de gente vio a Johnny Pickup.

Hay más. Busco las páginas de crítica televisiva y espectáculos y todo lo que ya sabía me es confirmado. Una fotografía de Johnny, tomada directamente de un aparato de televisión durante su actuación, cabalga sobre un gran titular con letras a doble cuerpo: "HA VUELTO EL ROCK". El texto me arranca las primeras lágrimas, continuación de las que ya me cayeron anoche. Leo:

«Johnny Pickup, la leyenda del rock desaparecida y que se creía perdida aunque no olvidada, hizo anoche una sorprendente e inesperada reaparición en el *show* de Alvin Bakersfield del Canal 72. Tras anunciar su inminente nuevo disco, el primero en casi treinta años, con la más rutilante constelación de estrellas del firmamento rockero, Johnny actuó como ya ninguna estrella puede o quisiera hacerlo, a pelo, acompañado tan solo de una guitarra, con su voz y su carisma como única bandera. Fueron solo dos canciones, diez minutos de locura contagiosa, pero aseguro que esta mañana el mundo ya no es el mismo, y que hemos pasado una nueva página en esta historia maravillosa que es la de la música. No fue únicamente volver a los cincuenta o los sesenta, porque eso sería mera nostalgia y decir bien poco de lo que supuso esa actuación de Johnny Pickup. Fue volver a encontrarnos con lo auténtico, la esencia, la vitalidad rockera que sin sus creadores hoy parece no muerta pero sí estancada. Johnny Pickup...»

No puedo leer más.

Siento lo mismo que anoche, ese escalofrío que me sacudió la columna vertebral cuando Cecil Hawthorne dijo: "¡Dentro!", y Johnny miró a la cámara frontal, la que en ese instante tenía la luz roja. Durante un par de segundos no se movió, nadie se movió en el estudio. Algunos, incluido yo, pensaron que estaba en blanco, paralizado, superado por los acontecimientos, pero todos, incluido yo, fuimos barridos a continuación por la primera descarga de adrenalina emergente de esa central nuclear y térmica en la que se convirtió. La mano de Johnny cayó sobre las cuerdas de la guitarra, su cadera le pegó un golpe al aire, y en cuanto arrancó con "Comeback", nuestros pies, nuestros corazones, nuestras fibras más sensibles se pusieron a bailar.

Dios... qué actuación, ¡Dios! El regreso de Elvis en el 68 fue todo un montaje espectacular, preparado, y aunque él demostró estar en forma, tuvo el tufo de todos los grandes *shows* americanos. Lo de Johnny no. Lo de Johnny fue como llegar a la luna y ver a una tía buena tomando el sol en bikini. Más que eso. ¿El periódico habla de diez minutos de locura contagiosa? Eso es decir lo mínimo. Fueron diez minutos de pasión, segundo a segundo. Mimí lloraba. Cecil lloraba. Yo lloraba. Una mano invisible nos tenía atrapados, nos proyectaba hacia lo alto, jugaba con nosotros y con nuestros sentidos. Todas las emociones fluían lo mismo que un río de lava incontrolado, y Johnny era el volcán. Los años de ausencia se convirtieron tan solo en un paréntesis. Y fue como si ya no quedaran deudas por saldar. Hasta Elvis, Buddy, John, Jimi, Janis, Jim, Brian, Otis y los demás bailaron en sus tumbas, apuesto por ello.

¡Qué noche la de aquel día!

Y al terminar, con el programa finalizado y las cámaras captando como todo el mundo se abalanzaba sobre él, Johnny aún me había preguntado:

—¿Qué tal?

El muy cabrón… ¿Cómo se puede tener ESO y no saberlo, o dudar y preguntar "¿qué tal?".

Ahora sí, Johnny ha vuelto.

Cierro el periódico y con él bajo el brazo empiezo a andar.

26

AHORA TODO HA CAMBIADO, LO SÉ. YA NO HAY FACTOR SORPRESA.
Todavía ignoro si es para bien o para mal, pero lo que está claro es que
Johnny ya no es ningún misterio, ninguna sorpresa. A buenas horas
fuimos al Canal 72 en una noche histórica en la que hubo una huelga,
una solidaridad y un discurso ultra para dormir hasta a los más insom-
nes en las tres grandes cadenas.

Y no es únicamente lo que le pase a él. También está lo que me pase
a mí. Mary Ann, Eileen... Todo el mundo huele el éxito y el fracaso, y
lo notas. Para lo segundo te dejan más solo que la una, y para lo primero te faltan rayitas en la agenda para apuntar tantos teléfonos.

Lo bueno es que ni siquiera sé porque me siento íntegro. Qué coño,
podría recuperar a mi mujer y darle por el culo a mi gestor, o pedirle a
Eileen que me demostrara todo eso que me ha dicho del Tao Tántrico.
Poder es dominación, y luego... ¡sexo y rock and roll!

Pero me siento íntegro.

Y asqueado.

Resulta que hemos puesto Nueva York patas arriba sin saberlo.

No llego hasta mi casa. Me detengo en la esquina alarmado. Una
limusina de quince metros está frente a la puerta del edificio. Y lleva el
sello de CEW Records bien visible. Otra está aparcando en este preciso
momento en la otra acera. No lleva sellos, así que es de alquiler. Instant
Karma Records dispuesta a tirar la casa por la ventana. Si me quedo un
minuto seguro que veo aparecer otras limusinas, CBS, WEA, Capitol...

He de pensar, meditar.

¿Y cómo se puede pensar y meditar con los buitres de la industria acechándote y ofreciéndote una cartera llena de dólares?

Ayer nadie quería a Johnny Pickup. Ayer era un residuo, y yo un idealista tocado del ala. Hoy somos el hijo pródigo del rock y la reencarnación de David Geffen, el hombre-milagro de la industria discográfica, ahora asociado con Spielberg para hacer películas.

He de ir a ver a Johnny. Por suerte nadie sabe algo que sí sé yo: que ya no está en su hotel, ni tampoco en mi casa. Vive su apasionado romance con Mimí LaRue en el apartamento de ella. Y me consta que no van a salir ni para que les dé el aire. Van a pegarse todos los polvos de los pasados treinta años seguidos, hasta que solo puedan recogerse sus pedazos. Eso me da un margen.

Pero aún con él, he de pensar.

Necesito hacerlo.

¿Y si Johnny lee un periódico?

¿Por qué me estremezco con esa idea?

De pronto tengo la sensación de que, pese a todo, algo no va bien.

Respiro profundamente y echo a andar, sin rumbo, aunque todos los que caminan sin rumbo acaban justamente allá donde menos querrían terminar. Curiosidades de la vida y jugarretas del instinto. Yo lo sé cuando, una hora o más después, me detengo y me doy cuenta de que estoy frente al edificio Dakota. Si cierro los ojos puedo escuchar los disparos que acabaron con Lennon. Todavía están ahí, en ese vestíbulo, retumbando como un eco lastimero y cruel. Y no solo lo creo yo. Hay un grupo de chicos y chicas jóvenes, con un montón de aparatos, grabando algo. Me acerco y les observo. Nada. Finalmente me aproximo más y les pregunto qué hacen.

—Grabamos las cacofonías apresadas aquí.

¿Lo veis?

—¿John?

—Sí, John —me confirma una chica que debió nacer más o menos cuando le mataron—. ¿Le conociste?

—Sí, le conocí.

—Entonces te emocionará escuchar esto.

Me pone un magnetofón. Solo oigo un zumbido de fondo, y un coro de murmullos.

No quiero oír esos disparos…

—Hemos aislado su voz.

Y de repente la escucho:

—¡Oh, Dios!

Sus últimas palabras.

No puedo más. Es superior a mis fuerzas. Pero, ¿qué están haciendo? ¡Joder!, ¿qué están haciendo? ¿Por qué no pueden dejarle en paz? ¿Por qué no podemos dejar en paz a todos los que se fueron? ¿Por qué hemos de querer que vuelvan? ¿Es que no podemos vivir solos, sin ellos, sin sus canciones, sin su fuerza? ¿Por qué necesitamos héroes? ¿Por qué…?

Y entonces comprendo.

Yo soy como ese grupo buscando cacofonías. Solo que mi cacofonía está viva, no murió, únicamente se fue.

No he creado a Frankenstein, he resucitado lo peor que se puede resucitar en estos días faltos de valores propios: una leyenda.

Empiezo a correr, a huir. Nadie me detiene. Me meto de cabeza en el Central Park y aunque no me siento a salvo, sí me noto más aislado. No hay más que tíos y tías con el dichoso *footing* de las narices, chicos y chicas retozando entre la hierba, alguna madre o *nurse* con niños y niñas que juegan inocentes. De noche el parque es terreno indio, tierra de nadie. De día allá donde hace unas horas se violó a una turista loca la vida ofrece su lado bueno. ¿Cuánto hace que no paseo por Central Park?

He de ir a buscar a Johnny, he de hacerlo antes de que sea demasiado tarde.

Pero no puedo.

Así que sigo caminando, y caminando, y caminando.

Otra hora, o más. No tengo ni idea. De pronto ya no estoy en el parque, sino en plena ciudad. No vería más allá del suelo que piso de no ser porque me despierta un tumulto. Levanto la cabeza y me veo frente al Towers, la tienda de discos. Hay una multitud haciendo cola, pugnando por entrar, a tortazo limpio. La pobre Bertha debe estar aplastada en algún rincón de esa vorágine. Me pregunto qué pasa, inocente de mí, cuando una voz suena por encima del caos. Una voz metálica, que surge de algún altavoz:

—¡Por favor, no queda ni un solo disco de Johnny Pickup! ¡Por favor! ¡La compañía discográfica nos acaba de informar que sus fábricas están trabajando a todo ritmo para servir, hoy mismo, su discografía completa! ¡Tengan paciencia! ¡Por favor!

Adiós, Hole In My Balls. Bienvenido, Johnny Pickup.

Ahora sí, me decido. He de hablar con Johnny, prevenirle de lo que se le viene encima, acordar una serie de puntos clave en nuestra relación, en lo que vamos a hacer, y por supuesto hablar del nuevo álbum, decidir con quién firmamos, llamar a Sting, Springsteen, Dylan, Madonna, McCartney... Pero eso es lo de menos. Lo primero es él. Pueden destrozarle vivo, no sabe nada, ¡nada!, de cómo está hoy el tinglado. Es un niño lanzado igual que un dado sobre el tapete de la intolerancia.

—¡Taxi!

Me abalanzo sobre una de las cucarachas amarillas y se la disputo a una señora cargada de paquetes. Ella ataca, pero yo tengo las manos libres. ¡Esto es la selva, y vuelvo a ser uno más! La señora cae aplastada bajo mis argumentos: un pisotón, un codazo en el estómago y un culazo que la aparta definitivamente de la vertical de la puerta. El taxista, como no, ni se mueve y asiste impertérrito al *match*. Tras mi victoria arranca, no sea que la señora logre levantarse a tiempo y la emprenda con su vehículo. Le doy las señas de Mimí LaRue en la 99 oeste y como está en sentido contrario da un golpe de volante, corta a media docena de coches y se mete por la primera calle a la derecha.

Me siento como si me hubieran dado el pistoletazo de salida de una carrera sin fin.

Salvo que, dentro de otros ocho años, Johnny decida retirarse de nuevo.

El trayecto, a plena luz y en horario laboral, es lento, pero progresamos. De vez en cuando me tropiezo con los ojos del taxista, negro, por el espejo retrovisor interior. No estoy muy seguro del motivo de su curioso interés hasta que me dice:

—Eh, ¿usted no sacó la jeta anoche por la tele?

¿Qué pasa, que el horario nocturno del taxi lo hace un colega?

—No, yo no —miento.

—¿Seguro?

—Seguro, seguro.

—¿Usted no es el que iba con ese imbécil que dijo que no le gustaba el rap?

No a todo el mundo le cae bien Johnny. Aún hay diversidad. Algo extraño en un mundo tan monocromático y alienado.

—A mí me encanta el rap.

—¿Ah, sí? —sigue sin creerme—. A ver, dígame el nombre de un rapero.

—Hammer, Two Live Crew, Ice Cube, Fresh Prince, Snoop Doggy Dogg...

—¿Le gusta Two Live Crew?

—Mucho.

—Usted es blanco.

—Tengo el alma negra, como Eric Burdon.

Todavía duda, pero al menos mi demostración de la materia ha sido convincente.

—Cojonudo —asiente.

El día que esto estalle...

No hablamos más. Llegamos a nuestro punto de destino y le doy el importe exacto con una propina de medio dólar. El tipo coge ese medio dólar y me lo devuelve. Bueno, si le pareciera poco me lo habría echado a la cara, así que no entiendo...

—Tómese una taza de café, amigo. Tiene mala cara —me dice muy serio.

Encontrarte a un taxista decente en Nueva York es lo más fulminante, a modo de sorpresa, para que te venga el infarto, pero hoy soy capaz de superarlo todo. Además, ¿tan mala cara tengo? Prometo prestar más atención al rap y a su mensaje a partir de hoy. Le veo alejarse y yo entro a la carrera en el edificio. Un nudo en el estómago se va formando a medida que subo arriba en el ascensor.

El nudo se convierte en un agujero negro galáctico cuando llamo a la puerta del apartamento de Mimí LaRue y nadie responde.

Aplico mi oído a la madera. Los imagino haciendo el amor, *again and again and again*, pero del interior no sale ningún sonido. ¿Dormidos después de un asalto verdaderamente apoteósico? Redoblo mis esfuerzos aporreando la puerta.

Nada.

La machaco.

Se abre la puerta contigua, y un ojo y media frente asoman por el hueco. Debo tener cara de asesino en serie porque el ojo y la media frente desaparecen de inmediato.

—¡Espere!

Llego a tiempo de detener el cierre completo de la puerta. Una señora decidida a defender valientemente su honorabilidad me mira asustada.

—Su vecina, la señorita Mimí LaRue…

—Se ha ido —suspira.

Creo que entiendo el por qué de su suspiro.

—¿Ha hablado con ella?

—No.

—He de encontrarla.

—No puedo decirle nada. No han parado de… —eleva los ojos al cielo, se estremece y se recupera—, hasta que han venido otras personas y tras gritar un rato se han marchado todos.

—¿Otras… personas?

—No sé nada más.

—¿Y dice que han gritado?

—Mucho. Discutían. Y el hombre parecía apurado.

—¿El hombre?

—Oiga —me mira con disgusto, a lo mejor porque ya ve que decididamente no voy a atentar contra su honestidad—, ¿quiere hacer el favor de no largarse y no dar más la lata? ¡Quiero dormir un poco antes de que vuelvan!

—Una última pregunta, por favor, ¿cuánto hace que se han ido?

—No mucho.

No mucho. Podía haber llegado a tiempo si…

Es la historia de mi vida. Todo se resume en dos palabras: "demasiado tarde". Siempre llego "demasiado tarde".

Ahora sí sé que algo va mal.

La puerta de la vecina se cierra, y yo vuelvo a sentirme muy solo.

27

¿QUÉ HACE UN HOMBRE CUANDO ESTÁ SOLO?

Sí, de acuerdo, hay alternativas: emborracharse, buscarse una lagarta, pegarse un tiro...

Pero yo no quiero hacer nada de eso, así que repetiré la pregunta: ¿Qué hace un hombre cuando se siente solo?

—La familia.

Lo digo en voz alta, para que no quede la menor duda: la familia.

Eileen y su propuesta de Tao Tántrico también me seducen, pero no quiero sexo —ahora no—. Lo que necesito es calor de hogar, un poco de comprensión, mis hijos... aunque haya tanto que nos separe, más de lo que nos une. Y está Mary Ann.

Aunque solo fuera por joder a mi gestor, me encantaría... Al comienzo la cosa estuvo muy bien.

Aquel primer polvo, a ritmo de...

Voy a casa de mi gestor. Debería llamarla antes, pero imagino que el muy cerdo estará en su despacho preparando declaraciones de impuestos. Mientras busco un taxi arriba y abajo de la 99 me da un repentino ataque de pánico político. ¿La familia? Es como si Reagan extendiera su mano desde los ochenta y me la pasara por la espalda, fría, mortal, igual que una guadaña que espera ver caer mi cabeza demócrata. ¡Pero si yo me casé únicamente porque...! Eso, a ver, ¿por qué coño me casé yo por la vía legal? ¡Todos mis amigos se juntaron con sus prójimas, y luego, cada cual por su lado, sin necesidad de quedarse en pañales como me he quedado yo!

Toda la vida he sido…

—Bueno, vale ya de castigarte la moral, ¿no?

Una señora que pasa por mi lado me mira y me dice:

—Tienes razón, hijo. Pero si la policía no encuentra el cuerpo, a mí los remordimientos me importan un bledo, ¿sabes?

Y se aleja como si tal cosa.

El espíritu de Nueva York, de América, probablemente del mundo entero.

Nada de taxis. Estoy en las últimas. Cojo el metro. Lo único que puede pasar yendo en metro a una hora punta es que un grupo terrorista árabe lo vuele como ya hicieron en el World Trade Center o que unos chicos nos roben a punta de pistola como ya sucede a diario. Y para lo que van a llevárseme.

Los que no duermen —el metro de Nueva York está lleno de gente dormida— o miran al vecino con cara de asquerosa indiferencia —el metro de Nueva York está lleno de gente con cara de asquerosa indiferencia—, leen el periódico —no, el metro de Nueva York no está lleno de gente que lee el periódico porque has de vigilar que no aparezca un grupo de críos pistola en mano o unos árabes terroristas dispuestos a liarla, así que los que leen son más bien pocos, menos hoy—. Se nota la expectación. Algunos están deseando llegar a sus casas para saber más de Johnny Pickup, y otros para buscar sus viejos discos. Hay un nuevo tipo en la ciudad, como decía la canción.

Un héroe más, dispuesto para ser consumido, devorado y olvidado.

Aunque en su día a Johnny nunca le olvidaron del todo, está claro.

¿Quién habrá ido a por Johnny? ¿Quién habrá sido capaz de sacarle de casa de Mimí? ¿Qué extraña fuerza de la naturaleza ha podido más que el sexo?

Llego a mi parada y me bajo. Volver a la superficie me libera un poco de la tensión subterránea. Odio los lugares cerrados. Hacía una eternidad que no me metía en el metro, ¿o no tanto? ¡Dios, tengo la cabeza del revés, he dormido poco y mal y encima…! Tengo ganas de llegar a casa, bueno… a la casa de mi gestor, al nuevo hogar de mis hijos. He odiado la llamada de Mary Ann esta mañana, pero ahora es distinto. Puede que siga siendo una zorra, pero al menos ya no me ve como a una mierda, y estoy dispuesto a recibir su admiración como compensación a todos estos años de vacío.

El conserje me conoce, de vista. Antes iba a menudo a casa de mi gestor, cuando éramos amigos. El ascensor me deja en el piso y mis pies me dejan en la puerta. Respiro hondo. Llamo.

Mary Ann me abre la puerta. Cuando sonríe es guapa, y ahora me sonríe. Cuando no grita es atractiva, y ahora no grita. Cuando me besa es agradable, y ahora me besa.

—George…

—Hola, Mary Ann.

Me dejo arrastrar por el beso. Es un momento de debilidad… pero me dejo arrastrar, lo reconozco. Mi mente grita: "¡zorra, zorra, zorra!". Sin embargo el estómago, y no sé si también lo de más abajo, no saben pensar. Son unos diez o veinte segundos húmedos.

Hasta que ella se aparta de mí, me mira y me dice amablemente:

—Estás horrible. Haces muy mala cara.

—Mary Ann…

Creo que ya conoce mis "Mary Ann" y los muchos tonos patéticos en los que se lo he dicho a lo largo de la recta final de nuestra historia común. Se aparta un poco más de mí, frunce el ceño y se cruza de brazos.

—¿Qué pasa? —me espeta como un latigazo.

—Mary Ann… —digo por tercera vez.

—Ya la has jodido, ¿es eso?

No sonríe, así que de guapa, nada. Está a punto de gritar, así que de atractiva, menos. Y pone cara de haber tomado un purgante, así que el efecto del beso le ha pasado rápido y no está nada agradable.

—Ha desaparecido —me rindo.

—¿Y qué?

—Tengo miedo. Esto se ha disparado de una forma…

—Esto es el éxito, George, y tienes que saber manejarlo. Pero tranquilo, te ayudaré.

Parece dispuesta a recuperar su buen tono inicial.

—Alguien ha ido a por él, y todo el mundo está buscándole. Como firme algo…

—¿Qué dice tu contrato?

—¿Qué contrato?

Lo pilla a la primera, de golpe. Es como si una bomba atómica hubiera estallado en su interior y el viento huracanado la estuviese atropellando. Le tiembla la mandíbula, el pecho empieza a subirle y bajarle al compás de la respiración, y los ojos despiden las primeras chispas.

—Firmaste un contrato con Johnny…¿no?

—No, no firmamos nada. No era neces…

¡Boom!

—¡Ernest!

Está en casa, ¡mi gestor está en casa! Ella besándome y él… a unos pasos. ¡Y además, no quería mencionar su nombre! ¡En ningún momento lo he dicho! ¡Sí, se llama Ernest, Ernest Smith, mucho peor, muchísimo peor que Sassafras Merryeweather! ¡Es el nombre más idiota que jamás he oído! ¡Smith! ¡Por favor!

Se abre una puerta, la del despacho privado de MI GESTOR. No sé si es para consolarme, pero me da pinta de tener mi misma cara de idiota antes de que Mary Ann me dejara por él. Se acerca a nosotros y ella se lo dice:

—No firmó nada —primera pausa—. Ningún papel —segunda pausa—. Tiene a Johnny Pickup y deja escapar a Johnny Pickup.

—Yo no he dicho que él se haya esc…

—¡Cállate!

Me callo.

—George, eres un estúpido —me dice mi gestor.

La miro a ella, luego a él, y me esfuerzo por sonreír. Lo consigo.

—Antes sí —dejo ir suavemente—. Ahora lo dudo.

—Oh… ¡Vete de aquí! ¡Lárgate, esfúmate, desaparece! —ni pausas ni nada. Mary Ann saca toda su artillería—. ¡Eres un fracasado, un frustrado, un perdedor, un completo idealista, soñador, hippy…! ¡Crees que en la vida no hay más que canciones y esa mierda del rock! ¡Jodido soplapollas!

No me altero. No sé si nada más salir me echaré bajo un taxi, pero ahora no me altero. No quiero darle ningún triunfo. Aún mantengo mi sonrisa después de haberle devuelto a Ern... a mi gestor el golpe. Y no me da la gana de irme.

—Quiero ver a mis hijos —anuncio.

—¡No son tus hijos! ¡Los tuve con el lechero!

—Criaste a los dos a pecho, ¿recuerdas?

—¡TE OOODIOOO!

Me echa las manos al cuello, pero mi gestor impide que lo alcance. No sé si no quiere que mi sangre le manche el suelo y las paredes o si es que no quiere que ella vaya a la cárcel y deba ocuparse de Lizzy y Patrick. Aprovecho el momento para colarme dentro y empiezo a abrir puertas. Acierto a la segunda con la habitación de Patrick. Lo sé porque antes de verle a él, tumbado en la cama, como si tal cosa pese al follón que hemos armado, veo los pósters de Eisenhower, Patton, McArthur, Colin Powell, Oliver North y otros que ni conozco porque aún no se ha hecho su vida en cine.

Estoy en facholandia.

—Patrick...

—Hola, papá.

—Hijo, el otro día...

—Creí que habías cambiado, papá. Por un momento creí entenderte, y captar tu mensaje. Fue un buen discurso. Pensé que ya no eras un estúpido demócrata. De todas formas me ayudaste. A lo que parece no era tu intención, pero me ayudaste.

El pequeño cabrón.

—Te deseo lo mejor, hijo.

—Gracias, papá.

—El primero que mates siempre será el más difícil. Los otros ya no importan.

—Lo sé. Son estadísticas.

Lo sabe.

Cierro la puerta y sigo buscando. Me queda Lizzy. Me queda mi niña. Todavía tiene arreglo. A sus trece años aún puede...

La encuentro sola, sin Lester —claro, esto no es mi apartamento—, en la siguiente puerta. Ella no ha oído nada porque lleva puestos unos cascos. A través de los auriculares oigo débilmente un espantoso rap.

—Lizzy.

Nada.

—¡Lizzy!

Logro captar su atención, aunque pone cara de fastidio. Ni un ápice de alegría. Se quita los auriculares y cierra el aparato.

—¿Cómo estás, cariño? —no sé si entrar y sentarme en su cama o quedarme en la puerta, tengo un presentimiento.

—Lester y yo hemos roto —me anuncia.

—Oh, bien, me alegro.

—Claro, la culpa es tuya.

—¿Mía?

—Fuiste muy hábil, típico de un adulto. En lugar de prohibirme que le viera y que lo hiciéramos, me dejaste carta blanca.

—No… entiendo.

—Claro. Puede que esté traumada y marcada para una próxima relación, pero tú no entiendes. Genial.

Me he perdido algo. O no hablamos en la misma frecuencia o…

—Cariño, siempre he querido tu bien —le digo con auténtico sentido paternal.

—Pues tenías que haberme violado a los diez años, como Patti y su padre —afirma categórica—. El odio une mucho. Te habría perdonado, y además estaría escribiendo un libro.

La niña de mis ojos. Lo rápido que crecen y aprenden.

—Lo siento, Lizzy.

—Ya es tarde, ¿no crees?

—Sí, supongo que sí.

Voy a irme, pero ella me retiene un último segundo.

—Papá.

—¿Qué?

—Todavía puedes enviarme un regalo por Navidad.

—Gracias.

Cierro la puerta. Mary Ann y mi gestor están en otra parte, aún les oigo gritar. No me despido de ellos. No creo que haga falta. Camino despacio hasta la salida y me voy de sus vidas.

Lo malo es que yo sigo en la mía.

28

ES CURIOSO LO RARO QUE SE VE NUEVA YORK DESDE LA PERSPECTIVA del éxito o la del fracaso. Y aquí se pasa de lo uno al otro en un abrir y cerrar de ojos. Todavía no he hablado con Johnny, puede que no haya pasado nada, pero me da la impresión de que ya llevo la marca de la muerte en la cara. Sí, Mary Ann no es tonta. De haber seguido casado con ella lo primero que me habría obligado a hacer hubiera sido ese contrato. En el mismo Pagopago. Pero ya no estoy casado con ella.

Y me alegro. Con o sin contrato me alegro.

No puedo desearle nada peor a mi gestor que arramblar con mi ex y con mis hijos.

Mis hijos, jooodeeer.

Nadie me mira, pero temo que si me acerco a alguien me diga:

—¿Usted no es el que salió anoche por la tele? ¿Usted no es el idiota que tuvo a Johnny Pickup y le perdió?

Muchos de los "sin techo" que pueblan Nueva York, y todos los Nueva Yorks del mundo, empezaron así, estoy seguro.

¿Y ahora?

Si por lo menos encontrara a Johnny.

Yo aún creo en las personas. Anoche Johnny me abrazo emocionado después de su actuación, y cuando Mimí y él se marcharon, seguía emocionado.

Le doy la espalda a la familia, y me reafirmo en mi idea de que Reagan era un estúpido. Es una pena que los últimos presidentes demócratas la hayan jodido, Carter, Clinton… Pero Reagan y su mensaje nos llenaron la cabeza de falsas esperanzas. A Reagan le hubieran tenido que tocar unos hijos como Lizzy y Patrick, y una cónyuge como Mary Ann. Habría aprendido rápido.

¿Y cuando ya no te queda la familia, que te queda?

Eileen.

Por supuesto.

¿Desde cuándo la familia es mejor que un Tao Tántrico de Nuevas Fronteras Sexuales?

Eileen.

Ella vive en otro mundo, de espaldas al egoísmo y la intolerancia de éste. No cree en el dinero, sino en el Universo. Es espiritual. Está algo loca y a veces se pone un poco plasta con sus rollos, pero es espiritual. Se acostó con su profe de zen, de acuerdo, pero si lo analizo detenidamente es como si yo la hubiera empujado a eso, ¿no?

Bueno, da igual, ¿para qué buscarme excusas? Quiero verla y voy a verla, y si puedo hacerle un tocado de espaldas rápido, se lo hago. En situaciones como esta sí hace falta una descarga sexual.

Tenía que haber ido a ver a Eileen antes que a Mary Ann.

Otra vez el metro. Me da tiempo a pensar. Soy un jugador de campo con la pelota en las manos y ninguna posibilidad. Lo único que puedo hacer es echar a correr. Si hago el *touch down*, cojonudo, aunque lo más seguro es que todos los energúmenos de la primera línea del equipo rival, del mundo entero, me caigan encima y me hagan papilla. Dios, siempre he creído que amaba esta ciudad, su locura, su disparatado vértigo, aún en los momentos más bajos. Pero ahora la odio.

Y ella me odia a mí.

Lo veo en la cara de todos.

Salgo del vagón del metro en mi parada y de camino a la superficie veo a un chico tocando una guitarra, con la funda abierta a sus pies y algunas monedas en ella. No lo hace mal. Lástima que los tíos de CEW, CBS, WEA, Capitol y demás no cojan el metro. Si lo cogieran, este chico podría estar grabando mañana y ser nº 1 en la siguiente. De las catacumbas al cielo. Y entonces se diría que solo aquí, en esta ciudad y este país, esto es posible. Nos encantan estos pasteles de chocolate adobados con mucha nata. El éxito continuo de los demás nos hace albergar una mínima esperanza de que un día nos pueda tocar a nosotros. El éxito es lo que importa.

Puede que Mary Ann tenga razón, y yo ya no sea más que un residuo.

Acelero el paso al llegar a la calle, más en el piso y prácticamente echo a correr cuando veo la puerta de Eileen a lo lejos. A menos de cinco metros de ella me detengo para arreglarme un poco. A menos de un metro empiezo a sonreír. En ese instante la puerta se abre y por el hueco aparece mi objetivo. Lleva una maleta en la mano.

—Eileen…

—¡George!

No me esperaba, es evidente. Se queda paralizada un segundo, dos, el tiempo preciso para que le cambie la cara y yo repare más acusadamente en lo de la maleta.

Si lo de la maleta no me gusta, menos me gusta el cambio de su cara. Me recuerda el de Mary Ann.

—¿Dónde vas?

—Oh, George, ¿por qué has tenido que…?

Esta mañana estaba dispuesta a acogerme en su seno. De eso hace una eternidad.

—¿Por qué he tenido que qué, qué?

—Si me hubieras hecho caso.

—¿Caso?

—El zen. Lo habrías visto todo de otra forma, con una perspectiva más… racional.

—¿Qué tiene que ver el zen con eso? —señalo la maleta.

—Lo siento.

Pero no, no lo siente. Quizás sí en una pequeña parte, pero no en la esencial.

—¿Qué es lo que sientes?

—¿Sabes dónde está Johnny?

—No.

—¿Lo ves?

—¿Sabes tú dónde está Johnny?

—Sí.

Vaya por Dios.

—¿Dónde?

—George... —está dispuesta a no ponérmelo fácil—. Esta mañana, te he notado tan raro, tan extraño, que he vuelto a llamarte un par de horas más tarde. Sabía que me necesitabas. No eres más que un niño grande, y yo te hubiera ayudado si no me hubieras apartado de ti. Al ver que no contestabas, y pasando de hablarle a tu contestador, he tenido una mala vibración, así que he ido a tu apartamento.

—¿Y?

—Iba a echar la puerta abajo, cuando han aparecido ellos.

—¿Ellos? ¿QUÉ ELLOS?

—Johnny y esas tres mujeres.

Por un instante casi pienso en Naya, Agoe y Mia.

¡Seré gilipollas!

—¿Tres mujeres?

—¿Quieres dejar de repetir lo último que digo? ¡Me estás poniendo nerviosa!

—Una era Mimí LaRue, pero ¿quiénes eran las otras dos?

—La hija de Johnny Pickup y una amiga, eso me han dicho.

—¡J.D.!

Pies bonitos. Cerebro hábil.

—No entendía nada —sigue por fin Eileen—. Querían verte, decían que era importante, y estaban todos tan nerviosos... El pobre Johnny parecía...

—¿El pobre Johnny?

—Sí. La tal Mimí le insistía en que debía hacer caso a su hija, que la familia es la familia, y que ella, que nunca tuvo una familia, sabía mucho de eso. Y la hija de Johnny le insistía en que hiciera caso a su amiga... que por cierto parecía un amigo, ¡qué carácter! Llevaba la voz cantante, daba órdenes, decía "¡vámonos ya!" y "¡no perdamos más el tiempo!" y "¡cada minuto cuenta y vale una pasta!". Y entre las tres,

Johnny apenas si abría la boca, se iba haciendo más y más pequeño. De vez en cuando me miraba y musitaba: "¿Dónde está George? ¿Dónde está George?". Ha sido entonces cuando he comprendido que se iba alejando de ti tanto como la Tierra lo de está de la Luna.

He de apoyarme en la pared. Le pediría que me dejara entrar en su apartamento, y me diera algo de beber, pero sé que no va a consentirlo. Hasta los del zen deben saber eso de no permitir que la tristeza entre en tu casa por la puerta, porque la alegría saltará por la ventana.

¡J.D.! ¡La muy hija de mala madre!

¿Por qué no se me ocurrió pensar en Carol?

—¿Qué ha pasado después? —pegunto con un hilo de voz.

—Nada. Se han ido.

—Así, sin más.

—No, gritando. Bueno, ellas gritaban —rectifica—. La tal Mimí decía que todo iría bien. La hija que tú eras un cerdo aprovechado que lo único que habías pretendido era sacarle los ojos. Y la otra que menos mal que ella estaba allí, para tomar las riendas del asunto.

—¿Y los buitres?

—¿Qué buitres, George? —me mira desconfiada—. ¿Te encuentras bien?

—¿No estaba la calle llena de limusinas y gente con papeles en la mano buscando la firma de Johnny?

—No.

—¿No?

—¡No, George! ¡Me estás poniendo nerviosa!

¿Qué podía significar eso?

Tal vez que… ¡ya no hacía falta que estuvieran allí!

—Oh, no.

Hay un atisbo de piedad en Eileen. Ella no es como Mary Ann al fin y al cabo. Claro que Eileen no tiene dos hijos míos por los que velar. Me pasa la mano por el alborotado cabello y me mira con ojos tristes.

—Le has perdido —y no es una pregunta. Es una aseveración.

—No lo sé.

—Le has perdido —repite—. Johnny te defendía pero…

—¿Me defendía?

—Ha dicho un par de veces que eres un gran tipo.

—Eso es bueno.

—No, George: eso es malo. No se puede ser un gran tipo, ni una buena persona, ni nada que pueda darles a los demás un punto de apoyo para joderte. Serás un gran tipo, pero vives en un pequeño espacio, y ya te lo dije, cariño: yo necesito mucho espacio.

—Fronteras ilimitadas.

—Sí.

—¿Tú crees que algunas cosas con el zen duelen menos?

—Oh, sí, desde luego. El zen da fuerza, templanza, te eleva por encima de las miserias mundanas, te hace ver las cosas desde una perspectiva diferente…

—Lo mismo que el sexo, querida.

—Oh, vamos —me pone una mano en el pecho, y por un instante hasta se ríe. Es muy fugaz.

No, no es tan tonta. Ella también huele la mierda. Por la mañana yo era un triunfador. Se habría incluso casado conmigo con los ojos cerrados. ¿Zen? ¡Y una leche! Pasta y éxito. Ahora se larga.

—¿Te vas?

—Arthur y yo vamos a llevar a cabo un experimento.

—¿Quién coño es Arthur?

—Mi profesor de zen.

El peludo. Puedo imaginar qué clase de experimento van a hacer los dos.

—¿Con mucho espacio?

—Oh, sí, desde luego. Todo el del mundo.

A lo mejor se van al Gran Cañón.

—Adiós, Eileen.

—Adiós, George.

Es una despedida, con todas las de la ley.

Echamos a andar por el pasillo después de que ella haya cerrado la puerta de su apartamento, en silencio, y en silencio descendemos hasta la calle en el ascensor. No hay malos rollos, ni animadversión. Ella tiene su zen y yo la cabeza demasiado llena de flashes para lamentar que se vaya, aunque después de tanto tiempo persiguiéndola y acosándola sexualmente... y sobre todo después de habernos encamado...

Con el mismo silencio nos separamos abajo. Ella echa a andar en dirección este y yo, únicamente por inercia, lo hago en dirección oeste.

29

LO INTENTO.

Es por Johnny, en serio, no por mí. Quiero que me mire a los ojos y me lo diga. A lo mejor hay una esperanza.

A lo mejor.

Así que voy otra vez a casa de Mimí, y a casa de Carol y J.D., y al hotel. Pero nada. Silencio en los dos apartamentos, y en el hotel la noticia de que Johnny se ha ido. Cuenta cancelada. Sí, por supuesto, Johnny iba acompañado de tres mujeres, y las que hablaban eran ellas, especialmente una tan alta como una torre.

Anochece cuando el último de los muchos metros que he cogido a lo largo del día me deja cerca de mi propio apartamento. Ha sido un brutal choque con la realidad. Lo mismo que medio centenar de tíos y tías, agotados y derrengados tras una dura jornada laboral —¡háblales de rock a esa gente ahora, va!—, me arrastro en dirección a la paz del hogar, aunque en mi caso de paz nada, porque me da mucho miedo llegar a casa, cerrar la puerta y quedarme solo.

Todo se me hace una montaña. Caminar hasta el edificio. Entrar. Subir hasta mi piso. Llegar a la puerta del apartamento. Abrirla. Cerrarla tras de mí.

¿Un poco de Primal Scream? No, a esta hora y con el grito que pegaría, incluso podría poner nervioso a algún vecino, o a Maggie.

Maggie.

Me acerco al teléfono. El contestador automático se vuelve loco cuando toco la tecla correspondiente y me avisa del número de llamadas almacenadas en la cinta. La tira. Mientras se rebobina me sirvo un whisky, cargadito. No me iría mal el caimán con hielo de la escapada nocturna con Johnny. ¡Menuda noche! Luego me siento en mi saco y espero. Ahora tengo curiosidad por saber quién más me ha telefoneado esta mañana y a lo largo del día. Curiosidad masoca, de acuerdo, pero curiosidad al fin y al cabo.

Las primeras catorce llamadas son como las de mi despertar: CBS, WEA, Capitol, Polygram y una docena más ofreciéndome lo que les pida por el contrato de Johnny. A partir de la última, hay un pequeño giro en la temática.

—¿George? Soy yo, Gordon Bush, tu querido editor. ¡Ah, buena pieza! Siempre con un as en la manga, ¿eh? ¿Por qué no me dijiste que tenías a Pickup cuando me diste su artículo? ¡Por supuesto que va a ir en este número, pero necesitaré que lo adecúes un poco, que lo actualices! ¿Me llamarás hoy mismo? Si no lo haces tendré que dárselo a alguien del equipo, porque no voy a desperdiciar la oportunidad y cerramos mañana. ¡Eres el jodido tío que ha devuelto a Johnny Pickup al mundo! ¡Eres grande, George!

Soy grande. Y a lo mejor hasta me sube el sueldo. No tengo más que decirle que me han tanteado de cualquier otra revista. Me queda mi dignidad profesional.

¿Estoy seguro?

De hecho voy a convertirme en el hazmerreír del tinglado.

—¿Lizzy? Soy Lester —es la primera vez que le oigo la voz—. Te quiero, y si no me dices algo me suicidaré. Contigo he alcanzado cotas de felicidad inimaginables —otro que tiene un temperamento zen—. Creía que teníamos algo. Por favor, llámame.

Pobre Lester. Se le han acabado sus ráfagas de diez minutos. Ahora que se disponía a ir batiendo records.

—¡George, soy Norton Lettering!

Es el primero de una buena serie de emisoras de radio y TV. Las de radio son pobres, pero las de TV ofrecen verdaderas fortunas para que Johnny pise sus estudios. Ahí están ABC, NBC y CBS, con sus mejores horarios y sus presentadores estrellas dispuestos a lo que haga falta. Cielos, mi número de teléfono debe ser más popular que el del sargento Buchanan.

—¿George Saw? Soy Pal Numura, de la MTV. Queremos que Johnny Pickup haga un "Unplugged" con nosotros, en las mismas condiciones que Mariah Carey, Rod Stewart, Nirvana… Ya sabes: el directo, y después el disco. Llámanos, por favor.

—¡George, soy Marvin Lucas! ¿Qué mierdas está pasando? ¡Me han llegado muy malos rumores! ¡Llámame o vas a pagar tú el tiempo que llevo empleado en la pre-producción del álbum!

Debe ser la llamada treinta y pico, pero es la más reveladora:

—Soy Mortimer DeLuca, querido estúpido. ¿Pensabas que ibas a jugárnosla? ¿Creías que una bomba como esa iba a caer en manos de una independiente como Instant Karma Records? ¡Por Dios, George!, ¿en qué mundo vives? CEW es la casa de Johnny, siempre lo ha sido. Su nueva representante, una tía verdaderamente lista esa tal J.D., lo ha solucionado todo en diez minutos. Tiene ovarios esa nena. Me gusta. Y en cuanto le he dicho que siempre fui un fan de Johnny Pickup… le he tocado la fibra sensible. Parece que ya no estás en el tren, George. Para la próxima, si es que hay próxima, aprende a jugar. Vete a Graceland a ver si encuentras el fantasma de Elvis. Púdrete, George.

El resto de llamadas, de voces, va diluyéndose en mi espacio, y como lo tengo pequeño, según Eileen, con tanta gente dentro de él acabo con un dolor de cabeza y una sensación de ahogo que me mata. No creo que quede ya mucha cinta, y eso que es de una hora.

Pero queda una llamada.

—George, soy Johnny.

Es como si me acabasen de disparar desde dentro de mi mente. ¡Bang!

Y abro los ojos de golpe.

—Escucha, George, amigo, han pasado cosas… —su voz es apacible, serena, y no puede ocultar un tono de espanto mezclado con otro de sorpresa y uno más de culpabilidad—. Bueno, no sé si es correcto decírtelo todo por teléfono, pero he hecho lo imposible por localizarte.

¿Dónde te metes? Oh, George, anoche fue tan… intenso, tan especial. Esa actuación, lo que sentí, fue como volver al pasado, y con Mimí… Desde que he llegado a Nueva York todo ha sido muy rápido, como antes, como en los sesenta, pero ahora todo es también distinto, ¿verdad, amigo? He conocido a la mujer de mi vida, he recuperado a mi hija Carol. Me siento… feliz, George, muy feliz. Entiendo por qué fuiste a por mí, y sé que he perdido todos estos años creyendo que era mejor estar allí que aquí. Pero huía, hijo, ¡estaba huyendo! Tú me has abierto los ojos, lo mismo que Mimí me ha dado el amor, Carol la respetabilidad y J.D. la auténtica visión de lo que es el mundo actual. Gran persona esa J.D., ¿sabes? Es fuerte, quiere a mi hija, y mi hija la quiere a ella, y para mí eso es lo único que cuenta. Nunca fui intolerante o carca. El amor es libre. Lo único que me sabe mal es que por ayudarme a mí, sus planes de adoptar un hijo van a posponerse un poco. Dicen que son jóvenes y hay tiempo. Espero que sepan lo que se hacen.

—Lo saben muy bien, Johnny. Lo saben muy bien —suspiro.

—Eres una gran persona, George —continúa Johnny en su mensaje grabado—. Un tipo de los que no hay, y precisamente eso es lo malo. Perteneces a la vieja escuela, lo mismo que yo, y si un inocente es peligroso, imagínate dos. Lo pasaríamos bien, pero… Si no hubiera conocido a Mimí, si no hubiera recuperado a mi hija… me hubiera dado igual. Pero he de darle lo mejor a Mimí, porque se lo merece, y he de darle lo mejor a Carol, porque es mi familia. Si vieras lo amigas que se han hecho en unas pocas horas Mimí y Carol. Ya se llaman "mamá" e "hija". Vieron el *show* por televisión, y esta mañana, cuando he telefoneado a Carol y le he dicho donde estaba, han venido inmediatamente a verme las dos, J.D. y ella. Ha sido cuando han empezado a hablar, y…

¿Hablar? ¡Las muy hijas de puta!

—Carol ha dejado su trabajo, y J.D. el suyo. Mimí también está dispuesta a renunciar a su carrera por mí. ¿Qué te parece, George? No es maravilloso. Me gustaría mucho verte, pero J.D. insiste en que deje a un lado el terreno afectivo y emocional, o eso nos destruirá a todos. Antes era distinto, ¿verdad, hijo? En los cincuenta y en los sesenta sacabas un disco, te ibas de gira, follabas un poco, te emborrachabas, cometías errores, pero con un apretón de manos la gente se entendía. Así que no quiero complicaciones emocionales. Soy demasiado sentimental. J.D. tiene razón. Pero quiero que sepas que te lo debo todo a ti, que eres mi mejor amigo, y que lo has conseguido: has sido el tío que devolvió a Johnny Pickup al mundo de la música. George...

¡Zip! Bip-bip-bip...

Se termina la cinta. No sé si iba a decirme algo más o no, pero ya da igual. Nunca lo sabré. Hasta la técnica está dispuesta a fastidiarme. ¿Y si Johnny, en un acceso de arrepentimiento, iba a decirme que...?

Me quedo tal cual.

Y encima, ¿por qué no puedo odiarle? ¿Serán reminiscencias zen a causa de haber estado tirándome a Eileen? ¿O es mi aura que tiene un cortocircuito?

Pero es cierto, no le odio.

Sería como odiar todo lo bueno de mi vida.

La idea de que no te queda nada es dura. Miras a tu alrededor y sientes el vacío. Como aquella niebla de *La historia interminable* que se come el mundo. Sin embargo alguien me dijo una vez que siempre, siempre queda algo. Basta con tener un espejo y mirarte a ti mismo.

Miro a mi alrededor.

¡Joder!, ¿quién me dijo esa parida?

Bueno, tal vez sí tenga algo de razón.

Algo.

Me queda...

¡No, no, ni hablar!

¿Y por qué no?

Me queda...

Espero que me invada un sudor frío, pero no me invade nada. Espero sentir una arcada, pero como no he comido en todo el día, nada se revuelve en mi estómago. Espero que mi mente y mi razón se rebelen, pero mi mente y mi razón han echado el cierre por cese del negocio. Espero que mi pito se arrugue, pero mi pito es idiota y lo único que sabe —y presiente—, es que va a meterse de cabeza en un agujero.

Así que como no hay ninguna objeción, me levanto.

Camino hacia la puerta.

La abro.

Salgo fuera.

Y llamo al apartamento de Maggie.

Quizás no esté. A lo mejor…

Está.

Aparece vestida con su túnica-bata larga hasta los pies. Pero ahora sé lo que hay debajo: su serpiente y su corazón peludo.

—George…

Espera que le pida sal, o azúcar, o una cuerda para ahorcarme, pero doy un paso, la abrazo y la besó. Primero me encuentro con sus labios, por la sorpresa, pero al instante los abre y me da la lengua. Una marea salivosa va de su espacio al mío en los diez segundos siguientes, mientras empiezo a empujarla y a desnudarla en cuanto se cierra su puerta. Evidentemente tengo los ojos cerrados. No quiero verla. Solo follármela.

Todavía no estoy loco.

—George… —consigue apartarse un poco de mí y pienso que como ella también me haya dado la espalda, la mato—. ¿No me habías dicho que eras impotente?

—Cúrame.

—Oh, George.

Tiembla, se estremece. Se siente como la Madre Teresa de Calcuta a punto de conseguir un milagro, y como ya está desnuda se me sube, una pierna para cada lado, con las manos unidas en mi espalda. Empieza a comerme.

El que dijo que siempre queda algo no conocía a Maggie.

30

TODO ESTÁ LLENO DE CUADROS.
Cuadros pintados por ella y con un único modelo: ella.
Y además, siempre desnuda.
—Te quieres mucho a ti misma.
—Los modelos son caros. Ahora te pintaré a ti.
—Oh.
Titulo del cuadro: *El gran idiota.*
Pese a todas mis prevenciones, la miro. Tumbada a mi lado en su cama me confirma su aspecto de judía en Auschwitz a punto de ser gaseada. Hasta la serpiente tiene más pinta de lagarto que de reptil. Boca arriba su escaso pecho es inexistente, y se le marcan las costillas como si pudiera tocarse el xilofón con ellas. Parece pensativa, con la mirada perdida en el techo.

Sí, *El gran idiota.* Me da pena.
Soy yo el que está hecho una mierda, y va ella y me da pena A MÍ.
—Lo siento.
—No importa, George.
—Sí, sí importa.
—La próxima vez seguro que…
Esa es la cosa: la próxima vez. Si hay "próxima vez" sí que lo joderé todo y del todo. ¿Qué hago aquí? Ni siquiera he podido tirarme a Maggie. Claro que Maggie es mucha Maggie, pero como dijo aquel otro, a oscuras todo es igual.

Menos para mí.

Estoy realmente acabado.

Dios… amo el rock, pero el mundo del rock es una mierda, es peor que una mierda, es… asqueroso, vil, sucio, traidor, interesado, ruin, salvaje, cruel, impío, despiadado, horrible…

No, no, no es el rock, son los noventa los que son una mierda, son peores que una mierda, los noventa sí que son… asquerosos, viles, sucios, traidores, interesados, ruines, salvajes, crueles, impíos, despiadados, horribles…

Claro que los ochenta… con la cultura del dinero, los yuppies, los bonos-basura…

¿Cuándo, en qué momento del camino perdimos la inocencia?

¿En los setenta, en la dichosa crisis del petróleo?

—Vivimos un tiempo egoísta, falso —digo en voz alta sin darme cuenta.

—Sí, George.

Sigue así, a mi lado.

—Lo mejor de la música es la música, no lo que hay detrás. Lo mismo que una película es una película, pasando de si los protas se han enrollado haciéndola o de que todo es mentira y la han rodado a cachitos que luego pegan con cola.

—Sí, George.

Casi es perfecta. "Sí, George" cada día. "Sí, George" toda la vida.

Si hubiera podido…

Pongo la tele, por inercia. Veo el mando a distancia a mi lado, en la mesita de noche, lo cojo y ¡zas! Es uno de esos movimientos reflejos que se adoptan como habituales. El siguiente es ametrallar el dígito de cambio de canales, para hacer un barrido. Lo único que no quiero es nada porno. No con Maggie a mi lado.

Conflicto en Burundi —¿dónde está Burundi?—en la CNN. Conflicto pesquero entre españoles y portugueses con Canadá —¿ya no pescan con caña? Vaya, parece que Europa prospera— en el informativo de la NBC. Otra vez Reagan —¿aún está vivo?— en la ABC. Un vídeo de Pavarotti, Domingo y Carreras —exprimiendo más y más la vaca, ¿eh?— en la MTV. Una película de Bogart —inexplicable: no es *Casablanca* ni *El halcón maltés*— en la CBS. Un programa infantil de dibujos japoneses con diez muertos por minuto—muy adecuado—, en mi querido Canal 72.

Y de repente...

Un cuerpo tirado en mitad de la calle. Un cuerpo de policía, sin rostro, pero con un inconfundible cabello pelirrojo. Me detengo y subo el volumen. Una locutora entra en cámara en ese momento.

—El sargento Buchanan, uno de los mejores agentes de policía de la ciudad de Nueva York, ha sido brutalmente asesinado esta noche, hace escasos minutos, frente al Radio City Music Hall. Al parecer el sargento Buchanan estaba tratando de apartar a unas prostitutas de la entrada del teatro cuando unos adolescentes, unos niños entre trece y quince años, le han vaciado un cargador entero en la cara, dándose a la fuga inmediatamente sin que...

Por detrás de la presentadora, unas mujeres medio desnudas, obviamente las prostitutas en cuestión, están gritando a todo pulmón.

—¿Apartar? ¡Y una mierda! ¡Quería llevarnos a todas a una habitación para montar un número! ¡Todas con él! ¡Eh, queremos salir por la tele y hablar! ¡Eh, eh!

—El sargento Buchanan —continúa la presentadora moviéndose un poco, probablemente a instancias del realizador o del cámara, para dejar fuera de la toma a las alegres chicas de la noche—, había sido condecorado en siete ocasiones, y en su ficha policial constaban numerosas operaciones en las que, desafortunadamente, pero siempre en cumplimiento de su deber, había tenido que matar a setenta y nueve personas. Su viuda y sus cinco hijos...

Maggie me ve la sonrisa.

—¿Por qué te ríes?

—Es mejor que Bugs Bunny, y que el Correcaminos y el pobre Coyote. Mejor que ninguna otra cosa.

—No te entiendo.

—Hay justicia. Y mientras haya justicia, hay esperanza.

—¿De qué estás hablando?

—Cosas mías.

—George, ¿seguro que la impotencia solo afecta al pito?

Me levanto. No es que esté mejor, pero… ¿o sí lo estoy? No tengo ni idea, pero se acabó Maggie. Ya está. No creo que después de esta me llame ni me acose, ni siquiera para tener un modelo gratis.

—Me haré un examen.

—Está bien, George.

Me mira con sus ojos bobos, lánguidos, decrépitos. Pese a todo, es la mejor tía con que me he tropezado. Primaria. Primaria y simple pero… ¿Pero, qué? No tengo ya más palabras para describirla. Ni a ella ni a nadie. Me he quedado sin palabras.

Cojonudo.

Total, para lo que me han servido hasta ahora.

Acabo de vestirme y me pongo a silbar. No estoy loco. Es que tengo ganas de silbar, ¿qué pasa? Sé que no podéis entenderlo, ni falta que os hace. Total, nadie entiende a nadie, y mientras cada cual se entienda aunque solo sea un poquito a sí mismo…

Me he pasado el día diciendo adiós a todo el mundo.

Mary Ann, mis hijos, Eileen…

—Adiós, Maggie.

—George.

—¿Sí?

—Quieres apagar la tele, por favor.

—Oh, sí, claro. Perdona.

—Gracias, George.

—No hay de qué, Maggie.

Me voy dejándola en la cama, tal cual, pensativa.

Mejor ella que yo.

También estoy tal cual, en términos abstractos, pero desde luego de pensativo, nada.

Cuarta parte

LAS REALIDADES

31

Y AHORA, ¿ALGUIEN PUEDE DECIRME QUE ESTOY HACIENDO YO AQUÍ?

¿Alguien medianamente inteligente es capaz de hallar una razón por la cual yo esté aquí, una sola?

Han pasado tres meses.

Tres largos o cortos meses, según se mire, pero tres meses al fin y al cabo.

Tres meses de silencio, vacío…

—¡George! ¿Cómo estás, hombre? Vaya, ¡menudo aspecto el tuyo! ¿De qué vas?

Es el cuarto que me lo dice. Al quinto creo que le pegaré, o le diré que he estado en un frenopático a causa de tanto rock con auriculares. ¿Qué le pasa a mi aspecto? Sí, llevo el cabello muy largo, y barba, y voy sucio, al más puro estilo *dirty look*, pero estamos en el mundillo, ¿no? Passso de todo. Fijaos como van algunos de los demás.

Bueno, los demás no causan tanta sorpresa. Ellos han ido siempre así. Los mismos Hole In My Balls parecen sacados de una pesadilla.

Es una gran fiesta. La fiesta de presentación del álbum de Johnny. Estamos todos, no falta nadie. Viejos y nuevos camaradas, Cecil Hawthorne, Alvin Bakersfield, Mortimer DeLuca, Norton Lettering, Gordon Bush… doscientos tíos y tías así a ojo. La crema y la nata —y el poder— del tinglado internacional, y muy especialmente de Nueva York, está aquí. Un gran día. Y todo el mundo dice que el disco será lo más fuerte del año, de la década. No me extraña.

A mí ya nada me extraña.

Después de tres meses solo, sin que siquiera Maggie haya vuelto a…

Trato de eludir a según quien. Lo mío ya es solo mirar, castigarme la moral, no sé. Pero es difícil.

—¿George, eres tú?

—Hola, Eileen.

—Casi no te reconocía. ¿Conoces a Arthur, verdad? Su profe de zen, ¿recordáis?

—Sí, por supuesto. Hola, Arthur.

—Nos hemos casado.

—Oh, qué bien. Me alegro. Es bueno eso de juntar los karmas y tal.

—Estás raro, George.

—Solo he cambiado de imagen. ¿Qué hacéis aquí?

—Arthur da clases de zen a la hija de Johnny. Nos ha invitado.

—¿Más zen? Fantástico.

—Bueno, nos vamos. Quiero pedirle un autógrafo a McCartney.

—Suerte —respiro aliviado porque se largan.

—Gracias, George.

Se van en busca de McCartney, que está al lado de Madonna, que por cierto está guapísima. Luce un vestido de no se sabe qué, transparente por arriba, así que enseña sus tetitas de forma velada, y se ha teñido de pelirroja. Además, va descalza, última moda, y también me gustan sus pies, muchísimo. Morbo puro. Dylan, con botas y cazadora negra, eterna cara de desprecio colectivo y libido a ras de suelo, está más curtido, pasando de todo, lo mismo que Springsteen. Claro que para exótico el enano, Prince: capa de terciopelo rojo, pantalones azules ajustados al límite, torso desnudo, botas blancas y maquillaje Margaret Astor con peinado neo-punk. Arrebatador. Muy distinto va Sting, a lo clásico, o el mismo Peter Gabriel o Mariah Carey. Y el que más McCartney, con Linda, hablando de sus preparados congelados vegetarianos con todo Dios.

Sí, una gran fiesta, tope.

Y yo.

Yo aquí.

Nadie me ha contestado todavía a la pregunta de qué diablos estoy haciendo yo en ella.

Veo a Mimí y a Carol, cogidas del brazo, muy amigas, madre e hija, y me doy media vuelta. Demasiado brusco y demasiado tarde: choco con J.D.

Precisamente ella.

Y me reconoce.

—George Saw —silba como una serpiente.

¿Qué hago, la muerdo, le doy una patada entre las piernas por si ya se ha operado y le han implantado un cacho pene, se la doy igual por si resulta que en el fondo es un tío, me largo demostrándole mi más profundo desprecio, quedo como un caballero?

—¿Cómo estás, J.D.?

—Puedes ver —me abarca la fiesta en su totalidad, como si le perteneciera, ella y los presentes.

—¿Y Johnny?

—Muy bien, ¿aún no le has visto?

—No.

—¿Tienes el disco?

—No.

—Toma —se saca un CD del bolsillo, como si fuera el Cuerno de la Abundancia—. Te gustará. Es sensacional.

—¿Tú crees?

—Es tan… actualmente intenso, transgresor, directo…

—Creía que solo era rock.

—Vamos, nene.

Ha sido ella. Me ha llamado "nene". Hasta este momento yo me estaba portando como un caballero. Lo del disco "actualmente intenso, transgresor y directo" lo hubiera soportado, pero esto no, y menos con su tono de marimacho nivel superior.

—¿Puedo hacerte una pregunta, J.D.?

—Dispara.

—¿La tercera inicial de tu nombre no será una T, verdad?

Se pone repentinamente seria.

—Pues sí, ¿por qué? ¿Cómo lo sabes?

—No lo sabía, pero encaja: J.D.T. Todo junto viene a simplificarlo: Jódete.

Me saca los dientes.

—Eres un maldito bastardo, capullo.

—Es una pena que no tengas nada más que pies.

—Vete a la mierda, George Saw.

—Bienvenida a ella, J.D.T.

Se va, repartiendo sonrisas aquí y allá, muy puesta en su papel de *manager* de Johnny, despreciándome por última vez. Me quedo momentáneamente solo, con el CD en las manos. Le han puesto un título significativo: *The return of Johnny Pickup*. El regreso de Johnny Pickup. Sí, muy adecuado. Le doy la vuelta y lo primero que veo junto al listado de grandes artistas que han hecho los quince duetos, es la dedicatoria: "Este disco está dedicado a mi mejor amigo, George Saw, a mi amada esposa, Mimí LaRue, y a mi muy querida hija, Carol. Sin ellos nada habría sido posible".

No siento nada.

Ni emoción ni… Nada.

Ya he entrado en la historia, y lo primero que veo es que no hay historia. Existimos las personas, el día a día, el pasarlo bien y mal, la eterna búsqueda de la felicidad, y lo demás son puñetas. Tanto tiempo para darme cuenta de eso. Es frustrante.

Hay un mostrador con una docena de auriculares para escuchar el disco. Tengo una pequeña curiosidad. En alguna parte he leído que Johnny ha rehecho las letras con ayuda de un par de tíos, para actualizarlas. Podría esperar hasta llegar a casa, pero… la curiosidad puede más que yo, así que llegó hasta el mostrador, cojo unos auriculares y le doy al dígito correspondiente. La primera canción que suena en mis oídos es precisamente la primera canción que escuché aquel día en mi casa, al llegarme las cintas originales desde Polinesia: "Friday night". Recuerdo muy bien la letra, así que podré comparar los cambios, la adecuación, la…

Mi nena vive en lo peor del barrio
Cada viernes, al salir del sex-shop
Cojo el metro y me largo a buscarla
No hay escapatoria de esta mierda
Pero llega el jodido viernes por la noche
Y los dos nos largamos juntos, oh, sí
Mordiéndole a la vida hasta el amanecer

Mi chica se llama Candy Sue
Mi hermano Peter está en el Congreso
Mi madre es miembro de Greenpeace
Mi padre es coronel en West Point
No hay escaleras al cielo en mi barrio
Pero hay que sacarle el jugo a la vida
Haciendo hu-gu-ga-doo todos los viernes

Mi nena vive en lo peor de esta gran ciudad
Del sex-shop a sus brazos tengo dos horas
Pero el metro es rápido en este subsuelo
Sabiendo que ella me espera llena de amor
Todos los días deberían ser viernes noche
Para hacer hu-gu-ga-doo sin parar
Mordiéndole a la vida hasta el amanecer

Ya no sigo. ¿Para qué? No vale la pena.

¿Qué es ESTO. ¡Por Dios, QUÉ ES ESTO? ¡Hace unos meses eran antiguas, pero eran de Johnny Pickup! Ahora… ¿Hu-gu-ga-doo?

Jooodeeer.

Miro a la gente que está a mi lado con otros auriculares. Mueven las manos, los pies, ponen cara de éxtasis, de estarlo pasando la mar de bien. Bueno, en una fiesta de presentación de un disco, todo el mundo lo pasa bien, y a todo el mundo le gusta el disco. Sin embargo… No, claro, debo ser yo, solo yo. El único.

Si esta es la nueva letra, y ese el arreglo, que no tiene nada de rock ni de... ¿cómo será el vídeo?

La respuesta aparece ante mis ojos.

Johnny Pickup.

—¡George, por fin!

—Johnny...

Lleva una ropa diseñada —y es un decir—, por un cruce de Gaultier y Versace, con toques... no tengo palabras para definir los toques. Colores vivos, rojos y dorados, fantasía, desparpajo, libertad y un aire más de pintor iluminado que de rockero formal. Le noto también más joven. Mucho más joven. Vaya con los *liftings* rápidos. Por supuesto no me encaja, pero no tengo tiempo de asimilarlo. Además, es un hijo de puta, pero ni siquiera mejor o peor que otros. Es un hijo de puta más, seducido por la fantasía del tinglado. Y yo no puedo decírselo. A un ídolo de la juventud no se le llama eso. Se le perdona todo y se le adora. Negarle y rechazarle es como decirte a ti mismo que tu pasado era falso. Además, está tan contento de verme.

Se me echa encima y me abraza.

—¡George, amigo! He estado buscándote, y llamándote...

—He tenido trabajo—miento.

—¿Qué tal? —se separa de mí para que le vea bien, como si hiciera falta—. ¡Es la ropa con la que salgo en el primer vídeo, que por cierto es... increíble, alucinante! ¡Me han dicho que vaya con ella, para que la gente se acostumbre!

—Es genial.

Tantos años en esto... Uno puede mentir sin pestañear.

—Todo es tan nuevo, George, y tan diferente, tan... —otro que no tiene palabras para expresarse, pero le brillan los ojos.

A la mayoría de las personas les brillan los ojos cuando se ven el éxito encima.

—Ya te lo dije.

—Oh, he discutido tanto con J.D. acerca de ti, y de la necesidad de tenerte cerca, como jefe de prensa o algo así.

—Eres muy amable, Johnny, pero... es mejor no mezclar conceptos.

—Es lo que ella dice. Sin embargo, te lo debo todo, y tengo la sensación de que yo te debo algo por ello.

¿La sensación?

—No me debes nada.

—¡Sí, claro que sí! Tú me fuiste a buscar, creíste en mí, me trajiste, ibas a ser mi *manager*. Puede que tus ideas fueran anticuadas, pero eras honesto, y eso para mí fue muy importante. No firmamos nada pero...

—Olvídalo.

—¿No querrías entrar en el equipo?

¿El equipo? ¿Mimí, Carol... y J.D.?

—No, Johnny. Tienes razón: mis ideas eran anticuadas. Bueno, lo de los duetos y todo eso parece que no, pero el planteamiento, el resto, todo lo demás... Has hecho lo que debías.

—¿En serio? ¿Me lo dices en serio?

—Sí.

—Eres un buen tipo, George —rectifica en seguida—: Un gran tipo. Un gran tipo que está, por fin, aprendiendo.

¡Zas!

La idea, repentina, súbita, genial.

Y no solo eso. También es... la respuesta.

¿Por qué no?

Le miro fijamente.

—Johnny, ¿de verdad crees que me debes algo?

—¡Por supuesto! —se le ilumina la cara.

—¿Lo que sea?

—Pide, y si lo tengo... ¡es tuyo!.

—Lo tienes, y no creo que lo necesites ya.

—Vamos, George, ¡me harías muy feliz!

Ahora soy yo el que tiene un brillo en los ojos.

Finalmente.

Un brillo que crece más y más, mientras a mi alrededor veo la fiesta de la codicia y la locura creciendo y creciendo en espiral. Voces, risas, gestos, rostros, imágenes que de pronto me son ajenas. Yo ya no pertenezco a esto. Ellos son... de otra dimensión. El pandemonium de los elegidos.

¿Cómo no se me ocurrió antes?

Lo veo claro, tan claro...

Sé que dentro de un par de minutos estaré fuera, me habré ido. Adiós. Eso también cuenta. Es la iluminación final. Mis últimas palabras son para Johnny.

Y me acerco a su oído para susurrarle mi petición.

Mi último deseo.

Es tan... simple.

Simple como la libertad.

EPILOGO

LA VIDA ES UNA CURIOSA PARADOJA.
No, no temáis, no voy a ponerme filosófico ahora que esto se termina. Ni siquiera pienso hacer una disertación o soltar un rollo de tipo intelectual. ¿Para qué? ¿Ibais a hacerme caso? No, y lo sé. Por lo tanto lo mejor es decirlo y allá cada cual con lo que quiera pensar.

La vida es una curiosa paradoja.

Ya lo he dicho, y me he quedado en paz.

¿Os interesa saber lo que ha sucedido? Vale, de acuerdo: Johnny Pickup ha vendido diez millones de copias de su álbum de regreso al mundo de la música. Su primera canción extraída del disco, el dueto con Paul McCartney —faltaría más—, fue nº1 directo. La segunda canción extraída del disco, el dueto con Bruce Springsteen, también fue nº1 directo. La tercera canción extraída del disco, su dueto con Madonna, lo mismo de lo mismo. La cuarta, el dueto con Sting, ya no fue nº1 directo, pero sí a la segunda semana. Como no, Garth Brooks estaba esa semana en el primer lugar y no hubo quién lo echara de ahí. El quinto tema, el dueto con Bob Dylan, también tardó más, dos semanas en llegar al nº1, pero lo consiguió, que es lo que cuenta. Cinco de cinco. Y no sigo porque ya no sé más. Las noticias aquí no me llegan, y voy tan poco a Papeete... ¿Para qué diantres voy a ir a Papeete o a donde sea?

A Johnny, la sensación del año, el ganador de todos los Grammy Awards habidos y por haber, le han colocado en un pedestal tan y tan alto, que lo único dramático será cuando se empeñen en quitarle de ahí para poner a otro. Ya sabéis lo volubles que sois. Sí, sí, vosotros, no os hagáis ahora los delicados ni creáis que me he vuelto loco. ¿Loco yo? ¡Y una leche! Pensad seriamente quién está loco.

Yo, aquí en Pagopago, con Naya, Agoe y Mia.

Y vosotros…

Tú mismo, a ver, ¿dónde estás?, ¿qué haces?, ¿con quién estás? ¿Vale?

Decía que Johnny es la nueva sensación. El pastiche de álbum que al final grabó lo han llamado precursor del sex-hop, introductor del house rhythm & rock, adalid del rock & hip y otras chorradas más. Odio las etiquetas, pero como a todo se le pone una… pues eso.

¿Mis hijos? ¿Mary Ann? ¿Eileen? ¿Maggie? Ni idea. Que les den a todos por ahí. Ni me importa. Si lo hubiera sabido antes.

¿Por qué no me di cuenta desde el mismo momento en que llegué aquí, en busca de Johnny Pickup, para ser famoso?

Estoy de puta madre. Insisto: de putísima madre.

Si alguien, dentro de veinte o treinta años, me recuerda, por favor: que me olvide.

Si alguien, dentro de veinte o treinta años, piensa que debería volver a la civilización, por favor, repito: que me olvide.

De todas formas no creo. Yo no soy una estrella del rock. Ni siquiera soy ya "el tío que devolvió a Johnny Pickup a la música". Resulta que ahora son todas ellas y ellos. El mérito es suyo, de J.D., de Carol, de Mimí, de Mortimer, de CEW, del Canal 72, de tanta gente que ya ni me acuerdo. Incluso Eileen escribió algo en *Stone & Rolling* diciendo de qué forma su karma viajó hasta aquí para conectar con él.

Me la suda.

¿Grosero?

Pues vale, grosero.

—Maya, más agua de coco, por favor.

—Sí, Chorch.

¡Mmmmm… me gusta como lo dice!

Va a por el agua de coco, moviéndose como una diosa, y mientras ella se aleja aparece Agoe con su cesto de frutos salvajes recién cogidos. Y en este momento Mia sale del agua, con el cuerpo húmedo y su desnudez hermosa brillando al sol. Dios… Lo malo al comienzo fueron las erecciones a cada instante, pero ahora que lo voy controlando… En fin, mejor me callo, que como os dé por venir…

Adiós, colegas.

¿Algo más? De acuerdo, está bien. Mi testamento:

El mundo de la música es cojonudo.

Desde fuera.

Las novelas del rock

Las novelas del rock son unos relatos en clave de ficción que tienen como trasfondo musical historias ambientadas en el mundo del rock.

Animamos a los autores que tengan algún original en este ámbito o que hayan recuperado los derechos sobre un libro ya publicado con anterioridad que nos lo envíen para su valoración. Es nuestro deseo recibir originales ya terminados o bien propuestas de nuevos libros que merezcan ser publicados en la actualidad y que puedan enriquecer el panorama musical literario.

Talleres de música	Guías del Rock & Roll
La novela gráfica del Rock	Las novelas del Rock

Biografías & ensayos musicales

Redbook Ediciones

Indústria, 11
08329 Teià
93 555 14 11
www.redbookediciones.com

info@redbookediciones.com